UNE ANNÉE FOLLE

DU MÊME AUTEUR
CHEZ POCKET

MOUSSELINE LA SÉRIEUSE

UNE ANNÉE FOLLE

SYLVIE YVERT

UNE ANNÉE FOLLE

Éditions Héloïse d'Ormesson

MIXTE
Papier issu de
sources responsables
FSC® C003309

Pocket, une marque d'Univers Poche,
est un éditeur qui s'engage pour la préservation
de l'environnement et qui utilise du papier fabriqué
à partir de bois provenant de forêts
gérées de manière responsable.

ISBN 978-2-266-29846-9
Dépôt légal : février 2020

À ma petite-fille, « ma » reine Hortense

« Je ne sais de tout temps quelle injuste puissance
Laisse le crime en paix, et poursuit l'innocence. »

Racine, *Andromaque*

« Je vous fais voir l'envers des événements que l'histoire ne montre pas ; l'histoire n'étale que l'endroit. »

Chateaubriand, *Mémoires d'outre-tombe*

« C'est la politique qui doit être le grand ressort de la tragédie moderne. »

Napoléon

Premiers rôles

La parole est à l'accusé.

« Messieurs », commence Charles avec résolution.

Son regard droit et ardent s'adresse, tout comme sa voix, aux jurés qui l'écoutent avec sévérité, visages fermés, sourcils froncés.

« Si dans cette journée importante ma vie seule était en cause, j'espère avec raison que celui qui, quelquefois, a su conduire de braves gens à la mort saura s'y conduire lui-même en brave homme. Je ne vous retiendrai pas longtemps… Mais ce n'est point devant vous, messieurs, que je dois appuyer sur le sentiment. Elle passera dans vos cœurs, messieurs, cette conviction intérieure que j'ai, que je proclame hautement, dans ma pensée, dans mon action : l'honneur est intact. »

Ses yeux clairs et francs se perdent maintenant vers les murs de cette salle comble, dont le grain se floute. Puis fixent de nouveau avec gravité ceux qui lui font face, assis sur une estrade semi-circulaire : « Je n'ai ni l'intention ni la possibilité de nier des faits publics et notoires ; mais je proteste que je n'ai trempé dans aucun complot qui ait précédé le retour de Bonaparte ; je suis même convaincu qu'il n'a point existé de conspiration pour ramener Bonaparte de l'île d'Elbe. »

L'infortuné jeune homme de vingt-neuf ans, à la tournure élégante, est doté d'une physionomie fine et agréable. À peine plus pâle qu'à l'accoutumée, il est vêtu d'une longue redingote verte, conforme à sa haute taille, celle qu'il portait le jour de son arrestation. Belle allure, cheveux blonds implantés à la Chateaubriand, favoris, front haut, petite bouche finement ourlée, nez long et fin, yeux bleus, teint clair, il apparaît dépouillé de ses décorations puisqu'on vient de lui retirer sa Légion d'honneur. Celui qui déclamait naguère sur scène des vers avec fougue veut cette fois donner avec le calme de l'honnêteté les raisons qui ont déterminé sa conduite. Mais à peine a-t-il commencé son plaidoyer qu'il se voit déjà interrompu par un juré redoutant, à juste titre, une défense propre – qui sait ? – à prétendre le sauver. Voici donc ce colonel (ou bien est-il général ?) traduit au conseil de guerre. Il s'est rendu coupable, dit-on, de rébellion et de trahison, après avoir succombé à des sentiments mal éteints. Comprenant qu'il est condamné par avance, Charles ignore les feuillets volants qu'il tient à la main pour passer aux dernières lignes de son exposé, sans se départir de son attitude mêlant douceur et fermeté : « Une grande erreur que je reconnais, que j'avoue avec douleur, a été commise par l'ignorance des intentions du roi ; aujourd'hui les promesses royales sont exécutées, un peuple, se pressant à l'envi autour de son souverain, reconnaît que lui seul est digne de régner et peut faire son bonheur… Peut-être ne suis-je pas appelé à jouir de ce spectacle, ajoute-t-il avec noblesse, mais j'ai versé mon sang pour la patrie, et j'aime à me persuader que ma mort, précédée de l'abjuration de mes erreurs, sera de quelque utilité. »

Sa réparation tardive à l'endroit du monarque impressionne l'assemblée. Ne vient-il pas de nommer l'ex-empereur « Bonaparte », et non Napoléon, comme ces royalistes sincères pour qui Louis XVIII règne depuis la mort du jeune Louis XVII ? Sa sincérité ne fait aucun doute, mais le jury a décidé de faire d'un être d'exception, modeste et droit, un ambitieux vil et déloyal. Qu'on ne s'y trompe pas : malgré les apparences, cet officier voué au service de la France n'a rien d'un courtisan. Il serait aujourd'hui un impeccable serviteur de l'État dans une haute administration en principe apolitique. Rejeton d'une vieille famille de la noblesse bretonne, il appartient à un milieu dont il ne partage pas les idées. Et répond aussi, malgré lui, à cette caractéristique si française qui, depuis la Révolution, regarde tomber les régimes sans jamais éprouver de satisfaction durable. Mais comme son cœur ressemble à son esprit, purs l'un et l'autre, sa destinée ne peut se calquer sur la trajectoire d'un Talleyrand, girouette aux serments successifs, insubmersible Phénix.

L'avocat, qui déclare n'avoir trouvé que grandeur et noblesse dans l'âme de son client, a préféré le laisser parler et demande à ses juges d'offrir à l'accusé la liberté de lire l'entièreté de sa défense. Essuyant un refus, Charles reprend une dernière fois la parole : « Je puis prouver que les faits dont on m'accuse ne sont pas de nature à me faire perdre l'honneur, et du moment où vous m'empêchez de me défendre, je suis exposé à perdre à la fois la vie et l'honneur. »

Un homme si vertueux

Antoine, au fond, ne dit pas autre chose : « J'ai pensé qu'il était de mon devoir de laisser à ma famille et à mes amis un témoignage irrécusable de ma conduite et de mon innocence. » Pourtant prévenu de sa probable arrestation, à laquelle il n'arrivait pas à croire, il s'est laissé cueillir à son domicile, où, en vérité, les officiers royaux espéraient ne pas le trouver, puis écrouer. La suite de l'histoire le montre : cet ancien soldat devenu quasi-ministre inamovible n'est décidément jamais là où on l'attend. Condamné lui aussi à mort à l'issue d'un procès fameux, sait-il combien la nouvelle a suscité d'effroi chez ses très nombreux proches ? Un homme si bon, si vertueux, d'après une duchesse de ses amis, vieille connaissance du préfet de police avec qui il fut naguère si bienveillant. « Fidèle à ses opinions comme à ses sentiments » ? Un point commun avec Charles. Car enfin voici deux hommes admirables de probité, loués jusqu'au sommet de l'État, que l'on s'apprête pourtant à fusiller ! Mais quel est donc leur crime, leur si grand crime ?

Âgé de quarante-cinq ans, petit, laid, chauve et ventripotent, Antoine appartient à la génération précédant celle de Charles. Jugeant injuste sa condamnation, même s'il a davantage d'expérience, lui aussi cherche à garder le contrôle de son cœur, de ses battements. Et tandis que Charles plaide pour sa cause, pour tromper l'ennui et bientôt la peur, Antoine joue aux échecs dans son cachot avec une bonne âme venue le distraire. Une amie dévouée cherche déjà comment le faire évader.

Honor et caritas

Baptisé à l'église Saint-Sulpice, Charles est né trois ans avant la Révolution. Ce Breton fier de ses ancêtres venus d'Irlande quatre siècles plus tôt tient-il d'eux son sang bouillonnant ? En tout cas, la devise de sa famille lui va comme un gant : *Honneur et bienfaisance*. Son père était capitaine des dragons auprès de Monsieur, frère de Louis XVI et futur Louis XVIII. Le jeune Charles est élevé entre la rue de la Planche à Paris, le château de Nogent-l'Artaud dans l'Aisne et le château de Raray dans le Valois, posé près de Senlis, où sera tourné *La Belle et la Bête* de Cocteau. Ses balustrades offrent de spectaculaires sculptures cynégétiques du XVIIe siècle, uniques au monde, évoquant la chasse au cerf par le truchement de quarante-quatre chiens représentés dans des positions différentes. Souffrant, son père renonce à émigrer mais quitte Raray pour se retrancher à Nogent, château fort sécurisant malgré sa vétusté. De solides principes sont inculqués à l'enfant, dont l'apparente froideur cache mal une vive sensibilité, presque farouche, encore exaltée par ses lectures sur Rome ou la Grèce antique dans lesquelles il puise son culte des héros et le goût de la gloire. Ses auteurs favoris ? Boileau et surtout Racine. Comment ce caractère né entier ne pourrait-il vibrer avec Achille qui accepte la mort par sacrifice pour la patrie dans *Iphigénie* ?

Charles n'a que six ans lorsque Louis XVI est décapité et ne se souvient pas, adulte, du « jour affreux de sa mort ». Il ajoute cependant qu'il n'a pas éprouvé d'envie de vengeance, que le joug de Robespierre n'a pas pesé sur lui – sa jeunesse l'ayant tenu ignorant « pendant longtemps des crimes de la France ». Ne se souvient-il pas pourtant que ses parents ont été emprisonnés, quelques mois plus tard, et que lui-même et son frère aîné Henry en ont été séparés, puis confiés à leur précepteur M. Desaunetz ? Bientôt ses idées politiques vont différer de celles des siens. La tombe de Rousseau, alors à Ermenonville, l'influence-t-elle ? Car il concède que certains aristocrates, les plus grands parfois, ont commis trop d'abus et ont manqué à leur devoir au lieu de se montrer exemplaires. Il estime qu'un grand nom représente une grande charge qui oblige à davantage de devoirs que de privilèges, et qu'on en attend plus de ses rejetons que de quiconque. Or que voyait-on jadis ? Des personnes dont le seul titre tenait lieu de talent. Des jeunes gens ayant fini leur éducation et qui, « ne sachant rien et croyant tout savoir », exigeaient les meilleurs postes. Sa sensibilité à l'injustice le jette déjà en marge, tandis que son frère Henry, plus marqué par la Révolution, ne se révolte pas contre l'ordre ancien. Les excès de l'imagination du cadet rebelle, ce mal du siècle qu'on n'appelle pas encore romantisme, inquiètent ses parents qui ne savent comment le canaliser.

La tête remplie de maximes républicaines

Antoine, lui, est né la même année que Napoléon, quinze ans avant Charles. Il incarne cette ascension sociale facilitée par la Révolution. Fils d'un marchand de bouteilles pour des limonadiers dans le quartier de Saint-Antoine, sa mère tient un café-tabac rue de Bercy à une époque où les comptoirs sont plus que jamais le « parlement du peuple » évoqué par Balzac, des lieux où les échanges intellectuels foisonnent. Or, s'il n'est pas encore question d'égalité des chances, on peut parfois s'élever au-dessus de sa condition par le mérite. Ou par les ordres. Le père d'Antoine essaie donc d'en faire un ecclésiastique. Une morale stricte parvient à le placer à l'abri des passions : les *Oraisons funèbres* de Bossuet ou les sermons de Massillon, du grec et du latin, l'histoire et le droit nourrissent cette tête bien faite et bientôt pleine. Mais cette année de théologie le fait renoncer au parcours qu'on a choisi pour lui. De même qu'au notariat, lorsqu'il occupait le poste de sous-bibliothécaire à la bibliothèque Sainte-Geneviève. Là, il découvre sa matière préférée : l'Histoire avec un grand H, et aussi, selon sa formule, l'« actualité », cette « histoire en marche ». Il s'étonne d'ailleurs de la façon dont elle est enseignée au couchant de l'Ancien Régime, puisque à la fin de leurs études les jeunes ont « la tête remplie de maximes républicaines », sont « pénétrés d'un profond mépris pour les gouvernements monarchiques, et cependant flétris d'une ignorance honteuse sur l'histoire de leur patrie ». Il avoue d'ailleurs qu'à dix-sept ans il ne savait toujours pas à quelle époque et comment s'étaient établis les Bourbons sur le trône de France.

Le jour de la prise de la Bastille, il entre comme garde national dans la nouvelle milice de Lafayette et assiste, blême d'épouvante, au supplice du contrôleur des finances Foulon, pendu puis décapité devant l'Hôtel de Ville. À l'instar de Chateaubriand, témoin du même spectacle, il prend dès lors, et pour toujours, la violence en horreur. Favorable aux réformes, il fulmine contre les factieux qui dénaturent les idées généreuses. Quelques mois plus tard, il est aux premières loges de l'attaque du château de Versailles et voit la reine, qui lui semble « une victime sous la hache », paraître au balcon. Il ne peut comprendre que la douce et élégante France puisse se muer en ce « troupeau de femmes, laides comme le crime, importunes comme des insectes » et qui foulent aux pieds « les droits de l'humanité ». Sa jeune et belle âme s'indigne qu'aucun grand mouvement collectif ne s'accorde pour sauver la famille royale bientôt enfermée aux Tuileries. Les extrémistes armés de piques, tout comme les bourgeois qui se perdent en niais bavardages, le répugnent.

Quand le jeune Antoine entre à Versailles au service du bibliothécaire du roi, Lefèvre d'Ormesson de Noiseau, il croit en son avenir, et ce même après la mort de son bienfaiteur qui finit guillotiné. En remontant la rue Mazarine, il confie à ses amis : « Moi, vous me croyez bien tranquille, bien enterré dans mes livres ; eh bien, je songe à faire fortune ; cette révolution me donne du cœur.

— Toi, mon ami, tu seras toute ta vie trotte-menu comme aujourd'hui, longeant les murs, de peur des voitures…

— Laissons faire le temps, ne répondons de rien ; j'aurai peut-être le haut du pavé à mon tour, et alors mes amis, gare aux éclaboussures ! Tenez, gageons que sur ce grand chemin qu'on nous ouvre, je marcherai plus vite que vous ! »

Jeté dans le camp royaliste par les excès des sans-culottes, au passage de Louis XVI au Carrousel il s'écrie, bravache : « Vive le roi ! Nous sommes pour le roi jusqu'à la mort ! » Remarqué, il est engagé pour commander un poste aux Tuileries. Bientôt encerclé par les piques, et tandis que le roi et sa famille se réfugient à l'Assemblée, il tente de défendre un palais déjà en proie au carnage : meubles et objets saccagés, gardes éventrés et jetés par les fenêtres. Miraculeusement en vie, il finit la journée couvert de sang et de poussière. Un mois plus tard, consterné par l'indifférence face aux corps amoncelés des victimes des massacres de septembre, il pleure d'indignation. Mais obtient de Tallien, jacobin qui a salué ces massacres, de sauver Mme de Staël et le valet de Louis XVI, et surtout de faire sortir Mme de Tourzel, gouvernante des enfants de France, de la prison du Temple.

Signant avec courage les pétitions qui demandent à la Convention d'épargner « Louis Capet », il est désormais en danger. Quitte à risquer sa vie, autant défendre sa patrie, alors en conflit avec la plupart des monarchies européennes. Et puisqu'il reste à relever le gant des promesses de la Révolution malgré ses dérives, il décide de s'engager dans l'armée des Alpes. C'est facile, car il est déjà l'ami, l'ami de toute une vie, du futur général Bertrand, celui qui suivra Napoléon jusqu'à Sainte-Hélène. La France est attaquée, il faut la défendre, quel que soit son chef ! L'idée de verser son sang pour son pays lui apparaît si belle…

De retour dans la capitale, il est frappé d'épouvante par une misère jamais vue : la moitié de la population se nourrit de pommes de terre ! Même les anciens riches ne sont pas épargnés, puisque leurs biens profitent aux nouveaux…

Très vite les qualités de cet homme, devenu officier d'état-major du général Custine en six mois, vont apparaître à celui qui commande l'armée du Rhin, Alexandre de Beauharnais, alors marié à Joséphine, bientôt veuve et remariée avec le futur vainqueur d'Italie, un certain Napoléon Bonaparte. Le destin vient de placer sur son chemin un talisman. À la vie, à la mort. Il est désormais à une seule marche du fascinant général de vingt-six ans. Sous cet étrange régime à cinq têtes appelé Directoire, il admire déjà sans le connaître ce jeune conquérant qui, dit-il, « repoussait avec hauteur toutes les préventions, blessait toutes les vanités, se moquait de tous les préjugés, bravait toutes les haines ». Lorsque le gouvernement lui confie l'armée d'Italie, Antoine l'accompagne à Arcole, près de Vérone, et figure en bonne place, juste derrière lui, sur la célèbre toile d'Horace Vernet. Devenu capitaine et aide de camp de Bonaparte dans la foulée, pour remplacer le brave Muiron qui est mort pour sauver son maître en se mettant devant lui sur le fameux pont, il est ensuite reçu à dîner au palais Serbelloni à Milan. Mais, envoûté par le (déjà) grand homme de son âge, dont les yeux gris clair le regardent fixement tout en l'assaillant de questions, Antoine perd ses moyens.

Bredouille. Répond trop longuement. Il ne le sait pas encore mais il vient pourtant de réussir son entretien d'embauche. L'Aigle a détecté sous sa timidité l'admiration qui commande la fidélité inconditionnelle. Et à sa première blessure, il est congratulé par son maître : « Vous vous êtes conduit en brave ; quand j'écrirai l'histoire de cette campagne, je ne vous oublierai pas. »

L'exceptionnel jugement de Napoléon a su deviner les nombreuses qualités de son disciple : sens de l'organisation, sens commun, mais aussi sens de l'observation et une rare puissance de travail ; enfin une sagacité, de la mesure et de bonnes manières. Des compétences qu'il pense à faire passer du militaire au politique, à son cabinet. Justement, pour se débarrasser bientôt du gouvernement, ce Directoire sans avenir, il lui faut dépêcher une personne sûre à Paris. Ce sera Antoine : « Voyez tout le monde. Défendez-vous de l'esprit de parti, donnez-moi la vérité, et donnez-la-moi dégagée de toute passion. »

À Paris, son envoyé est aussi chargé de porter un tendre message à Joséphine et à sa fille Hortense. Humant l'air du temps, il s'immisce partout, tel un agent secret. Sa prudence et sa clairvoyance font merveille. Il moque comme personne les ridicules du Directoire : « J'ai vu, raconte-t-il, les cinq rois vêtus du manteau de François Ier, avec son chapeau… et ses dentelles… ; M. de Talleyrand, en pantalon de soie lie-de-vin, assis sur un pliant, aux pieds du directeur Barras… À droite, cinquante musiciens et chanteurs de l'Opéra, et les actrices, aujourd'hui tous morts de vieillesse, beuglant une cantate patriotique… C'est un spectacle qu'on ne reverra plus. »

Tel un conteur, après avoir franchi les Alpes dans l'autre sens, il vient faire son rapport sur les derniers soubresauts de la capitale. Déjà fin conseiller, il dissuade Bonaparte de tenter de déposer le gouvernement, au risque de voir les Bourbons remonter sur leur trône antique. Et lorsque son maître lui demande ce qu'attend le peuple, il répond d'emblée que la paix ferait son bonheur.

On doit s'avouer que l'on était injustes

À quinze ans, Charles s'émerveille devant les prouesses du Consulat. Il est bientôt ébloui par le soleil d'Austerlitz. Ce préromantique voit en Napoléon un héros, un héros tel qu'il se figure les preux chevaliers de sa haute lignée. Dans une lettre à sa mère, il redit combien il les aime et les honore parce qu'ils ont été utiles à leur patrie. Il veut être digne de cet héritage sacré, et surtout le mériter. La noblesse n'a de droits que parce qu'elle a des devoirs. Il ne veut pas s'être « donné la peine de naître ». Non, la fortune et la naissance, qui à l'époque vont souvent de pair, ne peuvent tenir lieu de talent !

Comme le sage Antoine, ce jeune homme de dix-huit ans sait penser par lui-même : « Quand on réfléchit de sang-froid au mépris que l'on avait pour les gens sans titre, écrit-il à sa mère, on doit s'avouer que l'on était injustes. » Né privilégié, il rejette l'ordre ancien, tandis qu'Antoine, qui ne l'était pas, acclamait le roi à son âge. À fronts renversés. Mais comme Antoine il ne veut pas rentrer dans le rang, se faire dicter sa vie. Et comme Antoine, il va, par vocation, rejoindre l'armée, cette future Grande Armée. Et bientôt rallier le même panache, désormais tricolore.

Pour l'heure, il flotte, oisif, lit beaucoup mais étudie peu. Ses parents l'incitent alors à entreprendre un voyage, un de ces voyages qui forment la jeunesse, passage obligé de l'aristocratie de l'époque. Accompagné de son frère Henry et de leur précepteur, il prend la route du Midi avant de se diriger vers la Suisse.

Estimez d'abord, vous aimerez après

Entre-temps, pour le récompenser de ses services, Bonaparte offre, il n'y a pas d'autre mot, sa nièce par alliance à Antoine. Une alliance inespérée pour ce roturier puisqu'il s'agit d'Émilie de Beauharnais, cousine d'Eugène et Hortense, les enfants de Joséphine. Ce cadeau de Bonaparte est aussi très intéressé. Chez lui, tout est stratégique, y compris l'amour. Il confisque donc la jeune femme pour empêcher son frère Louis d'épouser cette fille d'un marquis émigré, regardé comme un lâche ayant fui la Révolution et sa patrie en guerre. Car ces Beauharnais-là sont restés fidèles à la Couronne. En témoigne la devise du père d'Émilie – « Autre ne sers » –, frère du premier mari de Joséphine, guillotiné juste avant la chute de Robespierre. Ce qu'Antoine résume ainsi : « Alexandre prit part pour la liberté, et il en fut récompensé par l'échafaud. » Comme tant d'autres… Ses enfants sont donc adoptés par Napoléon lors de son mariage et forment une fratrie avec Émilie, abandonnée par ses parents et dont la mère est remariée à « un Nègre » – en réalité un mulâtre.

C'est lors d'un déplacement dans la perspective de l'expédition d'Égypte que le jeune général s'adresse à son aide de camp : « Je ne peux vous faire chef d'escadron ; il faut donc que je vous marie : je veux vous faire épouser Émilie de Beauharnais ; elle est très belle et bien élevée. La connaissez-vous ?

— Je l'ai vue deux fois. Mais, mon général, je suis sans fortune ; et nous allons en Afrique, et je pourrais bien y être tué ; que deviendra la pauvre veuve ? Je n'ai pas d'ailleurs de goût pour le mariage.

— Il faut se marier pour avoir des enfants, c'est le grand but de la vie. Être tué, cela est possible : alors elle sera la veuve d'un de mes aides de camp, d'un défenseur de la patrie ; elle aura une pension, et pourra s'établir avantageusement. Maintenant, fille d'un émigré, personne ne veut d'elle ; ma femme ne peut la conduire dans le monde. La pauvre enfant est digne d'un meilleur sort. Il faut que cette affaire soit terminée promptement… Dans huit jours la noce, et je vous donnerai quinze jours de bon temps. Vous viendrez me rejoindre à Toulon. »

En riant, Antoine, qui ne peut refuser, lui répond : « Enfin je ferai tout ce que vous voudrez. Mais la jeune personne voudra-t-elle de moi ? Je ne veux pas la contraindre.

— C'est une enfant qui s'ennuie à la pension… Vous ne serez pas tué, et dans deux ans vous la retrouverez. Allons, c'est une affaire arrangée. »

Le soir même, Antoine, qui jusque-là batifolait, s'exécute et se montre flatté que Joséphine l'appelle « mon neveu » : « Demain, lui dit-elle, je vous présenterai ma nièce. Vous en serez enchanté, elle est charmante. »

Ballottée entre gouvernante et domestiques qui l'obligeaient à assister à des fêtes républicaines, désargentée, elle est sauvée par sa tante qui la place chez Mme Campan, célèbre pension où l'on apprend à être à l'aise en toute circonstance, comble de la bonne éducation. Présentant Émilie dans une lettre, elle prévient l'ancienne femme de chambre et lectrice de Marie-Antoinette que la jeune fille ne se soucie guère de ne pas plaire. « Elle croit que la réputation de son oncle et la bravoure de son père sont tout. Apprenez-lui, mais sèchement, mais crûment, qu'elles ne sont rien. » Or la directrice élève selon une méthode des plus originales pour l'époque : les pensionnaires sont davantage récompensées que grondées. C'est important car si, pour l'heure, Émilie entre dans le rang, elle ne va pas toujours y rester. Qui sait si une éducation plus traditionnelle ne l'aurait pas inhibée le jour venu, lorsqu'il ne faudra compter que sur elle-même ?

Un pique-nique sur l'herbe est donc organisé. Inquiet, Antoine cherche des yeux celle qui lui est dévolue puis découvre avec soulagement qu'on ne lui a pas menti : c'est la plus jolie ! Cette première rencontre lui laisse un souvenir impérissable : « Une taille élevée et d'une élégance pleine de grâce, un visage charmant, de belles couleurs que la confusion augmentait. » Parvenant à lui parler seul à seul, il l'aborde avec délicatesse : « Je n'ai que mon épée et la bienveillance du général, et je vous quitte dans quinze jours. Ouvrez-moi votre cœur. Je me sens disposé à vous aimer de toute mon âme ; mais cela ne suffit pas. Si cette union n'est pas de votre goût, confiez-le-moi ; il ne me sera pas difficile de trouver un prétexte pour rompre. J'obtiendrai mon éloignement, vous ne serez pas tourmentée, je garderai votre secret. »

Émilie n'a que dix-sept ans, dix de moins que lui. Tenant ses yeux baissés, elle sourit sans mot dire puis lui tend son bouquet. Antoine interprète ce geste comme un acquiescement et l'embrasse dans la foulée. Il faut bien du courage et de l'obéissance à cette jeune fille, alors amoureuse de Louis Bonaparte. Disons-le ce fiancé n'a rien de séduisant : plus petit qu'elle, jambes courtes surmontées d'un ventre bedonnant, petites mains grasses, déjà à moitié chauve. Dès qu'il perdait un cheveu, l'état-major portait le deuil et avait pris l'habitude de les nommer un par un : l'Indomptable, l'Invincible, le Redoutable. En outre sa petite main blanche potelée rabattait sans cesse ces pauvres cheveux qui avaient le malheur de ne pas tenir en place… Et ce visage poupin au teint rose ! En bref, ni prince ni charmant. Un témoin confirme qu'il avait déjà « cette tournure burlesque que nous lui avons toujours connue. Bâti en manière de Bacchus… et puis une figure comique à cause de ses petits yeux, de son nez pas plus gros qu'un pois, placé au milieu de deux grosses joues, et tout cela entouré d'une chevelure dont l'on pouvait compter non pas les mèches, mais les individus ». Mais il ne faut pas se fier aux apparences car la même plume ajoute qu'Antoine est un authentique homme d'esprit, très cultivé, contant « avec grâce une foule d'anecdotes qu'une mémoire très heureuse lui fournissait abondamment ». Elle lui prête aussi « un don assez rare que la nature n'accorde qu'à ses favoris : une grande douceur de pensée, avec du brillant, du piquant dans la narration ».

Ce mariage de raison, dont Napoléon l'entremetteur avait le secret, se déroule à la mairie du premier arrondissement. Antoine y porte pour la première fois sa particule toute neuve, preuve que la noblesse revient à la mode et qu'elle est à nouveau au civil ce que l'épaulette est au militaire : une marque de reconnaissance. Émilie ne peut cacher sa tristesse : « Te figures-tu ta pauvre amie, le cœur engagé, sans retour et malgré lui, à un maître armé de tous les droits pour se montrer exigeant… Qu'elle n'a pu encore juger, malgré les apparences d'un noble caractère, que par les impressions d'un aspect que des yeux et un cœur prévenus n'ont pu trouver supportable ? » La jeune mariée, très en colère contre cet « oncle » qu'elle n'aime pas, ne commencera à éprouver de tendres sentiments pour son mari que deux ans plus tard. Mme Campan avait donc raison lorsqu'elle disait qu'il ne fallait pas se fier au physique : « Estimez d'abord, vous aimerez après et pour toujours. » Émilie ne le sait pas encore mais elle a gagné au change en épousant un homme charmant, qui mêle humour et sérieux dans un alliage peu courant, si honnête qu'il est maladroit dans le mensonge, tandis que le caractère irascible de ce Louis qu'elle croit aimer rendra sa cousine Hortense bien malheureuse. Comment pourrait-elle alors deviner qu'elle sera un jour prête à tout par amour pour lui ? Quant à Antoine, il pense épouser une ravissante oie blanche au regard doux ; en vérité il vient de décrocher le gros lot.

Ne laisser aucun nom et mourir tout entier ?

Bourgogne, Savoie, Chambéry et surtout Grenoble, la ville qui va faire basculer son destin dix ans plus tard. Le périple de Charles se poursuit. S'amende-t-il ? Pas vraiment. Quand il écrit à son père, c'est pour se faire pardonner ses dettes, mais avec tant de charme… : « J'espère, mon cher papa, en votre indulgence et vous prie de ne pas voir dans la folie que j'ai faite le présage de plus grandes mais d'être persuadé au contraire qu'averti par ma première expérience je serai plus sage une autre fois. »

Le sacre de Napoléon à Notre-Dame rend lyrique son jeune cœur qui ne demande qu'à s'enflammer. Il aimerait d'ailleurs étudier ses sentiments, confie-t-il à sa mère, en décrypter les causes et les effets. Faut-il atteindre la maturité pour s'y adonner ? Et cela rend-il heureux ? Il ne le pense guère. « La passion dévore mon cœur, passion d'autant plus malheureuse que je n'ose espérer nul succès et je me consume uniquement en désirs. » Désirs de gloire ? D'action plutôt ! Mais, manquant de confiance en lui, il renonce à s'engager de peur de végéter – ce sont ses propres mots. Il se décrit comme « naturellement triste » et assure éprouver du dégoût pour les mondanités, incriminant une insouciance à plaire, « une âcreté d'humeur » qui resteront toujours le fond de son caractère. Il lui raconte aussi que « papa a eu la bonté de remonter mon courage en me donnant une meilleure opinion de moi que celle que j'ai conçue, mais je crains que sa bonté seule et son indulgence pour moi l'aient porté à faire ce jugement. Ah ! S'il était vrai que je pusse espérer de parvenir un jour à m'illustrer, n'importe de quelle manière, je dirais de bien bon cœur ces vers d'Achille :

Mais, puisqu'il faut enfin arriver au tombeau,
Voudrais-je, de la terre inutile fardeau,
Trop avare du sang reçu d'une déesse,
Attendre chez mon père une obscure vieillesse ;
Et toujours de la gloire évitant le sentier,
Ne laisser aucun nom et mourir tout entier ?
Ah ! Ne nous formons pas ces indignes obstacles ;
L'honneur parle, il suffit, ce sont là nos arrêts. »

Il rêve d'intégrer Polytechnique – école créée par la Révolution et qui donne la priorité au talent, au mérite, quel que soit le milieu d'origine –, mais n'ose pas même concourir. Il connaît bien les défauts de ses qualités : il s'emporte facilement, suit tous ses désirs avec impétuosité. « Lorsqu'un plan m'a séduit, je fortifie de toutes les puissances de mon imagination les raisons qui peuvent l'appuyer et écarte avec soin celles qui peuvent le détruire. » Une fois sur le chemin, bon ou mauvais, rien ne l'arrête plus jusqu'à l'abîme. Son destin s'explique par ce seul autoportrait.

C'est en arrivant à Genève qu'il fait la connaissance de la fameuse Germaine de Staël et du groupe dit de Coppet, du nom de la propriété acquise par son père Necker au bord du lac Léman. Il va s'y poser deux années, cette fois sans son frère, ayant enfin l'occasion de mener à bien son apprentissage intellectuel et sentimental. Séducteur mais pas libertin, s'il juge délicieuses et peu farouches les femmes de Suisse, c'est pourtant Germaine qui va le fasciner, malgré son physique lourd, ses bras trop ronds. Lui ne voit que « ses poses pittoresques », hypnotisé par son gros turban presque oriental et surtout ses yeux expressifs au « long regard vif et douloureux ». Il est surtout séduit par son « esprit gigantesque », enchâssé dans une simplicité désarmante, une bonhomie même. Mme de Staël incarne alors la déesse de l'intelligentsia modérée exilée par Napoléon après avoir cru que Bonaparte saurait pacifier la Révolution sans lui sacrifier la liberté. Coincée entre royalistes et tenants de la Terreur, celle qui se rêvait en muse libérale du Consulat se révèle bien vite dépitée, tandis que son amant, Benjamin Constant, fait des vagues en fustigeant un nouveau « régime de servitude ». Si Germaine et Benjamin abhorrent « Robespierre à cheval », le jeune Charles, lui, est impressionné par le génie de l'homme qui a rétabli la paix et restauré l'ordre tout en refondant l'État.

Désormais, il songe à embrasser la carrière des lettres, le théâtre surtout, loisir de prédilection de la tribu staëlienne. Les parents de Charles s'inquiètent. Est-il bien raisonnable de laisser leur fils donner la réplique à l'auteur de *De l'influence des passions sur le bonheur des individus et des nations* ? Mais il se trouve que le jeune homme excelle dans la déclamation des vers : le voici donc adopté. Il donne maintenant la réplique à Germaine et incarne l'Hippolyte de *Phèdre* avec éloquence :

Je vois de votre amour l'effet prodigieux.
Tout mort qu'il est, Thésée est présent à vos yeux.
Toujours de son amour votre âme est embrasée.

Viendront ensuite les rôles de Mahomet, Zamore, l'esclave noir amant de sa maîtresse, tirés de la pièce d'Olympe de Gouges, sans oublier des rôles de femmes ou encore Shakespeare amoureux. Il a tout pour lui et tout le monde en raffole. Il jouait comme Talma, le célèbre comédien, raconte Hortense, bientôt reine de Hollande et mère du futur Napoléon III. « Comme un ange…, précise une autre, avec cet organe magnifique, cette expression qui jetait du feu de ses yeux… Il parlait peu, il ne se mettait jamais en avant ; sa belle figure si expressive prenait seulement l'air du dédain quand on disait quelque chose qui lui semblait puéril ou inconvenant ; fidèle au rôle d'observateur lorsqu'il voulait bien parler, c'était avec force, avec vivacité, et il frappait rudement ceux qui n'étaient pas dans ses bonnes grâces. »

L'ordre admirable qui régnait dans sa tête

S'il y a eu un soleil à Austerlitz, c'est aussi parce que, en rentrant de l'expédition d'Égypte, Antoine a aidé Bonaparte à devenir Napoléon. Peu après son mariage de raison, il a quitté provisoirement Émilie pour rejoindre son maître au Caire. La ville poussiéreuse aux étroites ruelles encombrées de chameaux surchargés de ballots, la lumière dorée et la chaleur étouffante le surprennent, comme tout voyageur plongé dans ce mirage oriental qui inspire les poètes. Du bas des pyramides, il contemple ces quarante siècles qui ont précédé le nouvel Alexandre. Sa faveur naissante se confirme lorsque ce dernier lui offre le sabre recourbé du chef ennemi – Mourad Bey – qui vient d'être défait. Antoine se révèle bientôt un compagnon plein de franchise, de gaieté, lyrique à ses heures. C'est ainsi qu'il devient un intime du jeune prodige, tantôt pour suppléer son secrétaire – sa plume et sa subtilité ont été remarquées en sus de ses talents militaires –, tantôt, quand il cesse de parler politique, pour lui faire la lecture, privilégiant les histoires de fantômes dont il est paraît-il friand : « Voyons, monsieur l'enthousiaste, lisez-moi cette fameuse lettre de Lameillerie », demande Bonaparte abrité sous une mousseline pour se protéger des insectes.

Il s'agit d'un extrait de *Julie, ou la Nouvelle Héloïse* de Rousseau, d'un goût préromantique assez prononcé : « "C'est là que je passai des jours si tristes et si délicieux, uniquement occupé d'elle. J'avais toujours désiré de revoir la retraite isolée qui me servit d'asile au milieu des glaces et où mon cœur se plaisait à converser en lui-même avec ce qu'il avait de plus cher au monde…"

— C'est assez, le coupe après quelques signaux d'impatience celui qui n'a jamais aimé les romans. Voilà une passion par trop bavarde ! »

Le périple des croisés tricolores se poursuit : la Syrie, Saint-Jean-d'Acre et ses imprenables fortifications posées sur la mer, vivant durant deux mois comme au XIIe siècle, ce qui lui laissera de tendres souvenirs malgré les canons fumants et les hurlements des combattants.

Que ce soit à Jaffa ou à Aboukir avec ses dix mille Turcs enturbannés, partout Antoine suit cet homme prodigieux qui le sidère : lorsque des soldats ont perdu leur corps, il lui suffit de connaître le numéro dudit régiment, le jour de leur départ et le chemin qu'ils ont pris, pour calculer en un éclair sa position. Le résultat ne se fait pas attendre : « Vous trouverez votre bataillon à telle étape. » Antoine s'émerveille : « L'ordre admirable qui régnait dans sa tête… le faisait aimer du soldat autant que respecter par les officiers de l'armée. On savait qu'il n'oubliait pas le nom d'un brave… » Comment les militaires pourraient-ils lui résister, à commencer par Charles, qui ne va plus tarder à paraître sur la scène (la Cène ?) napoléonienne ? Avec cet « homme fastique », selon la formule de Chateaubriand, les pires défaites sont métamorphosées en victoires qui enflamment l'imaginaire d'une génération en quête d'un sauveur. Et comment oublier le retour dans la capitale sous les vivats, accompagnant le héros porté en triomphe de Fréjus à Paris en passant par Lyon, préfigurant le vol de l'Aigle ? Dans la foulée, il renverse ce piteux Directoire dont plus personne ne veut.

Antoine retrouve alors Émilie après un an et demi de séparation. La jeune femme a attrapé la petite vérole en son absence, et en garde quelques traces qui ont peu entamé sa beauté. Qu'importe : son mari est occupé à renseigner, observer, conseiller celui qui est devenu Premier consul. Le pouvoir est à lui. Reste à transformer l'essai pour cet athlète de la politique et génie de la communication qui a compris d'instinct les règles essentielles : s'adresser directement à l'opinion par le truchement de journaux à sa dévotion et de proclamations serties de formules cinglantes qui frappent les esprits : « Nous avons fini le roman de la Révolution, s'exclame le jeune général aux semelles de vent. Il faut en commencer l'histoire, et voir ce qu'il y a de réel et de possible dans l'application de ses principes… »

Maintenant qu'il a écarté les assemblées pour régner sans partage, l'urgence est de conclure la paix avec l'Europe. Pour le compte de Talleyrand, Antoine se mue en diplomate – voire espion – et se rend à Dresde et à Berlin pour négocier avec l'Autriche. À cette occasion il fait la connaissance de nombreux émigrés, agréablement surpris par sa modération, dont un certain Amable de Baudus qui va lui rendre au centuple ses bontés… beaucoup plus tard. Pour l'heure nombreux sont ceux qui désirent rentrer en France et profiter de l'amnistie voulue par le nouveau César. Antoine va en aider beaucoup à trouver un emploi dans l'administration. Sa mission échoue, comme il le prévoyait, et Bonaparte n'obtiendra finalement la paix que par la force.

Cette fois, il a emmené Émilie dont il est désormais amoureux et même fort jaloux. Elle est chargée de restaurer une certaine image de la Française, bien écornée depuis la Révolution : le Vieux Continent, se fiant aux allégories de l'époque, l'imaginait vulgaire, sans éducation et à moitié nue ! Or c'est une femme belle, cordiale, vertueuse et charmante qui leur apparaît. Leur couple réussit enfin à s'accorder et la raison laisse place aux sentiments.

C'est alors que l'apprenti diplomate découvre par la presse que Bonaparte, ayant deviné ses talents de serviteur de l'État, le nomme administrateur de la Caisse d'amortissement. Or il ne veut pas d'une vie de bureau et fait sur-le-champ savoir qu'il refuse cette sinécure : « Vous ne voulez pas entrer dans l'administration publique ? lui demande l'encore Premier consul.

— Non, répond-il sèchement.

— Eh bien, vous ferez comme il vous plaira ; je ne veux plus entendre parler de vous. »

Cette riposte transperce Antoine comme un poignard. Ainsi tout pourrait s'arrêter là ? Entre tristesse et colère, indignation et sentiment d'abandon, il décide de s'évaporer. Trois jours plus tard, « l'Enchanteur » cède et l'envoie chercher. L'homme du mouvement aime ses habitudes et chérit par-dessus tout la fidélité. Celui qui ne renonce jamais se montre si séduisant qu'Antoine finit par accepter la fonction proposée, puis celle, plus stratégique, de commissaire central des Postes. À cette occasion, le chef de l'État déploie son charme de combat pour lui assener avec solennité : « Je vous confie cette place comme au plus honnête homme que je connaisse. »

Ce service étant alors aussi poussiéreux qu'arriéré, Napoléon lui vante le fait que tout est à inventer, reconstruire, métamorphoser ! Il veut en faire la réussite emblématique du nouvel ordre administratif. S'il s'agit du seul moyen de communication entre individus éloignés, pour le pouvoir c'est surtout une source incomparable et indispensable de renseignements afin de connaître l'état de l'opinion et d'espionner ses ennemis : autant dire une carte maîtresse de son dispositif. Il a compris avant Antoine que son profil en faisait le candidat idéal : modération, discrétion, sagacité. Remisant son sabre avec amertume, il entre donc dans l'administration « avec dégoût » mais va remplir son devoir durant treize ans, armé d'un dévouement et d'un zèle qui n'ont pas suffi à le rendre heureux. Et, pire, dont il sera bien cruellement puni.

Pour l'heure, la paix et l'ordre sont de retour. Républicains et royalistes, matés, entourent Napoléon qui s'est fait plébisciter consul à vie, alors que le siècle de Victor Hugo a deux ans, puis sacrer deux ans plus tard. Mais cette légitimité n'est qu'un trompe-l'œil : l'assassinat du duc d'Enghien, qu'Antoine compare à une *vendetta corsica*, est bien le signe que l'apaisement reste superficiel. « La vengeance, dira-t-il beaucoup plus tard lorsqu'il aura personnellement à en subir les foudres, n'est qu'une passion vulgaire, et cependant c'est la plus commune aux rois. »

Jeune homme de la plus belle espérance

L'armée ou les lettres ? Servir la grandeur de la France en tutoyant la gloire, faire ses preuves comme ses valeureux ancêtres, quoi de plus noble ? Ou alors plonger dans l'océan des mots, la musique des vers qui l'enivre ? Tenir la plume, certes, mais porter l'épée ? Sont arrivées jusqu'à lui des kyrielles de victoires, les Arcole, Rivoli, Pyramides, Marengo, « au milieu des tourbillons de neige, sur un cheval fougueux, au milieu des avalanches et des précipices » raille un Chateaubriand vite excédé par ces « blagueries », cette légende dorée quasi christique d'un Bonaparte qu'il combat, lui, par la plume.

Qu'importe, le héros fait rêver la jeunesse.

Justement, Napoléon cherche à attirer les jeunes nobles inemployés dont il connaît les qualités pour avoir été l'un d'entre eux. Car il compte bien réconcilier les Français autour d'une nouvelle dynastie où un fils d'aubergiste peut devenir maréchal, mais où il faut aussi à tout prix amalgamer les descendants de ces grands noms qui ont fait l'histoire de France. Il crée ainsi les gendarmes d'ordonnance, véritable garde impériale déguisée et pépinière de cavaliers d'élite, arme noble par excellence. Peu vont s'enrôler, mais Charles n'est pas sectaire et ne peut se résoudre à demeurer à l'écart de la grande aventure : cet appel parle à son cœur. N'écrivait-il pas à sa mère deux ans plus tôt que « cette génération de jeunes chevaliers doit rallumer la noble émulation qui embrasait le cœur de leurs aïeux, et que leurs pères avaient laissée éteindre » ? C'est décidé, cette fois il s'engage, grâce à un lointain cousin et ami, Charles de Flahaut, le séduisant fils naturel de Talleyrand, aide de camp de Murat. Les deux Charles ont tout pour s'entendre : mêmes origines, mêmes goûts, mêmes aspirations.

Le voilà en tenue : uniforme vert des chasseurs à cheval, gilet rouge tressé d'argent, pantalon à la hongroise, shako noir à visière, plumet et boutons ronds et blancs, aigle d'argent, bottes noires. Ses parents, loin d'être enthousiasmés, sont au moins soulagés qu'il trouve enfin sa voie. Leur cadet, élevé dans le chaudron du bourbonisme, ne vient-il pas en outre de subir l'influence de cette trop fameuse intellectuelle exilée par Napoléon ? Un Napoléon que Charles affirme d'ailleurs avoir d'abord détesté pour cette raison ! Vilain petit canard de la famille, il en sera bientôt le cygne noir.

À Mayence, sur les rives du Rhin, proche du théâtre annoncé des opérations, les fêtes se succèdent. Comment y distinguer ce nouveau régime que l'on pourrait confondre avec l'ancien ? Charles, qui se croyait incapable de faire des mondanités, est très apprécié. Il fait la connaissance de Joséphine et de sa fille, la toute récente reine Hortense, épouse de ce Louis de Hollande dont Émilie est maintenant détachée. Comme son ami Flahaut, futur amant et père du duc de Morny, il tombe amoureux d'elle, de ses grands yeux doux, de ses cheveux châtain clair, et lui adresse une déclaration aussi délicate que bien tournée : il rêve, confie-t-il, depuis longtemps à une idéale perfection, sait combien est rare ce qui est digne d'être aimé… Charles a bon goût car Hortense passe pour une femme de grande qualité, si vraie, si pure, si ignorante du mal. Malgré sa prestance et son « caractère sauvage », il ne parvient pas davantage que ses multiples prétendants à lui faire perdre la tête, mais une amitié pour la vie vient de naître. Une authenticité commune les rapproche, et Hortense décrit son ami comme « un ennemi du grand monde », où il arbore d'ailleurs « un air farouche et un ton quelquefois tranchant » ; un jeune homme « rempli d'exaltation et d'idées romanesques, cachées sous des formes froides » dont seuls les yeux, parfois, s'enflamment.

Nommé sous-lieutenant à la veille d'Iéna grâce à sa nouvelle protectrice, il n'a qu'un but : se montrer digne de la confiance qu'on lui accorde. D'autant qu'il n'est pas très à l'aise avec l'idée que son avancement soit une affaire d'antichambre. Mais il est euphorique à la pensée que Napoléon en personne a signé sa nomination ! Sa fiche se résume à un court profil : « Vingt ans. Né à Paris. N'a jamais servi mais jeune homme de la plus belle espérance. N'a jamais émigré. » Laissant ses dettes sous la responsabilité de son frère, il part dans l'espoir de blanchir sous le harnais, la tête encore pleine des *Souffrances du jeune Werther*, sous un clair soleil d'hiver, au son des trompettes. C'est le début de l'épopée. D'abord Berlin et ses larges rues, si différentes d'un Paris encore un peu coupe-gorge, puis la sinistre Poméranie, tandis que tonnent les canons du cimetière d'Eylau. Sabre au clair, il veut sauver les siens d'une embuscade et échappe de justesse à la mort. Alternant combats et bivouacs dans la neige, entre forêts figées dans la glace et lacs pétrifiés par le gel, il se collette avec la rude vie de soldat. À Selnow ce moderne chevalier s'interpose lorsque des compagnons d'armes achèvent des blessés prussiens. La guerre est alors encore codifiée par des rites. Plus pour longtemps. Puis il revient à Marienwerder en longeant la Baltique après quarante jours, dont trente-trois de marche, et huit villes prises, raconte-t-il fièrement à son père, ajoutant des détails sur sa vie quotidienne tels que les lits de paille et le pain noir. Il manque de tout mais se sent dans son élément, porté par l'esprit de conquête qui anime la Grande Armée, dans cette vie en communauté où la serviabilité – c'est son mot – tient le rôle principal.

En récompense de sa conduite, il gagne ses premiers éperons : maintenant assimilé aux chasseurs à cheval de la garde, ceux que Napoléon appelait « mes enfants chéris », il se réjouit d'être bientôt passé en revue par l'Empereur, tout auréolé de sa gloire, debout sur un perron. L'Empereur ! Le mot seul fait advenir une intense jubilation. L'Empire atteint d'ailleurs son acmé avec l'assaut final de la bataille de Friedland, que Charles a la mission honorifique de notifier, sous un feu nourri, au général Mortier de la part du maître des batailles en personne.

Vous n'avez arrêté que douze mille lettres !

Tandis que Charles flamboie, Antoine veille « au salut de l'Empire » – hymne officiel du régime. Aux Postes, il découvre l'antique existence du cabinet noir, jadis pudiquement nommé cabinet du roi et rétabli sous l'Empire en sus de celui dévolu aux affaires extérieures. Par une porte secrète de la petite rue du Coq-Héron, à une encablure de l'actuelle Poste de la rue du Louvre, sont décachetées, puis lues au passage, les lettres suspectes émanant surtout des ministres et de la haute administration. Napoléon savait ce qu'il faisait en plaçant à cette tour de contrôle celui dont il vante l'« extrême probité », seule personne capable d'exercer le pouvoir sans abus, et de remplir une mission qui n'est pas, elle, d'une « extrême probité » : « Je n'ai laissé aucun de mes ministres pénétrer dans ce mystère infernal. » À peine lues, les missives interceptées sont brûlées par ses soins. D'autres sont restituées ouvertes mais non lues, d'autres encore sont rendues vierges de tout outrage : il suffit de faire copier dans l'instant les armoiries du cachet utilisé puis de recacheter l'enveloppe avec soin pour maquiller le forfait, ce qui dupe le destinataire. L'Empereur a raison de faire confiance à la prudence et à la sagacité d'Antoine, qui n'a d'ailleurs jamais divulgué le moindre ragot, ni violé le moindre secret.

Mais Napoléon, lui, veut tout savoir, tant en France qu'à l'étranger, et jusqu'à la correspondance du pape ! Rien n'échappe à ses professionnels du renseignement capables de débusquer une aiguille dans une botte de foin : cires ramollies, fac-similés de cachets, cryptages à déchiffrer… Seulement Antoine se caractérise par une autre façon de procéder : il renonce à l'usage d'informer la police en qui il n'a pas confiance. « Les secrets des citoyens ne furent plus prostitués à la pire espèce des hommes », explique-t-il sans ambages. Or qui dit police, dit Fouché, qui ne sert personne d'autre que lui-même. Inutile de préciser que le duc d'Otrante ne lui pardonnera jamais la rétention de ce qu'il regarde comme son dû. Napoléon raconte à Sainte-Hélène qu'il a voulu, avec l'aide de son fidèle, « connaître les sentiments de la nation sur mon gouvernement. Je nommai douze hommes, tous d'opinions différentes : jacobins, royalistes, républicains, impériaux, etc. ». Ils étaient payés pour faire des rapports à Antoine qui les remettait ensuite cachetés à qui de droit. Bien entendu cela se faisait dans le dos des ministres.

Antoine passe bientôt du rang de commissaire central aux fonctions de directeur général, un ministère sans le nom, sous le patronage inoffensif des Finances grâce à sa capacité de travail exceptionnelle et sa très haute conscience, y compris professionnelle. La réussite de celui qu'on surnomme le Mamelouk (l'esclave) est éclatante. Il a, dès son arrivée, organisé le service du Rhin jusqu'aux deux péninsules, veillant à la célérité du courrier adressé aux soldats, disséminés dans de nombreux pays et ravis d'échanger avec leurs familles. Puis il étend le système des estafettes, plus rapides que les dépêches, à tous les départements, avec mention d'heure de départ et d'arrivée à chaque relais. Alors que les courriers faisaient des pauses régulières pour se sustenter et dormir, les estafettes courent sans s'arrêter. Et pour cause : elles convoient des portemanteaux en cuir, sortes de valises fermées passant de main en main à la manière du témoin d'un relais avec des étapes de trente lieues, soit cent cinquante kilomètres environ. Seuls Antoine, à Paris, et l'Empereur, où qu'il soit, en possèdent la clé – ce dernier n'hésite pas à éventrer le portemanteau si son secrétaire n'est pas présent au moment de son arrivée. Désormais, Napoléon ne met que huit jours à recevoir un courrier de Paris quand il est, par exemple, à Milan, et pour un coût deux fois inférieur à celui de la poste traditionnelle. Bref, Antoine est le grand ordonnateur du premier service centralisé fonctionnant comme une toile étendue au continent, puisque les frères de l'Empereur règnent un peu partout en Europe.

En même temps, il dirige d'une main de fer gantée de velours le cabinet noir, devenant ainsi maître des secrets d'État comme des secrets de famille. Ce bureau, conjuguant surveillance et censure, intercepte aussi certains courriers provenant d'un côté de nos frontières ou de l'autre. Tous les matins, Antoine dépose sur le bureau de son maître un rapport pudiquement intitulé « Gazettes étrangères ». Sans lui, les espions n'auraient pas grand-chose à se mettre sous la dent.

Malgré la conduite impeccable de ce bourreau de travail entièrement dévoué à celui qu'il appelle son bienfaiteur, il se fait parfois rabrouer : « Votre service va mal. Vous n'envoyez autour de moi que des imbéciles… Le directeur des postes de Bayonne a donné au courrier deux portemanteaux au lieu d'un, et de plus l'a chargé de deux bouteilles de vin. Le courrier a sauvé le portemanteau où était le vin, et a laissé prendre celui qui renfermait la correspondance. » Devinant tout, ne passant rien, l'Aigle se plaint aussi parfois de mesures insuffisantes : « Vous n'avez arrêté que douze mille lettres ! » Aimé et unanimement admiré, Antoine ne se formalise pas lorsque l'Empereur fronce le sourcil. Au fond, il sait qu'il est reconnu, apprécié, irremplaçable. « L'honneur, la probité, la droiture en tout, sont la base de son caractère » : tel est le jugement laissé par Napoléon sur son meilleur sujet pour la postérité. D'un roturier, il fait un comte de l'Empire, un conseiller d'État, un grand officier de la Légion d'honneur. Comme il avait raison, le jeune homme de la rue Mazarine qui ne doutait pas de son avenir… et qui vient d'acquérir La Verrière, élégant château situé entre Versailles et Rambouillet.

Beau, grand, spirituel, brave, instruit

Après Friedland, le traité de Tilsit signé avec le tsar met fin à une nouvelle guerre contre la France. Observant le régiment de Charles, Alexandre Ier ne peut masquer sa surprise devant la jeunesse et l'élégance des officiers, ces Rochechouart de Mortemart et autres antiques familles de France dont les patronymes claquent comme des drapeaux. « Mon frère, ce sont mes chevaliers-gardes », lui dit fièrement Napoléon.

Charles, c'est vrai, est parfaitement éduqué, aussi à l'aise dans un salon que sur un champ de bataille. Il comprend la politique et sait tenir une plume. Cette fois, il est nommé lieutenant au 11e chasseurs à cheval, puis aide de camp du glorieux maréchal Lannes, qui était à Arcole avec Antoine. Ce fils de palefrenier est devenu duc de Montebello grâce à son épée. Une épée que Charles juge aussi ennoblissante que le fait de descendre d'ancêtres sanctifiés des siècles auparavant. Durant l'atroce guerre d'Espagne, les autres aides de camp se nomment Viry, Albuquerque et le fameux mémorialiste Marbot qui décrit ainsi son acolyte : « Beau, grand, spirituel, brave, instruit, parlant bien, quoique bredouillant un peu. »

Alors que la déroute se profile, Lannes va retourner la situation de façon spectaculaire avec le concours de son valeureux aide de camp. Au prix de risques fous, qu'on appelle alors des faits d'armes. À Tudela, juché sur une jeune monture affolée par le son du canon, l'apprenti héros ne peut la faire avancer. Or voulant à tout prix faire ses preuves, dans un fol élan il saute à terre et sabre le jarret de la pauvre bête. Marbot s'indigne mais Charles, ivre de colère, ne parvient pas à se calmer. Ils en viennent presque aux mains. Lannes apprend l'incident et le destitue sur-le-champ. Le ridicule le dispute à l'humiliation. S'estimant déshonoré, Charles saisit son pistolet et le porte à sa tempe lorsque surgit Viry qui lui crie de se joindre à lui pour attaquer les Espagnols : n'est-ce pas dans les rangs de l'ennemi qu'il faut chercher la mort ? Unique argument recevable pour le jeune pur-sang, aussi fougueux et indomptable que son destrier. Dans le feu de l'action, il retrouve à temps son sens de l'honneur. Son ardeur au combat en est même décuplée : il saute sur le premier cheval et progresse sabre au clair avec témérité, voire inconscience – cette inconscience de la jeunesse qui se croit immortelle – contre la mitraille. Puis, légèrement blessé à la tête, il repart à l'assaut. Alors le maréchal, touché par son courage, lui fait savoir qu'il reprend du service à ses côtés, lui et sa tête brûlée !

Plus tard, lorsqu'il s'agit de franchir un massif montagneux à deux mille cinq cents mètres d'altitude, la Sierra de Guadarrama, d'affronter le vent glacial, de tenir sa monture par la bride, mais aussi de se tenir les uns les autres pour ne pas être emportés par la tempête, Charles ne se plaint pas. Comment le pourrait-il, quand le chef suprême lui-même donne l'exemple ? Parvenu au col, Napoléon remonte en selle. Soudain son cheval glisse et l'envoie rouler sur le sol verglacé. « Foutu métier ! » s'exclame-t-il. Puis il enfourche à nouveau son cheval. C'est pour cette exemplarité que les grognards l'adorent.

Après le terrible siège de Saragosse, « qui ne ressemble en rien à la guerre que nous avons faite jusqu'à présent », écrit Lannes, Charles est désormais capitaine mais ne compte pas se reposer sur ses lauriers. La prise de Ratisbonne va lui donner une nouvelle occasion de se dépasser. Napoléon, blessé par une balle au tendon, envoie cinquante volontaires dans le fossé qui sépare les deux positions, ces derniers sont décimés comme les cinquante suivants. Au troisième appel, face à une mort certaine, Lannes saisit à son tour une échelle et s'écrie : « Eh bien, je vais vous faire voir qu'avant d'être maréchal j'ai été grenadier et le suis encore ! »

Aussitôt, Charles et quelques-uns la lui arrachent pour descendre les premiers, ce qui a le don de réveiller tous les autres. Une clameur s'élève et chacun se précipite. L'intrépide aide de camp est en tête pour remonter de l'autre côté. Marbot raconte que, chacun sur son échelle, Charles et lui se donnent la main pour être mieux arrimés : « Nous parvenons enfin tous les deux sur le haut du rempart, à la vue de l'Empereur et de toute l'armée, qui nous salue d'une immense acclamation. Ce fut un des plus beaux jours de ma vie ! » Cet exploit galvanise les braves et affole les Autrichiens, qui s'enfuient. Lannes et Napoléon sont impressionnés par le total mépris du danger de l'audacieux jeune homme. Ce guerrier de vingt-trois ans, trop jeune pour se savoir mortel, raconte qu'il ignore comment il existe encore : « Les balles, les boulets sifflaient autour de moi, la mitraille pleuvait. Je suis resté, plus de dix heures, exposé au même feu, rien ne m'est arrivé ! » C'est justement au moment où son père aurait pu être fier de lui que celui-ci disparaît, sans jamais connaître les exploits de son fils. Pis : une tante lui envoie une lettre très culpabilisante, déplorant son absence, le conjurant de se reprendre, de cesser ses écarts de conduite qui cumulent dettes de jeu et vie dissolue. N'a-t-il pas assez fait souffrir ses parents ? La raison doit dominer les passions. Charles, loin des siens, écrit à sa mère : il ressent d'autant plus vivement la douleur de l'affreuse perte qu'ils viennent de subir qu'il lui est impossible de lui offrir la moindre consolation. Et se désole de ne pas être auprès d'elle : « Vous ne seriez point insensible à mes soins », ajoute l'incorrigible cadet qui se révèle ici bien charmant. « À mon départ, j'étais loin de prévoir que je faisais à mon père un dernier adieu. Maman, mandez-moi je vous prie s'il a parlé de moi et ne me cachez point la vérité, dites-la-moi tout entière, hélas !, j'ai, je le sais, des reproches à me faire. Il m'a pardonné, Henry m'en donne l'assurance, mais je désire la tenir de vous, ma chère maman. »

Mais pas le temps de s'attendrir. Quelques jours plus tard, la bataille d'Essling reprend avec rage. Cette fois, ses amis Albuquerque et Viry sont tués.

Marbot est blessé, Charles plus légèrement au pied, ce qui lui vaut d'être fait chevalier de la Légion d'honneur. Quant à Lannes, il reçoit un boulet de canon et meurt huit jours plus tard de la gangrène, non sans avoir averti son ami et maître que son ambition « insatiable » le perdrait. Le pauvre Charles, qui n'a pu fermer les yeux de son père, ferme ceux du « Roland de l'armée », pleuré par l'Empereur et tous les soldats.

C'est alors que le prince Eugène de Beauharnais, désormais vice-roi d'Italie, réclame cet officier, « dont on dit le plus grand bien », comme aide de camp. Et lorsque les Franco-Italiens remportent la bataille contre l'Autriche, c'est Charles qui est chargé par Eugène d'aller porter la bonne nouvelle à Schönbrunn, où séjourne Napoléon. Ce dernier lui demande à son tour d'aller en informer Joséphine et sa fille qui prennent les eaux à Plombières. La reine Hortense se réjouit des succès de son frère, mais est aussi enchantée de retrouver son ami qui a pris du galon depuis qu'elle lui a mis le pied à l'étrier. Enfin, Charles peut retourner quelque temps à Raray, et surtout se recueillir sur la tombe de son père. De retour à Milan, il se sent triste, inutile, et s'ennuie ferme malgré la vie mondaine et les bals. Toujours aussi dépensier, méprisant les femmes faciles qu'il accumule, il voit bien que sa vie oisive et dissipée lui laisse un sentiment de vide. Il a tellement besoin d'action !

Heureusement pour lui, Napoléon est tout aussi incapable de rester longtemps en paix.

Le souvenir de la famille des Bourbons était enseveli pour toujours

Pendant ce temps, malgré la naissance de sa fille Joséphine, la vertueuse et douce Émilie s'ennuie, elle aussi : « Quel est mon sort ? écrit-elle. Fille sans l'être, personne au monde n'eut moins de parents que moi... Épouse, je demeure comme isolée de mon mari. » Après le sacre, tandis que cette belle femme à la luxuriante chevelure blonde et aux beaux yeux bleus, qui passent pour gais, se tient à l'écart des courtisans, la voilà propulsée dame d'atours de l'impératrice. C'est une fonction impossible car Napoléon entend contrôler les folles dépenses de sa femme par le truchement de sa nièce : celle-ci se retrouve donc prise dans un insoluble conflit de loyauté. Antoine se voit placé dans une situation également embarrassante : alors qu'il vient de rejoindre Napoléon rentré à Fontainebleau, il est intercepté par Joséphine qui lui raconte que Fouché, arguant de la raison d'État, vient de lui signifier qu'elle doit accepter de divorcer pour laisser à l'Empereur une chance d'avoir un héritier. Elle serait le seul obstacle à la consolidation du bonheur de la France.

Joséphine est encore sous le choc lorsqu'elle lui ouvre son cœur : « Je fus si déconcertée de ce discours que je ne pus lui répondre que je réfléchirais à cette étrange proposition... Conseillez-moi donc, vous qui m'êtes attaché comme parent, et comme homme dévoué. N'est-il pas évident que Fouché est envoyé par l'Empereur, et que mon sort est décidé ? Hélas ! Descendre du trône est peu de chose pour moi ; qui sait plus que moi combien j'y ai répandu de larmes ? Mais perdre en même temps l'homme à qui j'ai consacré mes plus chères affections ! Le sacrifice est au-dessus de mes forces. »

Aussi surpris que l'impératrice, Antoine lui demande un délai de réflexion. Il est pris en étau : d'un côté, Napoléon a impérativement besoin d'un héritier pour consolider l'Empire, de l'autre, étant un intime d'Hortense, Joséphine appartient désormais à sa famille. Comment pourrait-il la lâcher ? Diplomate, il lui propose de répondre à Fouché que, devant obéissance à son mari, elle ne voudra entendre parler de cette affaire que par l'homme qui est le maître de sa destinée. Mais la paix avec l'Autriche change la donne : l'Empereur envisage maintenant de s'allier à cette grande famille régnante d'Europe. Après tout, c'était le même pari qui avait abouti au mariage du futur Louis XVI avec Marie-Antoinette. Un héritier légitimé par ce sang bleu serait propre à tenir éloignés du trône les Bourbons dont il se méfie encore, à juste titre. Cette fois, c'est Napoléon qui entretient Antoine de cette affaire de cœur autant que de raison (d'État) : « La nation a tant fait pour moi que je lui dois le sacrifice de ma plus chère affection… Je ne suis pas assez vieux pour ne pas espérer des enfants, et cependant je ne peux en espérer d'elle ; le repos de la France exige que je me choisisse une nouvelle compagne. Depuis plusieurs mois l'impératrice vit dans les tourments de l'incertitude… Vous êtes le mari de sa nièce ; elle vous honore de son estime, voulez-vous vous charger de lui annoncer cette triste nouvelle, et de la préparer à sa nouvelle destinée ? »

Antoine refuse, arguant qu'il aime trop Joséphine pour lui faire de la peine. Napoléon, pourtant capable d'une grande froideur, doit, une fois la sentence annoncée, se retirer quinze jours à Trianon pour pleurer la seule femme véritablement aimée et dont la perte marque le commencement de la sienne, selon Émilie.

Après l'inéluctable divorce, cette dernière redevient une épouse effacée et esseulée, au point de suivre Joséphine à Malmaison. En outre, elle ne partage pas les enthousiasmes politiques de son mari, n'appréciant ni l'absolutisme de Napoléon ni sa trahison de l'esprit de la Révolution. Antoine, lui, juge la nouvelle impératrice, Marie-Louise, bien faite et surtout robuste, ce qui est avéré par la naissance du roi de Rome. « C'était alors, répétera souvent Antoine, que l'Empereur devait suspendre l'épée du conquérant et se reposer dans l'administration de son grand empire : la France était heureuse, et le souvenir de la famille des Bourbons était enseveli pour toujours. »

Pour toujours ?

Il neigeait

« Le beau ciel d'Italie dont les voyageurs parlent tant, écrit Charles à son frère, je voudrais bien savoir où il commence. » Son ancien précepteur, devenu un ami, le sent agité et le met en garde contre « la folle de la Maison », autrement dit l'imagination, qu'il lui conseille de soumettre au joug de la raison. Charles cesse alors d'alterner fougue et mélancolie pour se révéler assagi, assurant vouloir fixer son sort, et songer sérieusement au mariage. Desaunetz, perplexe, lui répond : « Vos regards se tournent vers la France pour y chercher une compagne qui vous donne le bonheur après lequel vous courez en vain. Mais le bonheur ne se donne point. C'est en soi-même qu'il faut le trouver, et, pour cela, il faut commencer par être le maître chez soi. » Il l'engage à bien réfléchir avant de faire un choix. Une femme apaisante saura-t-elle canaliser un homme tel que lui ?

Quelques mois plus tard, après mûre réflexion, il se décide à rendre visite aux Chastellux, des parents éloignés issus de la plus ancienne noblesse, au service de leurs princes depuis le Moyen Âge. Au manoir de Thil-en-Vexin, dans l'Eure, où ces émigrés, tout juste rentrés après vingt ans d'exil, récupèrent un château en ruine, la réputation de Charles l'a devancé. Joueur invétéré, « aimé des dames », comme on disait, et avec ce mauvais goût d'être « bonapartiste », de servir l'Aigle noir ! Se battre avec panache, soit, mais pour un usurpateur ? Rejeton d'une très bonne famille, cependant, et porteur des plus belles espérances. Bref, un candidat déstabilisant pour les Chastellux et leurs trois filles à marier. De son côté, Charles ressent déjà une préférence pour la benjamine, Georgine, vingt ans, une cousine connue dans l'enfance, née deux jours avant Lamartine au château de Bellevue à Meudon, au moment où ses parents s'apprêtaient à suivre les filles de Louis XV en exil – manque d'à-propos de sa naissance qu'elle a toujours déploré. Six semaines plus tard, ses parents emmenaient leurs aînés, César, Gabrielle et Pauline, laissant les deux plus jeunes derrière eux. Après avoir perdu leurs quatre premiers enfants, ils sont persuadés que la santé d'Henri et de Georgine sera mieux assurée à la campagne, dans le parc naturel du Morvan, loin du Paris révolutionnaire. Confiés à une gouvernante, « maman Guillot », ils ne reverront leurs parents que treize ans plus tard. Treize ans d'une vie triste où les conversations sont émaillées de « mort », de « guillotine », de « terreur ». Puis c'est un nouvel arrachement quand, à huit ans, Georgine est envoyée au couvent dans la capitale, où une partie de sa famille est morte « révolutionnairement », à l'instar des d'Ormesson, Noailles et autres d'Aguesseau... Lorsqu'ils se retrouvent tous, enfin, à Milan, son frère aîné est soldat dans l'armée napolitaine. Et l'embarras prononcé. Il va falloir réapprendre à se connaître. Dès lors, Georgine se retranche dans la réserve et l'observation.

Charles découvre donc une de ces jeunes filles avec lesquelles on ne s'amuse pas, mais que l'on épouse : belle, blonde, menue, presque craintive, modeste et sans chichis – elle abhorre les grandeurs de ce monde tout autant que les mondanités. Derrière ses yeux baissés, son visage penché et sa douceur, a-t-il déjà deviné la force invisible ? Partageant ses premières impressions, il dit à sa mère qu'il la trouve « extrêmement agréable », mais aussi qu'elle ne manque ni d'esprit ni de gaieté ; en un mot, il lui est impossible de faire un meilleur choix. Aussitôt, sa mère écrit à celle de Georgine pour tâcher de caser un fils qui est loin d'être accepté d'emblée, en dépit de sa belle allure : « Une jeunesse orageuse est quelquefois une garantie pour la suite de la vie », se croit-elle obligée de préciser. De son côté, Charles assure à son potentiel beau-frère qu'il sert la France avant Napoléon, lequel personnifie la Révolution bottée aux yeux des Chastellux. Hortense confirme qu'il « servait son pays contre le vœu de ses parents et contre ses propres opinions qui, quoique défavorables à l'Empereur, n'avaient pu l'empêcher de prendre un service honorable à ses yeux ». Les parents de Georgine sont au moins sensibles à cette loyauté-là, si ce n'est à ses idées qu'ils jugent dangereuses et utopiques. Heureusement sa sœur aînée se montre, elle, très séduite, décelant en lui une noblesse du cœur qui annonce le plus charmant caractère. Mais il en faut plus pour emporter l'aval de la famille qui va faire traîner la décision, avivant encore le désir de Charles de s'unir à la jeune femme.

Et Georgine, que pense-t-elle de cet élégant prétendant au regard aussi clair que franc ? De son allure martiale attestée par un torse couvert de médailles ? Elle a apprécié sa simplicité, son authenticité. Dans son journal intime, elle confie qu'en voyant ses décorations elle a ri et pleuré à la fois, et ajoute : « J'admire et j'envie ceux qui prennent promptement une décision, et qui savent juger d'une chose sur toutes ses faces, sans trouble ni inquiétude. » Anticipe-t-elle cette fougue héroïque qu'elle aime immédiatement mais qui va le perdre ?

Entre-temps encore promu, Charles est désormais chef d'escadron au service d'Eugène. Il visite les chantiers navals de Venise, découvre au milieu des collines la tombe en marbre de Pétrarque, qui exaltait la gloire et chantait si bien l'amour de sa patrie, apprend l'italien et lit Machiavel dans le texte… Il faut bien tuer le temps car il s'impatiente devant le silence des Chastellux. Il aurait bien voulu se marier avant de repartir à la guerre, puisque, dit-il, il vit à une époque où la paix est impossible. Mais bientôt il n'y croit plus : « Il faut subir son sort. Je crois que le mien n'est pas d'être destiné au bonheur. Depuis déjà longtemps rien ne réussit au gré de mes souhaits et tout trompe mes calculs. » À présent, il souhaite un bon parti pour cette Georgine qui lui échappe, et fait savoir à sa mère qu'elle vient de rater l'occasion d'avoir une belle-fille idéale. « Cette pensée m'était douce, j'ai un extrême regret d'être obligé d'y renoncer. »

Son moral est au plus bas lorsqu'il franchit le Niémen afin de contrecarrer le tsar, puisque les hostilités reprennent. Presque anonyme au milieu de cet océan de cinq cent mille hommes armés, il accompagne son cher Eugène, qui a beaucoup d'affection pour lui. Il sent bien que les illusions de sa jeunesse se dissipent : « Il ne faut point pour être heureux apprendre à connaître les hommes, il faut s'aveugler sur eux, et même sur soi. » Le voici plus philosophe que jamais. « Qu'est devenu le temps où je voyais tout en beau ? »

Dès le départ, les difficultés s'accumulent ; « l'armée des vingt nations », lancée dans une course-poursuite épuisante, est décimée par un ennemi qui ne cesse de se dérober alors que l'hiver russe n'est pas même installé. Cela ne l'empêche guère de se montrer valeureux lors de la bataille de la Moskova : à la tête de l'infanterie, il s'empare de la Grande Redoute, qualifiée de volcan par l'Empereur, après une lutte acharnée livrée au milieu de déluges de tonnerre et des torrents de fumée. Il est saint Georges, vainqueur du dragon ! Napoléon a gagné la bataille mais vient de perdre la guerre.

Entrés vainqueurs dans Moscou, les Français découvrent une ville vidée de ses habitants et qui ressemble à un cadavre, selon Eugène. Un cadavre qui va bientôt être incinéré puisque le tsar préfère l'incendier plutôt que céder. Charles ne peut que fixer, fasciné, cette vision infernale, ce mur de feu incandescent, brasier qui figure mille cratères réunis. Et où, paraît-il, au milieu des « fumées cuivrées » décrites par Stendhal, on y voyait comme en plein jour. Il faut faire demi-tour. Hélas, les Russes, non contents de voir l'ennemi retraiter, décident de le pourchasser. Les mêlées se succèdent. Charles crie en italien aux soldats d'Eugène : « Courez, braves Italiens, le vice-roi vous attend impatiemment ! Vos compagnons sont en danger si vous n'arrivez pas à temps, et vous perdez l'occasion de montrer votre courage ! »

En récompense, Charles est cité à l'ordre de l'armée. Mais voilà que l'hiver tombe avec une brutalité inconnue. Un hiver russe, précoce, glacial, inhumain. Très vite, il n'y a ni ravitaillement ni relève. Les chevaux n'ont pas survécu, obligeant les marcheurs à abandonner canons et blessés. Et le pire est à venir : la Berezina. Alors que les Français ont échappé à l'encerclement, commence la vraie retraite de Russie, ou plutôt la déroute : les rangs clairsemés sont fouettés par la bise, puis les survivants tombent à leur tour, épuisés par les marches de ceux qu'Eugène qualifie de « troupeau humain », mais un troupeau anarchique où règne le chacun pour soi, bientôt englouti sous un linceul blanc. Charles ne sent plus son nez qui a gelé mais parvient à rétablir la circulation en le frottant avec de la neige. Il peut s'estimer heureux car la plupart des hommes sont morts de faim, de froid, de maladie. Enfin, après des semaines passées sous le feu et la glace, il tient à peine debout : « Nous avons reçu une de ces leçons qui font naître mille pensées », écrit-il à sa mère. Commence-t-il à douter de ces guerres perpétuelles ? « Nous autres, jeunes gens, nous devenons un peu rares et si nous avons plusieurs campagnes de suite comme celle-ci, je crois que la prédiction qui se trouve dans l'Apocalypse sera réalisée. »

Ce que Victor Hugo résume avec ces vers célèbres : « Il neigeait. On était vaincu par sa conquête/Pour la première fois l'Aigle baissait la tête. »

La France est fatiguée

Pendant que Napoléon se perd dans les neiges russes, Antoine doit punir les coupables de l'affaire Malet, du nom de ce général républicain exécuté pour avoir presque réussi un coup d'État et fait croire que l'Empereur était mort. En outre, personne n'a songé au fils de ce dernier, le roi de Rome, ce qui prouve combien son régime ne tient que par ses victoires, ce dont Napoléon est conscient. Dès son retour, le (déjà) Revenant semble fulminer : « Du plus loin qu'il m'aperçut, raconte Antoine, il arriva sur moi avec des yeux qui me traversaient la tête. »

« Qui vous a permis, lui lance l'Empereur tremblant de colère, de verser le sang de mes sujets sans mon ordre ? C'étaient de braves militaires, qui cent fois avaient exposé leur vie pour moi et la gloire de la patrie. Avez-vous oublié que le plus beau fleuron de ma couronne est le droit de faire grâce ? Je ne sais à quoi tient que je ne vous en punisse sévèrement.

— Et moi, Sire, j'agis dans votre intérêt, puisque je vous ai envoyé un courrier ; j'aurai sans doute une réponse, et je vais l'attendre à la poste. »

Napoléon surjouait très bien des colères qui retombaient comme des soufflés et n'entamaient en rien son attachement. Il en faut plus pour impressionner

Antoine, qui sait pertinemment que son chef se tourne toujours vers lui dans le malheur. Il n'en tire d'ailleurs nulle vanité, nulle ambition, nul calcul. Il accomplit seulement son devoir : « L'habitude de la réflexion, dit-il avec sa simplicité coutumière, me donnait un sentiment assez vrai des affaires. » Mieux, dit son ami Pasquier, il « portait à son ancien général, à son bienfaiteur, l'affection la plus sincère, et jugeait toujours d'autant mieux sa position que, malgré son admiration pour ses talents, il se faisait peu d'illusions sur ses fautes ». Ainsi sa propension à donner à des événements fâcheux une apparence favorable, redoutant que cette poudre aux yeux ne l'aveugle lui-même. Placé aux premières loges, Antoine n'hésite jamais à donner son opinion avec une franchise qui frappe rarement l'oreille des politiques, cernés par de flatteurs courtisans qu'ils n'ont pas le courage, ni même le désir, d'écarter. Par exemple, il s'emporte devant les « fables » colportées par les récents bulletins de l'armée.

Mais l'Empereur ne ressemble à personne : durant plusieurs semaines, tous les soirs, il le veut à ses côtés, et plus précisément au pied de sa légendaire baignoire. Ou déshabillé, se chauffant près de la cheminée pour une causerie d'une heure. Car son fidèle ne craint pas d'aborder les questions qui fâchent : « La France est fatiguée à l'excès. Il lui est impossible de supporter davantage le fardeau dont elle est accablée, aussi risque-t-elle à tout moment de se dérober à votre joug pour se livrer, selon son triste usage, à la nouveauté, sa divinité favorite. »

Toujours sage et clairvoyant, Antoine se montre sévère depuis quelque temps. Il évoque ainsi les

Bourbons, qui vont finir par hériter de sa dépouille si la fortune change de camp pour de bon. Ce mot de Bourbons à peine prononcé, Napoléon, rêveur, se jette dans son lit, soudain mutique. Antoine n'a plus qu'à se retirer, frappé par l'état d'accablement de l'Empereur. « Ne vous en effrayez pas, lui dit son ami Méneval, ancien secrétaire et intime du grand homme ; il n'a rien perdu, mais vous n'avez le soir qu'un homme écrasé de fatigue. Il se couche à onze heures, mais il se lève à trois heures du matin, et jusqu'au soir il n'y a pas un moment qui ne soit pour le travail. »

Car Napoléon continue à tout administrer, tout contrôler, tout anticiper. Par exemple, il demande à Antoine de prévoir les chevaux de relais à toutes les étapes lorsqu'il se déplace, ou conseille à son frère Joseph de faire passer les lettres urgentes ou importantes par une estafette extraordinaire de son maître des Postes. Sa confiance, à juste titre, est entière. La preuve, avant son départ pour la Russie, l'Empereur a remis à son directeur général une somme astronomique en bons du Trésor, à convertir en or et à cacher.

Antoine fait donc fabriquer une cinquantaine de boîtes en forme de livres au format in-quarto, placées ensuite dans sa bibliothèque. À l'aube de la campagne de France, il s'inquiète pour la sécurité de ce trésor de guerre. Napoléon lui conseille alors de dissimuler ces volumes, titrés *Histoire ancienne et moderne*, dans sa maison de campagne, au château de La Verrière. Antoine opte cette fois pour une meilleure cachette que la bibliothèque : sous le parquet. Bonne idée : sa maison sera bientôt occupée par trois cents Prussiens, dont plusieurs dorment au-dessus du trésor ! Ainsi ce dernier ne fut jamais découvert. Par la suite il en confie la moitié au prince Eugène, chargé de l'envoyer à l'île d'Elbe. Le reste ? Mystère.

Tout ce que j'ai fait était pour servir mon pays

Après l'échec de la campagne de Russie, Napoléon veut repartir à l'assaut, mais cette fois il doit se battre sur plusieurs fronts car les nationalismes se réveillent. L'Allemagne prend feu, poussant la Prusse, puis l'Autriche de son beau-père, à rejoindre la coalition européenne érigée autour de l'Angleterre. Mme de Staël, que Charles appelle « notre Phèdre », se lamente : « Un seul homme de moins et le monde serait en repos. » Talleyrand, de son air énigmatique, peut à bon droit murmurer : « C'est le commencement de la fin. »

Lorsque le corps de Charles est attaqué par des Cosaques, il fait partie de ceux qui sauvent la vie du prince Eugène, ce qui lui vaut d'être nommé colonel. C'est à ce titre qu'il combat en Prusse à la tête du 112e de ligne, unité recrutée en Belgique et dont la réputation de bravoure n'est plus à faire. Sa blessure, reçue en Silésie, n'est pas tout à fait guérie mais rien ne peut l'arrêter. Si bien que les Belges ne l'ont jamais oublié et que ce régiment a longtemps conservé son patronyme. Il se distingue une nouvelle fois par son sang-froid et son exceptionnelle énergie. « Notre marche victorieuse est favorisée par un temps magnifique, écrit-il, lyrique, à sa mère. C'est un grand agrément quand on n'a rien d'autre que la voûte du ciel. »

Hélas, les Prussiens veulent en découdre. À Colberg, il est sérieusement touché à la cuisse et doit rentrer en France. Il était temps car la rumeur l'y disait tué, au point que les Chastellux ont fait une croix sur lui. Ses hommes, qui vont bientôt se reformer sous le nom du fameux 7e de ligne à Chambéry, le regardent partir avec regret. En son absence, se produit la première défaite personnelle de l'Empereur : la débâcle de Leipzig signe la perte de l'Allemagne et la disparition de la Confédération du Rhin. Après la mort de la Grande Armée, l'Empire s'éteint. Il ne reste plus que la France à défendre.

Charles a retrouvé son cher Raray et sa famille, mais assiste impuissant à la symphonie héroïque de la campagne de France. Gravissant les marches les unes après les autres, le voici non plus chevalier, mais officier de la Légion d'honneur. À vingt-sept ans, il est colonel, auréolé de gloire, tout parle pour lui, mais il manque encore de confiance et s'agace de devoir montrer patte blanche aux Chastellux. De son côté, Georgine prétend qu'il n'est plus qu'un songe. Alors Charles décide de forcer le destin et, contre toute attente, la pression paye ; sa main lui est enfin accordée. Sa future femme demande seulement à être tenue éloignée de la cour impériale : quels que soient les mérites de Napoléon, il n'est pas question de donner le moindre coup de canif à l'immarcescible fidélité de sa famille à la légitimité.

Ce mariage d'amour, projeté sur plusieurs années, ne ressemble en rien à celui d'Antoine, où la raison a dominé mais dont l'exécution s'est faite avec promptitude. En revanche, ces deux unions ont allié l'ancien et le nouveau régime. Et dans les deux cas, l'amour a finalement pris le pas sur la politique.

Le contrat est signé dans la seule rue commerçante du noble faubourg Saint-Germain, la rue du Bac, où résident les Chastellux. Georgine plonge le nez dans son bouquet et, peu habituée à être le centre de l'attention, croit mourir d'embarras. Davantage encore lorsqu'elle doit embrasser celui qui est désormais son troubadour, alliant chevalerie et amour courtois. Lui a toujours su qu'il était fait pour le mariage, que ses qualités de prévenance l'y prédisposaient. L'aventurier semble arrivé au port. Même s'il n'est pas démonstratif, elle a compris que son attachement est sincère et durable. De ces deux êtres, froids en apparence, va naître un couple qui brûle, par essence, de se dévouer. « Honneur » figure d'ailleurs dans les devises de leurs familles respectives : *Plus d'honneur que d'honneurs* pour elle, *Honneur et bienfaisance* pour lui.

La cérémonie religieuse se déroule dans la chapelle des Missions étrangères, qui existe toujours, rue du Bac. Georgine, à qui Napoléon offre une montre en or et émail bleu constellée d'étoiles et cernée de perles, est heureuse. Croit-elle cette vieille tante qui lui adresse une sinistre prophétie ? « Sois sûre que tu ne trouveras jamais de bonheur qu'en suivant tes principes et ta raison, les événements de la vie sont si bizarres, et quelquefois si cruels qu'il faut renoncer à toutes illusions ! » *En suivant tes principes et ta raison ?* Cela ressemble fort à une alternative impossible pour la pauvre « George », car si elle entend bien suivre son mari, elle n'épouse pas ses principes… Comment faire cohabiter des convictions aussi opposées que les leurs ? En temps de paix, cela serait plus facile, mais justement les Alliés viennent de franchir la frontière, ce qui n'est pas arrivé depuis la Convention, une vingtaine d'années plus tôt.

Déchirée entre sa loyauté envers ses parents et sa fidélité à son mari, elle sait combien la victoire des troupes étrangères serait pour Charles une humiliation. Tout comme elle sait qu'elle pourrait profiter à Louis XVIII et perdre Napoléon. Elle et sa famille doivent cacher leur joie. Beaucoup n'y parviennent pas. Les masques tombent.

De son côté Charles se fait fuyant. Un malaise s'installe même si tous deux souhaitent mutuellement s'épargner. « Je sens que je suis ennuyeuse, note Georgine de son côté, je ne voudrais pas qu'il s'en aperçût ; aussi bien le meilleur moyen est de sortir beaucoup. » Dans son journal, elle consigne encore : « Une discussion sur le gouvernement et la politique a achevé de me casser la tête… Je n'ose rien dire. J'ai été fort triste toute la journée… Une envie de pleurer qui, je crois, tenait un peu aux nerfs. »

Charles, qui n'a pourtant pas été élevé dans l'adoration de l'Empereur, juge qu'est arrivé le moment de se rallier franchement à lui. Union sacrée autour de la patrie en danger. Cette noble attitude tranche avec les nombreuses girouettes qui, sentant le vent tourner, décident au contraire de ne pas résister. Ne pouvant rester inactif malgré sa blessure, il prend le commandement d'une brigade et s'illustre devant Montereau, où Napoléon, bravant le danger, clame que le boulet qui le tuera n'est pas encore fondu. Mais il est d'autres morts que par le canon… La bravoure de Charles, lors de cette bataille victorieuse, lui vaut d'être proposé au grade de général seulement un an après avoir reçu celui de colonel. Il est vrai, écrit le futur maréchal Gérard, qu'il « n'est pas très ancien en grade mais il est l'un des plus dignes d'être promu… Il a toutes les qualités nécessaires pour commander une brigade avec distinction et communiquer à sa troupe l'élan et la bravoure dont il est lui-même animé ». Charles, plein d'humilité, refuse cette promotion : « Tout ce que j'ai fait était pour servir mon pays ; si j'acceptais des faveurs, on croirait que j'ai été guidé par l'intérêt et ce sentiment est indigne de moi. » Plus il s'était oublié, plus il était fier du sacrifice, explique Hortense. Il n'a d'ailleurs consenti à devenir aide de camp de l'Empereur – encore une promotion – que par devoir, ayant horreur des usages de la Cour où il fallait bien paraître, ou plutôt apparaître, entre deux batailles.

Malheureusement, les dernières victoires ne font que ralentir l'inéluctabilité de la chute. Les morts et les blessés sont rapatriés en charrette. Un jour, Georgine entend un cheval entrer au galop dans la cour : c'est Charles ! Elle le trouve en uniforme tout couvert de sang, harassé et boitant. Il lui demande son portrait, et ressort aussitôt, la laissant interdite. Mâchoires serrées, il est trop atteint pour parler et file à Fontainebleau rejoindre son maître à l'agonie.

Ma carrière publique est terminée

Quelques heures avant de partir au front, l'Empereur a réuni les officiers de la garde nationale et s'est fait acclamer, avec son fils dans les bras, en prononçant un discours qui les électrise. Bien qu'Antoine soit très ému, son pessimisme, à moins que ce ne soit sa prescience, reprend le dessus le soir même, lorsque Napoléon lui demande ce qu'il a pensé de ces vivats : « Cette disposition des esprits est bonne pendant la campagne si la guerre n'approche pas de Paris, mais il ne faut pas la mettre à l'épreuve de l'approche de l'ennemi. »

Souriant et lui tirant l'oreille, comme souvent, l'Empereur répond : « Vous n'avez plus d'illusions, monsieur le Romain, lui dit-il affectueusement.

— Non, Sire, mais j'ai de l'espérance sur cette campagne, et une belle victoire vaut mieux que l'enthousiasme de ce matin.

— Ah, lâche-t-il en se couchant, il faut la remporter. »

Tandis que l'Empire titube, Chateaubriand termine un court pamphlet titré *De Buonaparte et des Bourbons*, où celui qu'il refuse de nommer Napoléon est présenté comme « l'homme qui a fait plus de mal au genre humain en dix ans que tous les tyrans de Rome ensemble ». Stratège, il attend le moment propice, autrement dit la chute de l'Ogre, pour le publier. L'échec de la campagne de France et la capitulation de Paris ont tôt fait de rendre son écrit d'une brûlante actualité. Antoine fait d'abord parvenir à l'Empereur des lettres cryptées le conjurant de rentrer à Paris pour contenir les royalistes, puis un billet pour le mettre en garde contre les intrigues de Talleyrand qui a anticipé sa chute, et l'a même par avance enterré vivant. Maître du jeu depuis l'Ancien Régime, l'évêque apostat a rompu avec l'Empire au moment opportun et se souvient à bon escient d'un mot oublié, d'un mot talisman censé paralyser toute velléité d'usurpation : la légitimité. Selon lui, seul Louis XVIII peut réconcilier la France avec l'Europe. Antoine croise « le Diable boiteux » et comprend qu'après la trahison de Marmont, qui s'est empressé de signer la capitulation de son corps d'armée, tout est perdu. Il s'en ouvre à un proche qui le lui confirme et résume en même temps toute l'ambiguïté de la période : « Le règne de Napoléon est fini et j'ai écrit à Fontainebleau pour qu'on ne compte plus sur moi. Ma famille a toujours été attachée à la maison des Bourbons ; j'ai servi l'Empereur avec fidélité ; je ne suis pour rien dans les événements qui l'ont précipité du trône, et je retourne à l'ancienne dynastie.

— Je ne discute pas vos motifs, rétorque Antoine, mais moi, qui dois tout à l'Empereur, je m'éloignerai de son successeur. Je rentre dans l'obscurité ; ma carrière publique est terminée. »

À peine a-t-il fini sa phrase que des acclamations féminines éclatent au passage du tsar, boulevard de la Madeleine. Au milieu de l'attroupement, Antoine reconnaît « beaucoup de dames dont les maris avaient pendant longtemps rempli des fonctions élevées à la Cour déchue, et qui, elles-mêmes comblées d'honneurs et de richesses, avaient été attachées au service de deux impératrices ». Et il ajoute, non sans élégance : « Je pourrais les nommer : mais pourquoi flétrir leurs noms ? »

Le bal des courtisans vient de commencer, et les danseurs n'ont pas même la décence de se masquer. Antoine n'a jamais réclamé son brevet de conseiller d'État, où il a siégé sans discontinuer durant une douzaine d'années puisqu'il ne quittait jamais Paris. Or voilà que le nouveau gouvernement en profite pour lui interdire le titre de conseiller d'État honoraire. Cette injustice patente renforce son opposition, lui qui est la modération même. Et de lancer à son ami Pasquier, lequel ne partage pas ses opinions et lui rappelle les folies qu'il a lui-même dénoncées : « Nous sortons, j'en conviens, d'un gouvernement de géants ; nous en avons porté tous les inconvénients ; mais fallait-il pour cela retomber sous un gouvernement de Pygmées ? »

À cela s'ajoutent les armées alliées qui occupent désormais Paris, accueillies par certains royalistes comme des libérateurs. Les Cosaques, précédés de leur réputation, attisent en particulier la curiosité des habitants, que ce soit leurs bonnets en peau de mouton à poils frisés ou leurs gibernes et ceintures de cuir auxquelles sont accrochés des pistolets. Sans oublier un fouet spécial qui sert aussi bien aux chevaux qu'aux hommes ! Non contents d'avoir violé de nombreuses femmes et distribué divers sévices sur leur passage, ils ont ensuite établi un camp de huttes en paille sur les Champs-Élysées. Ils sont aussi distrayants que les cornemuses des Écossais en kilt, mais recèlent sur le pont Neuf des objets volés ! Le soir, le tsar, qui a déclaré n'avoir qu'un ennemi en France, Napoléon, se rend à l'Opéra où l'orchestre se met au diapason et joue *Vive Henri IV* pour saluer son arrivée. Des officiers russes, parfois des Français émigrés, logent dans des familles du faubourg Saint-Germain : on y danse des mazurkas au nez et à la barbe des grognards.

Talleyrand entame sans attendre de fines négociations avec Alexandre Ier, qu'il a eu la bonne idée de convier dans son hôtel particulier de la rue Saint-Florentin. Petit, raide, le cou enfoncé dans le col, visage impassible surmonté d'une perruque impeccablement poudrée, presque absent comme à son habitude, le prince de Bénévent, favorisé par sa haute lignée et son incomparable expérience, détourne le tsar d'une régence afin de mieux l'orienter vers les

Bourbons. Lui en fait-on le reproche ? Il assure agir dans l'intérêt du pays. Louis XVIII a appris de la Révolution. Il apportera la paix et la liberté par le truchement d'une monarchie constitutionnelle qui garantit les intérêts de la France nouvelle.

De leur côté, faisant fi de l'honneur et de la fidélité, les maréchaux ne vont pas hésiter longtemps. Déjà transfuges en pensée, gorgés de richesses, ils n'ont plus le feu sacré mais brûlent quand même de lâcher leur maître pour venir s'abreuver auprès de son successeur et, pourquoi pas ?, porter la croix de Saint-Louis en lieu et place de la Légion d'honneur. Louis XVIII, frère du roi guillotiné, s'apprête ainsi à rentrer, après un quart de siècle d'exil, les bras chargés de promesses pour tous et la réconciliation en bandoulière. Cela suscite bien des vocations… « De nobles parjures », souvent des « républicains baronisés » ayant servi sous l'Empire, n'ont plus qu'à s'aligner pour baiser les babouches du monarque, non sans l'avoir renié trois fois, pour mieux le servir, prétendent-ils ! Ils augmentent ainsi le cheptel du « troupeau paissant, raille Chateaubriand, s'engraissant à droite et à gauche ». Les âges chevaleresques seraient-ils révolus au profit du pur arrivisme ? Un contemporain confirme : « Si l'on met en France autant de zèle à bien remplir les places qu'à les obtenir, le roi peut se vanter d'être le monarque le mieux servi de l'Europe. » Haïssant les Bourbons, Stendhal décrit lui aussi ces scènes où « trente mille nobles » déferlent « par toutes les diligences pour tout demander » ! Et Musset d'ajouter : « Le roi de France était sur son trône. Les uns lui tendaient leur chapeau, et il leur donnait de l'argent… D'autres lui montraient leurs vieux manteaux, comme ils en avaient bien effacé les abeilles, et à ceux-là il donnait un habit neuf. »

« Si la peste donnait des pensions, la peste trouverait encore des flatteurs et des serviteurs », ironise le *Dictionnaire des girouettes* publié peu après, dans lequel figure la majorité des élites de l'époque. Boileau avait pourtant prévenu : « L'honneur est comme une île escarpée et sans bord :/On n'y peut plus rentrer dès que l'on est en dehors. » Mais qu'est-ce que l'honneur, pour les ambitieux ?

Délibérément à l'écart, Antoine décide de ne pas servir un maître imposé par l'étranger sur proposition de Talleyrand. « Mon attachement à la personne de l'Empereur, le serment de fidélité que je lui avais prêté, ma reconnaissance pour ses bontés et ses bienfaits me rendaient odieuse jusqu'à la pensée de ne pas lui dévouer le reste de ma vie ; mais aussi l'honneur me défendait de prendre parti pour le gouvernement des Bourbons, lorsque j'étais placé dans la nécessité de conserver des correspondances avec lui. » Il garde une partie de son traitement, preuve qu'il n'y a nulle chasse aux sorcières. Condamné à l'inaction, il peut enfin retrouver Émilie, qui ne tarde pas à attendre un enfant, douze ans après Joséphine. Toujours très belle, elle est alors âgée de trente-trois ans. Et surtout soulagée que son mari ne serve plus l'Empereur.

S'il n'a rien oublié, Louis XVIII a beaucoup appris. Napoléon, qui était censé sortir la France de la Révolution par le haut, n'a pas manqué de tomber dans les travers de l'Ancien Régime, restaurant tour à tour l'étiquette et même la noblesse. Pris de court, et alors que personne ne pouvait imaginer ce retour des princes, que Napoléon avait fait retirer des programmes d'histoire, beaucoup estiment qu'il vaut mieux reprendre l'original plutôt que sa contrefaçon. « On vit passer un groupe de gens à cheval qui portaient des cocardes blanches et agitaient des mouchoirs blancs, écrit Stendhal. Ils criaient : Vive le roi ! – Quel roi ? entendis-je demander à mes côtés. On ne pensait pas plus aux Bourbons qu'à Charlemagne. » Qui est donc ce « Louis le Désiré » qui tombe du ciel, ce souverain presque impotent sorti du chapeau et qui déclare vouloir établir un gouvernement paternel, et surtout apporter la paix à un peuple exsangue ?

La peste bourbonique

À Fontainebleau, résidence des souverains, Charles a rejoint l'Empereur, dont le buste prend l'eau, dans son salon rouge. Il y trouve des maréchaux frappés d'une étrange amnésie, d'autant plus ignominieux qu'ils poussent celui auquel ils doivent tout à abdiquer. « *I will not !* » se défend le vieux lion sous les traits de Rod Steiger dans le *Waterloo* de Bondartchouk. Flahaut trouve les mots pour lui faire signer l'acte d'un trait de plume trempé dans l'encre de l'amertume, avec une calligraphie appuyée et rageuse. Les maréchaux, les Chambres, jusqu'à sa femme : tandis que les trahisons s'enchaînent, Charles, lui, dort sur place mais s'est bien gardé d'en informer Georgine. Une Georgine que sa famille oblige à assister à l'entrée des Alliés dans Paris. Elle s'exécute à contrecœur, sachant combien son cher mari en serait choqué. Comment pourrait-il admettre qu'un peuple vaincu, soumis, humilié, demeure ainsi passif, presque complice ?

Elle aussi trouve les Français bien mornes. Comme en apesanteur. Ne sachant s'ils doivent se réjouir, se révolter, lâcher la proie pour l'ombre. Situation inextricable vécue par les uns comme une occupation et regardée par les autres comme une libération. Henry, le frère de Charles, par exemple, décrit avec lyrisme un ciel aussi pur que sa joie : « La miséricorde divine éclate miraculeusement sur la capitale de la France, tous les souverains de l'Europe occupent Paris pacifiquement. » Au fond l'immense majorité, comme souvent, veut du changement, sans bien savoir lequel. Davantage de liberté et d'égalité ? Des débats ? Même pas. Seulement tourner la page. Tout plutôt que Néron. Les élites impériales, elles-mêmes, se découvrent royalistes. Et les fleuristes sont dévalisés de leurs lys.

À Hortense, derrière la Concorde, rue Cerutti, bientôt rebaptisée rue d'Artois, Charles ouvre son cœur, qui ne recèle que du dépit : « Les peuples qui se rendent, qui n'ont pas la persévérance de se défendre, méritent de supporter toutes les conséquences de la défaite. Vous croyez donc qu'on vous a rendu les Bourbons pour le bonheur de la France ? Détrompez-vous ; les ennemis ne sont pas si bêtes ; ils vous ont donné un foyer de discordes pour des siècles ; et tout en vous leurrant de la liberté, vous reprendrez des chaînes… Les paysans n'apprendront plus à lire, de peur qu'ils n'aient l'audace de redevenir maréchaux de France ; cela leur paraît assez lourd, à la Cour, de supporter ceux qui y sont déjà et qui sont assez bêtes, eux aussi, pour aller prêter à rire à de plus bêtes qu'eux. »

Voilà le profil de ce pur qui n'a pas la langue dans sa poche, témoin indigné de cette « peste bourbonique » dont la courte incubation entraîne une propagation exponentielle. Il n'a prêté aucun serment et se croit libre d'appartenir au parti qui lui convient. Il le dit tout net : il est républicain par caractère « mais toute la vieille république est morte ou devenue la plus lâche partie de l'Empire ». Il n'aime que le Grand Carnot. Et de conclure : « Je ne vois que notre génération qui puisse dignement venger notre abaissement présent. » Les autres courbent le dos ? Il ne relèvera le gant qu'avec davantage d'éclat ! S'attendant à perdre son régiment, sa carrière et ses rêves, il décide de démissionner et compte quitter la France. Pourquoi pas en accompagnant son maître dans son exil elbois ?

Hortense, qui s'apprête à reconnaître Louis XVIII pour préserver sa famille, tente de le calmer : « Ne parlons plus politique, cela attriste trop, et vous voyez tout en mal. Lisez-nous plutôt une tragédie de Racine ou de Shakespeare. Vous lisez si bien. »

La veille du retour de ces Bourbons qu'il avait tant attendus, et alors que la statue de l'Empereur est descendue de son piédestal place Vendôme, le père de Georgine rend l'âme. Il ne verra donc pas le frère de Louis XVI restauré sur le trône de ses ancêtres. Dans la foulée arrive un message de Charles à sa femme qui était sans nouvelles de lui : « Je déteste la manière dont tout se passe ici. Je ne vois que bassesse et infamie… Comme il me semble que je suis le seul qui n'ait pas d'arrière-pensée, j'ai remis ma démission… Je ne renonce point à être utile à mon pays, mais dans ce moment je suspends toute idée. » Il a combattu les Alliés, et maintenant il faudrait devenir leur complice ? Tout renier pour ne pas tout perdre ? Découragé, il termine par ces mots : « J'ai laissé sur la cheminée la petite épingle que tu m'as donnée avec tant de grâce et de bonté… J'ai tout le poids du monde sur les épaules. »

La pauvre Georgine accuse le choc : « Ce coup m'a vivement affectée. C'était bien trop pour un jour ! Mes frères se sont tellement effrayés de cette espèce de folie qu'ils lui ont écrit des lettres (je crains, trop fortes) pour le faire venir. » Ces derniers ne peuvent comprendre son retrait et insistent lourdement : comment, il fuit au moment où son roi légitime revient et lui prétend ne pas paraître à ses pieds ? Il n'est quand même pas entré dans leur famille pour leur faire honte en servant une cause qui n'en est même plus une ? L'incompréhension est totale : « Tu conviendras que nous n'avons pas le droit d'être difficiles après les vingt années qui se sont passées… Pourquoi les princes verront-ils s'éloigner d'eux les gens qui pensent bien, et qui sont en état de servir leur pays ? » Charles se justifie en réitérant ses arguments : « Ambitieux par caractère, nullement par calcul, mes principes sont connus : j'ai désiré rappeler nos princes sur le trône avec toute leur gloire et conserver l'indépendance de ma malheureuse patrie. Nul parti n'était bon pour moi sous l'aile de l'étranger. Le cœur trompe rarement. Le mien me dit que la présence de l'étranger corrompt tout… Je n'ai fait que mon devoir… En ne quittant pas mon drapeau, j'ai suivi le strict honneur. Ma démission que je viens de recevoir n'est point la preuve que je ne veux point servir mon souverain. Ma vie sera toujours à ma patrie… L'organisation de l'armée m'apprendra si je dois offrir mes services. Je n'ai point la prétention de croire qu'ils puissent être fort utiles, et par conséquent désirés, mais je pense que celui qui n'a jamais été que soldat se retire avec honneur… » L'honneur plutôt que les honneurs… Ce qui est d'autant plus méritoire qu'on lui laisse augurer une belle carrière s'il daigne se soumettre au lieu de se démettre.

Insoluble drame de conscience pour les jeunes époux. Les deux camps parlent au nom de principes qui ne sont pas les mêmes : cette restauration qui vient signe-t-elle le retour à l'Ancien Régime ou une résurrection de la « douceur de vivre » ? Toute conciliation semblant impossible, un abîme se creuse, en France comme au sein de leur couple. Georgine et les siens, qui pensent que Napoléon était illégitime sur le trône, rappellent qu'il a lui-même invité, depuis Fontainebleau, les soldats à servir le roi. Alors où serait la trahison ? Charles est bien rigide. De leur point de vue, une âme honnête ne peut approuver ni la Révolution ni son bâtard l'Empire, tandis que pour le jeune colonel tout parti placé sous la férule étrangère est injustifiable, irrecevable. Cependant cette vision manichéenne est en trompe l'œil car Wellington, le véritable chef militaire des Alliés, a laissé Talleyrand aux manettes ; si l'Europe refuse de traiter avec Napoléon, elle se méfie du roi, et surtout des émigrés. La Restauration sera constitutionnelle ou ne sera pas. De même, l'amour de Charles pour Napoléon n'est pas aveugle. Au contraire, il connaît ses défauts, analyse les excès de son régime. Mais s'il s'amendait ? En tout cas, comme lui, le grand homme juge qu'une « nation a tout perdu quand elle a perdu son indépendance » : « Avant un an, prédit-il à la veille de son exil elbois, on sera honteux d'avoir cédé au lieu de combattre et d'avoir été livré aux Bourbons et aux Russes. »

Avant un an ?

« Chacun alors accourra dans mon camp. »

Pour l'heure, la plupart tournent casaque et se jettent dans celui du roi. Ces vestes plus ou moins habilement retournées écœurent Charles, ce qui ne l'empêche pas pour autant de s'exprimer. Il adresse alors deux lettres magnifiques à l'ex-Empereur : « Bien jeune encore je renonce à mon état. Sans doute il se passera longtemps avant qu'il se présente quelque espérance de gloire. » Longtemps ? Pas si sûr. « Sire, il sera impossible que Votre Majesté ne dirige point souvent sa pensée vers cette France qu'elle a trouvée si facile pour faire de belles choses et grandes choses. Il sera impossible que Votre Majesté ne s'occupe point de cette armée si forte, si nombreuse, si confiante en son chef et en elle-même. Quoi !… Vingt années d'efforts, de travaux, obtiennent pour résultat une régénération sous la garantie russe !… » Tout cela ne peut s'arrêter maintenant ! Pas ainsi ! Il n'est plus temps de revenir sur ce qui est consommé. Lui ne s'avoue pas vaincu et il l'invite à prendre date : « Votre Majesté ne pourrait-elle pas quitter d'une manière extraordinaire et pleine de dignité la France, ce premier théâtre de la gloire ?… Emporter avec elle l'espérance ?… J'aimerais, je le répète, voir Votre Majesté nous laisser pour adieu le germe d'une noble et louable ambition. » Prend-il ses désirs pour des réalités ou bien est-il clairvoyant ? Après ce qui pourrait passer pour des flatteries, Charles n'hésite pas à lui signifier l'entièreté de sa vérité, à savoir que l'histoire, « ce juge inexorable », se montrera sévère à son endroit, qu'elle « donnera de vraies et nombreuses explications des pertes immenses, des malheurs affreux éprouvés pendant le règne de Votre Majesté, et de la grande catastrophe qui en résulta », et elle le condamnera sans appel, si Napoléon ne se défend pas.

Une seconde lettre suit, annonçant sans ambages que le nom de l'Empereur, si longtemps légendaire, est aujourd'hui détesté. Oui, détesté : « La haine et l'exécration semblent être l'unique partage de l'homme qui pendant longtemps a inspiré une admiration aveugle. Maître du monde il y a deux ans, Votre Majesté est à la veille, dans son propre royaume, de n'avoir point où reposer sa tête… Envahi de tout côté, mon malheureux pays ne donnera plus maintenant à Votre Majesté le moyen de secourir un sujet fidèle et malheureux. Certes, l'histoire ne pourra justifier Votre Majesté des maux affreux qui pèsent sur la France et dont peut-être elle sera accablée ; mais avec quelle force l'histoire tonnera contre ces hommes, d'âmes lâches et perfides uniquement occupés à flatter les passions et dont quelques-uns, agissant sans nul doute avec dessein, peuvent être justement comparés à ce vent du nord qui, après maints efforts, déracine le chêne vigoureux… » Fichtre ! Plus rien ne l'arrête : « Mon dessein n'est pas de revenir sur le passé. Il faut partir du point où nous sommes [ces quatre derniers mots soulignés deux fois]… La haine que Votre Majesté inspire tient à un système effrayant pour tout le monde, à la persuasion où l'on est que jamais ce système ne changera. » Chacun pense que, s'il prétend faire la paix, c'est pour mieux préparer la guerre. Or il faut une paix honorable. « Les royalistes et les anciens révolutionnaires attirent tous les déçus de l'Empire. N'oublions pas que ceux de ses anciens soldats qui voudront continuer à suivre l'Empereur seront déclarés traîtres à la patrie. » Lit-il dans le marc de café ?

Enfin, l'imprécateur se fait politologue : « Votre gloire obscurcie, votre prospérité usée a détaché la nation. Une partie se tourne vers une famille dont le nom rappelle de grands souvenirs et offre des exemples nobles et touchants. » Il évoque ensuite celui qui saurait « annoncer un changement total de système », mais aussi instaurer « une administration sage » et surtout établir une force militaire « vraiment française et dans l'intérêt du pays ». Celui-là seul arriverait à vaincre tous les obstacles. À condition de ne pas utiliser la force, sans quoi c'est l'échec assuré. Il propose donc une déclaration solennelle et limpide : il ne s'agirait pas d'abolir la conscription, mais d'en garantir un « emploi sage », non plus que des baisses d'impôts, mais d'abandonner les mesures qui brident les entreprises et les commerçants – que l'Empereur s'est mis à dos par le Blocus continental. N'oublions pas, écrit-il encore, « il n'est point de Français que l'honneur n'électrise ». Dernière erreur, selon lui : Napoléon « ayant mis un frein à l'esprit révolutionnaire », il « a pu penser que la nation avait entièrement oublié la famille qui pendant quatorze cents ans lui a donné des chefs ». On se tourne donc naturellement vers les Bourbons. Le parti royaliste se trouve balancé par celui de ceux qui doivent leur existence à la Révolution française… Ces deux partis ne sont point français ». Ainsi, non seulement Charles devine la suite immédiate, mais pressent aussi celle de l'année suivante, et jusqu'à cette guerre des deux France ouverte au moment de la Révolution et qui n'en finit pas. La missive s'arrête par une ultime phrase qui fait frémir quand on connaît la suite : « Je désire que le parti que prendra Votre Majesté me mette à même d'offrir encore à ma patrie le sacrifice de ma vie. » Napoléon a-t-il reçu ces lettres ? Il est si désabusé qu'il a tenté, sans y parvenir, de se suicider en avalant une fiole de poison éventé après les émouvants adieux de Fontainebleau, prononcés aigles en berne, au son des drapeaux claquant dans le vent : « Soldats, je vous fais mes adieux… Avec des hommes tels que vous, notre cause n'était pas perdue ; mais la guerre était interminable, c'eût été la guerre civile… » Charles confie alors : « Si chacun eût pensé comme moi, l'Empereur n'eût pas abdiqué et c'est encore lui seul qui peut sauver la patrie. »

Tiens, tiens…

Acte I

Le retour des Bourbons

Vive le roi !

Un quart de siècle après la Révolution, alors que Napoléon vogue vers l'île d'Elbe, Louis XVIII rentre à Paris sous un clair soleil de printemps qui fait étinceler ses boutons dorés. Son auguste autant qu'obèse, podagre et goutteuse personne, bien que sanglée dans ses décorations, comme maintenue en équilibre par ses épaulettes gold, en impose pourtant avec son catogan noué par un ruban noir. L'autorité de son regard, son langage châtié et la majesté de son maintien corrigent le ridicule de la première impression. « Louis XVIII, confirme Chateaubriand, ne perdit jamais le souvenir de la prééminence de son berceau ; il était roi partout, comme Dieu est Dieu partout, dans une crèche ou dans un temple, sur un autel d'or ou d'argile. »

Étrange spectacle que celui des gendarmes ouvrant la marche, suivis d'officiers à cheval : « Les uns, raconte Antoine, ennemis la veille sur le champ de bataille, venaient demander leurs parts aux distributions royales ; les autres, vieux serviteurs de la monarchie, avaient longtemps tendu la main aux largesses impériales. » Drapeaux, fleurs, robes, tout est blanc et marqué du sceau de l'allégresse. Les vivats ponctuent le passage de ce roi presque gisant, ce roi-fauteuil sorti de l'oubli, incapable de tenir sur une monture. Chateaubriand s'étonne : on peut donc faire rêver la foule avec un « roi invalide non de guerre » ? Couronné par défaut, il parvient à remporter les suffrages, à se faire acclamer « quand même » ! Antoine commente avec une cruelle sobriété : « La portion riche et bien élevée se chargea cette fois de faire les frais d'enthousiasme dont le peuple a toujours largement gratifié les hommes qui frappent son imagination mobile et irréfléchie. » Après avoir tout laissé en ordre aux Postes, il quitte à pied, le cœur lourd, la rue du Coq-Héron. Quinze jours plus tard Joséphine meurt, tombée malade après avoir fait les honneurs de son parc de Malmaison au tsar. La série noire continue. Si Antoine la dépeint comme une femme peu cultivée mais dotée d'un bon jugement, d'une réelle finesse, d'excellentes manières et surtout d'une grâce inimitable amplifiée par son charmant accent créole, la pauvre Émilie se montre très affectée : elle vient de perdre sa bienfaitrice, sa mère de cœur. À ce chagrin s'ajoute une grossesse compliquée qui nécessite soins et repos. Obligée de quitter Malmaison, Émilie se rapproche encore de son mari qui fait de son mieux pour la consoler.

Aux Tuileries, une odeur poudrée remplace l'odeur de la poudre. À cette époque, plus personne ou presque n'est républicain. Débute alors un ballet du pouvoir unique dans l'histoire, où la France, ne sachant plus à quel saint se vouer, change fréquemment de cavalier, porte tantôt l'aigle ou l'abeille à la boutonnière, tantôt le lys ou le ruban blanc. Se joue donc, quinze mois durant, une pièce de boulevard où les portes s'ouvrent et se ferment, où l'on prend les mêmes, dans un ordre différent à chaque acte, pour reproduire une mise en scène identique, réglée par une chorégraphie similaire.

Et l'humiliation, madame ?

Pour consoler Georgine, qui est encore sous le coup de la mort de son père, Charles a tenu à l'accompagner pour voir passer le cortège royal. S'il se montre plein de délicatesse, c'est aussi parce qu'ils viennent d'apprendre qu'elle porte elle aussi un enfant. Mais elle est si triste qu'elle n'a pas le cœur de crier « Vive le roi ! ». Au moins son mari ne pense plus à partir, même s'il rend sans cesse visite à Hortense, devenue entre-temps duchesse de Saint-Leu par la grâce très politique du roi. Celle-ci se permet, au nom de leur amitié, de lui faire remarquer qu'il délaisse sa charmante femme. Contraint de se justifier, il explique que leur distance est volontaire, pour éviter les tensions qui pourraient s'envenimer tant leurs opinions sont opposées.

Chez Hortense, au moins, il retrouve ses amis, mais aussi Antoine et des flopées de royalistes mêlés aux « débris de l'Empire ». Les conversations politiques y sont en principe prohibées, mais Charles ne peut s'empêcher de s'indigner du sort réservé à l'Empereur : « Ah, s'il eût pu régner avec la paix, c'eût été trop beau pour la France ; aussi les ennemis de notre pays se sont-ils bien gardés de la lui accorder ! Le voilà enterré à l'île d'Elbe, il est là presque prisonnier, et sa main forte ne pourra plus nous sauver ! Il faudra nous sauver tout seuls, quand l'occasion s'en présentera.

— Ah ! Ne faites aucune folie ! Calmez votre tête ! Résignez-vous ! Vous voyez bien que toute la France paraît contente.

— Elle paraît contente, madame ! Elle n'est qu'étourdie du coup qui l'a frappée ! Moi, si j'étais égoïste, je serais très content aussi ! J'ai une bonne petite femme, le retour des Bourbons lui rend une fortune sur laquelle je ne comptais guère ; que me manque-t-il ? »

Lui et son compère Flahaut comparent sans cesse l'Empire et la Restauration, naturellement au profit du premier. Un jour, ils s'amusent à se grimer en vieux émigrés, singeant leurs manières révolues. Hortense les morigène : « Eh bien ! messieurs, vous aimez à faire parade de votre opinion, et vous oubliez tout, même ma position, à moi, et celle de mes enfants. Vos exagérations retombent sur moi et nuisent à ma tranquillité. Vous savez bien qu'on vous accuse de conspirer ici… »

Charles s'écrie : « Ah ! Voilà la reine qui gronde encore !

— Quant à vous, réplique-t-elle, je ne vous gronde pas d'être trop enfant, au contraire, vous prenez les choses trop sérieusement et il faut savoir se résigner aux circonstances. Vous avez tous si souvent exposé votre vie qu'il faut jouir maintenant de la paix et de tous les avantages qu'elle donne…

— Et l'humiliation, madame ? Votre Majesté ne compte pour rien de voir des étrangers dicter des lois à Paris ?

— Certainement, nous avons été vaincus par le nombre, malgré votre valeur à tous. Aussi devons-nous en supporter toutes les conséquences ; mais nous avons été si longtemps vainqueurs qu'une défaite peut nous affliger et non nous humilier… »

Hortense n'a que trois ans de plus que Charles mais sa modération en fait une figure presque maternelle à côté de l'éternel adolescent. Elle aime cependant s'entretenir avec lui de « la générosité des sentiments ». Elle admire aussi son esprit « élevé » qui lui a appris que « les succès dans les salons ne valent pas l'honneur dans les combats… ». L'honneur, décidément le viatique de ce paladin, dont Vigny donne une définition qui lui va comme un gant : « C'est la conscience, mais la conscience exaltée. » Une exaltation quasi religieuse.

« Moi, surenchérit Charles, je méprise toutes ces paroles de salon, ces compliments fades ; je ne suis pas aimable, je le sais ; mais quand j'ai reconnu de la supériorité dans une femme, quand je retrouve l'idéal de tout ce que j'ai rêvé de parfait, j'aime, j'estime et je donnerais ma vie pour celle qui me semble la mériter. J'ai un caractère qui ne doit pas plaire ; aussi je m'éloigne dans les temps ordinaires ; mais quand on a besoin de moi, on me retrouve toujours. » Dans les salons, s'il parle peu, lorsqu'il prend la parole, c'est toujours avec fougue. Une duchesse trouve que ces jeunes gens « sont les plus dangereux », un véritable fléau. Aussi n'hésite-t-il pas à la taquiner : « Est-ce que vous ne craignez pas de voir arriver le moment où tous vos amis paieront de leur tête tout ce qui se passe d'absurde et d'antifrançais aujourd'hui ?

— Vous êtes un jacobin et Louis XVIII vous fera couper le cou. »

Un comble ! Ils éclatent de rire. Mais en privé Charles se contente d'ajouter que ce genre de dames pourrait, en effet, le rendre jacobin. S'il n'est pas le seul à s'offusquer, il est le seul à dire tout haut ce que beaucoup commencent à murmurer. Les maladresses, parfois les fautes de la Restauration, s'accumulent. Les vexations touchent en particulier les militaires et la noblesse d'Empire, regardée comme des parvenus endiamantés. Ce « Buonaparte » qui s'est fait roi de France « détruisit et parodia les rois, écrit Musset trente ans plus tard, comme Voltaire les livres saints ». Seul Louis XVIII peut contenir cette contre-révolution de palais voulue par son cadet, le comte d'Artois, chantre de la « machine à remonter le temps », qui juge que le principal défaut de son aîné réside dans son excessive indulgence. De leur côté, les nouvelles élites dénigrent ces émigrés qui, non contents de n'avoir pas soutenu les réformes de Louis XVI, ont déserté les couloirs de Versailles dès les débuts de la Révolution, avant de prendre les armes aux côtés des ennemis de la France. Et ce sont les mêmes que l'on recrute aujourd'hui au sein de la Maison militaire du roi, au détriment de ces demi-soldes renvoyés dans leurs foyers ! En bref, des déserteurs, des traîtres, parfois plus étrangers à leur pays que les étrangers eux-mêmes. Les élites de l'Ancien Régime veulent retrouver des privilèges que ceux de l'Empire ne veulent pas abandonner. Division originelle, irréconciliable des sphères du pouvoir qui lézarde les fondations. Et les Français d'en bas ? Ce peuple dont chacun se regorge alors que chaque camp projette sur lui ses propres convictions politiques ? Musset croit avoir la réponse : « Les uns disaient : Ce qui a causé la chute de l'Empereur, c'est que le peuple n'en voulait plus ; les autres : Le peuple voulait le roi ; non, la liberté ; non, la raison ; non, la religion ; non, la Constitution anglaise ; non, l'absolutisme ; un dernier ajouta : Non, rien de tout cela, mais le repos. » En tout cas, les mécontentements s'additionnent, dont ceux des paysans, notamment les plus aisés qui se sont portés acquéreurs des biens nationaux et redoutent que le gouvernement les fasse restituer à leurs anciens propriétaires. Si la digue est sur le point de sauter de nouveau, c'est plus une affaire de cœur que de raison.

Charles fréquente aussi l'élégant salon drapé de soie blanche de Mme Récamier, autour de laquelle chacun se presse, à l'Abbaye-aux-Bois, rue de Sèvres, et bien sûr celui de Mme de Staël, revenue triomphalement de son exil et qui accueille auprès d'elle tous les libéraux et royalistes raisonnables. Loin de son admiration de jeunesse, il la juge désormais trop excessive à l'endroit de l'Empereur auquel elle n'a rien pardonné. Au moins dans son salon on peut parler politique, d'où elle ne se prive pas de dénoncer la courtisanerie typiquement française, tellement étrangère à une Suissesse : « C'est un misérable esprit que celui de ce pays et depuis que j'y suis, je regrette l'idée que je m'en faisais lorsque j'étais exilée. »

Renouer la chaîne du temps

Le très habile et florentin Louis XVIII compte pourtant bien faire tomber défiance et préventions,

« renouer la chaîne du temps », apaiser ses sujets, réconcilier les deux France. Oubli et pardon sont les deux mamelles de sa politique, qu'il souhaite modérée. Il est déjà harcelé par son frère, futur Charles X, qui veut faire disparaître jusqu'à la dernière aigle des Tuileries, si bien que son aîné le menace de placer le buste de Napoléon sur sa cheminée s'il persiste dans son sectarisme. Les biens nationaux sont garantis, le Code civil est maintenu, la noblesse d'Empire conservée. Même les régicides n'ont rien à craindre. Enfin, comme Napoléon avait employé des royalistes, il ne peut reléguer les bonapartistes, qui tombent d'ailleurs comme des fruits mûrs dans son escarcelle, passant dans son camp avec armes, et surtout bagages, sans fausses pudeurs. Un porte-parole de Louis XVIII fait savoir que quiconque a servi l'Empereur dans l'intérêt de la France a servi le roi. Pour ceux qui ne l'auraient pas compris, l'Ancien Régime ne peut renaître intact de ses cendres. L'ouverture va loin avec la nomination prochaine du maréchal Soult au ministère de la « Guerre », étrange nomination après le rétablissement de la paix.

Et Antoine ? Depuis longtemps il n'est plus ce disciple inconditionnel ; son refroidissement à l'endroit de Napoléon, qui ne l'a pas fait évoluer, est connu. Mais personne ne vient le chercher. N'est-il pas un excellent technicien ? En quoi a-t-il démérité ? Et pourquoi le faire remplacer par un homme moins compétent, ce qui l'oblige à retourner aux Postes soutenir les employés désorientés ? Enfin et surtout pourquoi le ministre ne lui rend-il pas sa visite de courtoisie ? Cette dernière inélégance le jette dans une implacable opposition aux Bourbons. Pour couronner le tout son successeur commet d'emblée un impair majeur en évoquant « la ligne droite » suivie par les authentiques serviteurs du trône, à la différence de « la ligne courbe », qu'il évoque d'un air entendu : les bonapartistes tout juste ralliés se sentent, à bon droit, attaqués. Lorsque Antoine croise Charles chez Hortense, ce qui arrive sans cesse, tous deux conversent souvent en aparté, ce qui accrédite à tort leur future réputation de comploteurs.

L'état de grâce commence à s'évanouir lorsque Louis XVIII, au lieu de donner une constitution, « octroie » une « Charte constitutionnelle » en la datant de « la XIXe année » de son règne, soit depuis la mort de Louis XVII au Temple, ce qui revient à nier l'existence même de la Révolution et de l'Empire. C'est logique du point de vue du droit dynastique, tout comme l'adoption de l'antique drapeau blanc. Mais politiquement hasardeux en soulignant les fractures fondamentales que la Charte veut justement résoudre. Aussitôt, les deux extrêmes se rebiffent : d'un côté, les « néorévolutionnaires » dénoncent ses prétentions surannées, y compris dans les mots, à une légitimité détruite depuis la Constituante ; de l'autre côté, ceux que l'on n'appelle pas encore ultraroyalistes, royalistes ardents groupés autour de Monsieur, rejettent l'idée même d'une Constitution et jugent qu'il se compromet en acceptant des concessions comme Louis XVI. Si seulement ils pouvaient effacer un quart de siècle d'histoire de France !

Débordé par sa gauche et par sa droite, comment le roi pourrait-il maintenir le cap au centre, l'union sacrée, dans cette France que Chateaubriand qualifie alors de moderne ? Ce libéralisme politique accompagné d'un gouvernement parlementaire tranche, il est vrai, avec la tyrannie napoléonienne, et surtout le répugnant jacobinisme dont plus personne ne veut. Séducteur à la voix caressante, aux manières d'antan, à la parole rare, le roi se révèle en avance sur sa Cour, plus royaliste que lui. Les anciens émigrés, qu'un journal satirique baptise « chevaliers de l'ordre de l'Éteignoir », ces nobles à parchemin en disponibilité depuis vingt-cinq ans, comptent bien reprendre toutes les places, sans exception ! Ceux-là estiment qu'ils les ont autrement méritées par leur fidélité à la Couronne que cette nouvelle élite parvenue, ces duchesses récentes et autres maréchales qui ne savent même pas faire la révérence. Et qui, un comble, prétendent égaler de vieilles comtesses ou marquises à quatre quartiers de noblesse depuis les premières croisades : la caque sent toujours le hareng !

Il faut aventurer quelque chose

Comme sortis du sommeil d'Épiménide, ces « revenants » ne comprennent pas que le roi garantisse les biens « nationaux » qui leur ont été volés. La propriété n'est-elle pas la plus ancienne des légitimités ? Leur lobby ne va plus cesser de s'exercer sur un monarque, parfois paresseux, qui laisse faire. Le gouvernement verse bientôt dans la bigoterie, une bigoterie qui ne passe plus : interdiction de travailler le dimanche, processions religieuses démodées avec obligation de s'incliner devant le Saint-Sacrement… Les mentalités ont évolué, la liberté religieuse est établie, le sacré n'est ni intouchable ni tabou. Comment oublier que Fouché avait en son temps fait boire un âne dans un calice ? La nomination d'un général transfuge – et qui a capitulé – au ministère de la Guerre est une gifle pour les vétérans, d'autant que c'est le même qui vient d'opérer la réduction des effectifs et l'instauration des demi-soldes. Le traître et renégat humilie, appauvrit, frustre et déprime les soldats. Comment rester un héros quand on est devenu un nécessiteux ? Un général avoue qu'il détestait Bonaparte, mais que les Bourbons le lui font aimer. Aimer ou regretter ?

Que faire d'une Cour hétérogène impossible à fondre dans un même or face à une nouvelle bourgeoisie qui veut aussi sa part du gâteau ? À force de vouloir satisfaire tout le monde, personne n'est content : les Bourbons n'ont-ils rien appris, rien oublié, en un mot rien compris ? Selon un intellectuel du temps, et ce temps en est très riche, tout a changé davantage entre Louis XVI et Louis XVIII qu'entre Saint Louis et Louis XVI. Les princes apparaissent comme des momies sorties des bandelettes de l'exil. Ces « réminiscences d'Ancien Régime », comme les désigne avec subtilité un libéral, vont s'accumuler mois après mois et retourner à bas bruit l'opinion publique. Certains se prennent à rêver du retour de « l'ombre de César » qui n'aurait qu'à « souffler sur ces larves » (Musset). Charles pourrait consentir à servir les Bourbons mais leur entourage le rebute. Il ne cache pas son opposition grandissante : « Vous verrez qu'au lieu de la liberté tant promise et tant prônée, ce sera la loi des suspects que nous aurons, éructe-t-il. Vive la Charte ! Ah, que nous sommes dupes ! »

Une autre fois, il fait preuve d'une belle prescience, annonçant la nouvelle révolution survenue quinze ans plus tard : « Sans le régime impérial, qui a consacré et organisé tous les bienfaits de la Révolution, croyez-vous que les Bourbons, de retour dix ans plus tôt, eussent même accordé une Charte ? Certainement non ; ils n'en eussent pas eu le pouvoir ! Leur parti est plus fort qu'eux, et on voit qu'il les entraîne et qu'ils cèdent déjà. Attendez le règne du comte d'Artois, et vous verrez. »

Pendant ce temps, à Vienne, un congrès européen cherche à redonner un équilibre au Vieux Continent. Selon Musset, après la chute de Napoléon « les vieilles croyances moribondes se redressèrent sur leurs lits de douleur et, avançant leurs pattes crochues, toutes les royales araignées découpèrent l'Europe, et de la pourpre de César se firent un habit d'Arlequin ». En effet, derrière le langage diplomatique, il s'agit ni plus ni moins de prendre pour prétexte le grand Empire vaincu pour se partager sa dépouille. Mais Talleyrand veille au grain, parvenant à convaincre l'Europe que désormais l'ennemi est exilé et la France apaisée : n'a-t-elle pas retrouvé son antique maison royale ? Reste à la réintégrer au sein du concert monarchique européen reposant sur l'équilibre des puissances… et la négation des nationalités.

Alors même qu'il est allié à cette vieille France curiale tout juste sortie de la naphtaline qu'il exècre, le pauvre Charles ressent un écœurement qui ne passe pas. Le spectacle est trop dur : l'armée est écartée, et même méprisée ; quand il se promène avec Georgine en attendant la naissance de leur enfant, c'est pour croiser ces occupants étrangers à qui on a déroulé le tapis rouge. Et cette Légion d'honneur distribuée à tort et à travers, et pour commencer aux chefs rebelles de la chouannerie ! Puisqu'on la souille, qu'on brade l'Empire, il ne veut pas transiger et refuse désormais de la porter. Mais Hortense le raisonne encore, lui signalant qu'elle est la mère d'autres Napoléon, qu'il risque de la compromettre, elle qui passe déjà pour une Agrippine. S'il arbore ensuite le ruban rouge pour lui complaire et la protéger, il boude toujours les bals et l'Opéra afin de ne pas se mêler aux occupants. Derrière les attentions consolantes de Georgine, il sent une joie qu'elle ne confie pourtant qu'à son journal. Elle est bien la seule royaliste de France à devoir se cacher. Parfois il explose et tient quelque véhément propos. Son beau-frère Henri juge qu'il réagit plus en écolier qu'en homme d'esprit. Et si c'était la définition de la pureté ? Et comment une telle pureté d'âme, doublée d'une nature si impétueuse, pourrait-elle s'accommoder de cette situation honteuse ? C'est à cette époque qu'il est portraituré par Garneray, l'air un peu hautain, au-dessus de la mêlée, pour ainsi dire droit dans ses bottes, même s'il est représenté en buste.

N'y tenant plus, les Chastellux prennent les choses en main et obtiennent que Charles reçoive le commandement, toujours au grade de colonel, de son ancien 112e de ligne, devenu 7e de ligne à Grenoble. Ce n'est en aucun cas une faveur : il est l'un des plus brillants officiers de l'armée et a été blessé plusieurs fois au champ d'honneur, contrairement à d'autres qui n'ont jamais combattu, ou alors dans des rangs étrangers et qui héritent de commandements autrement prestigieux. Sa belle-famille le voit déjà général, ministre, pourquoi pas maréchal ! Le moins que l'on puisse dire est qu'il traîne des pieds pour rallier son unité. On lui a forcé la main et si à l'usure il a accepté, c'est pour retrouver une activité. D'autant que Georgine vient de donner naissance à un garçon, Georges. Charles profite de ces moments de bonheur auprès d'eux durant plusieurs mois. Très admiratif de sa femme, le jeune père s'extasie : « Il sera assez joli je crois… Il m'amuse déjà beaucoup. » Il ne veut pas les quitter et se fait discret, rendant tout de même visite à Maret, duc de Bassano. Cet ancien intime de Napoléon, dont il a été le ministre des Affaires étrangères, passe pour le chef clandestin des réseaux bonapartistes. Sauf qu'il cherche à calmer les ardents pour ne pas compromettre Napoléon. Chacun presse maintenant Charles de rejoindre la Savoie. Avant de s'y résoudre, il visite encore une fois Hortense. Si l'on en croit ses paroles prophétiques, il n'est pas tant bonapartiste que patriote. Pour lui, la cause de l'Empereur se confond avec la cause nationale : « Que diriez-vous, lance-t-il provocateur à la duchesse de Saint-Leu, si vous appreniez que mon régiment a pris la cocarde tricolore et les aigles ? »

Sans même savoir que les événements vont se précipiter, Charles fait preuve ici d'une intuition phénoménale. Et qui donne des frissons : « Je ne balancerais pourtant pas si je connaissais quelqu'un d'assez habile pour se mettre à la tête d'un mouvement, ajoute-t-il, mais personne n'a plus le courage à présent. Les maréchaux supportent paisiblement l'humiliation du pays, parce qu'ils jouissent de ce que l'Empereur leur a procuré. Je connais bien un homme sur lequel se porteraient toutes les espérances mais il a des idées exagérées d'honneur et de délicatesse : le prince Eugène… Il s'est tracé une ligne dont il ne déviera pas et, pour être un grand homme, il faut aventurer quelque chose… L'Empereur seul, seul avec sa main ferme, pourrait relever l'honneur national abattu, mais sa destinée est accomplie, et il est dans le repos. Pour moi, je n'en connais pas avec l'humiliation… »

Mort, il serait encore à craindre

La France compte alors non pas deux camps, mais plusieurs : les royalistes modérés qui acceptent la Charte et les extrémistes qui voudraient revenir au droit divin ; les libéraux, qui veulent « royaliser la nation » et en même temps « nationaliser la royauté » ; les anciens conventionnels demeurés républicains, les bonapartistes, qui en ont recyclé beaucoup, et puis tous les autres, méfiants, dégoûtés ou indifférents.

Enfermé au palais des Tuileries, Blacas, le principal conseiller du roi, ne doute de rien. À l'entendre, tout va pour le mieux, et dans le meilleur des mondes. D'ailleurs, il répète à l'envi que l'Ogre n'est plus qu'un « cadavre sans influence, enseveli » dans son île et cerné par une armée d'espions. Mais les Phénix ne renaissent-ils pas de leurs cendres ? Renseigné par un rapport moins tranquillisant, Fouché a pourtant prévenu que l'ex-Empereur n'a pas été assez éloigné de l'Europe, qu'il est tel « le Vésuve à côté de Naples ». « Mort, il serait encore à craindre », d'autant qu'il a des partisans qui ne l'ont pas « abandonné de cœur » et sur qui il a un « pouvoir magique ». Si l'on ajoute que l'engagement de lui verser une pension n'a pas été respecté, qu'il lit les journaux et sait lire entre les lignes, que ses agents lui apprennent que le congrès de Vienne projette de l'exiler plus loin encore – on parle déjà de Sainte-Hélène –, croit-on que cet homme acculé va se contenter de cultiver son jardin ou de rester les bras croisés ? Au palais des Tuileries, les courtisans, toujours rassurants au lieu de lancer l'alerte, balaient les risques d'un revers de main effectué au ralenti.

Naissent pourtant en France une foule de vestales spontanées de la flamme impériale. Son retour est sans cesse espéré, des rumeurs l'annoncent. Parmi les produits dérivés de l'époque, on trouve entre autres des statuettes en bronze renfermant, à la manière des poupées russes, une figurine de l'Empereur. La politique gauche et vexatoire du gouvernement entraîne aussitôt des conséquences. D'inquiétantes paroles, comme « cela ne peut plus durer », commencent à circuler. Mais la fronde est bon enfant : on attache des cocardes blanches à la queue des chiens. On crie encore « Vive le roi ! » mais c'est parfois pour ajouter à voix basse « … de Rome et son petit papa ». Antoine lui-même confesse qu'un « sentiment vague nous disait qu'il reviendrait… Mais comment et par quels moyens ? ».

De son côté, le lion commence à marcher de long en large dans sa cage trop petite. Ses intuitions refont surface ; une onde d'insatisfaction se propage jusqu'à lui, par-delà la Méditerranée. Y a-t-il une partie à jouer ? Il teste ses idées en interrogeant un contact :

« Le peuple a été habitué par la Révolution à compter dans l'État : il ne consentira jamais à retomber dans son ancienne nullité, et à redevenir le patient de la noblesse et de l'Église… » Vite convaincu que le gouvernement marche à sa perte, il demande s'il va tenir longtemps : « Les prêtres et les émigrés sont ses seuls partisans, et il a pour ennemis tous les hommes qui ont du patriotisme et de l'âme.

— Mais que feriez-vous si vous chassiez les Bourbons ? Rétabliriez-vous une république ?

— La république, Sire ? On n'y songe point. Peut-être établirait-on une régence.

— Une régence ? s'indigne Napoléon. Et pour quoi faire ? Suis-je mort ?

— Mais, Sire, votre absence… »

Et soudain ces quelques mots – prémédités ? : « Mon absence n'y fait rien : en deux jours je serais en France, si la nation me rappelait… Croyez-vous, ajoute-t-il faussement modeste, que je ferais bien d'y revenir ?

— Je n'ose point, Sire, résoudre personnellement une semblable question, mais…

— Ce n'est point là ce que je vous demande, le coupe sèchement Napoléon. Répondez, oui ou non.

— Eh bien, oui, Sire.

— Vous le pensez ? demande-t-il avec émotion.

— Oui, Sire, je suis convaincu que le peuple et l'armée vous recevraient en libérateur… »

Libérateur d'une contre-révolution après avoir été celui de la Révolution ? Redevenir le sauveur ? Sa décision est prise. Gérard de Nerval lui prêtera ces mots dix ans plus tard :

Je crains peu, disais-tu du haut de ton pouvoir,
Ces rois paralysés cherchant à se mouvoir,
Esclaves révoltés, que mon regard farouche,
Qu'un signe de ma main, ou qu'un mot de ma bouche
Fera rentrer dans le devoir.

Le « Jacobin couronné » n'a plus qu'à redevenir « le Petit Caporal » d'hier, le Bonaparte d'avant Napoléon, le « père du peuple et du soldat » (Balzac). Nul complot, juste un homme à mains nues qui s'apprête à chausser ses bottes de sept lieues pour enjamber « les mers » jusqu'à Paris, persuadé que son nom, dit-il, « tout neuf qu'il est, vivra d'âge en âge, tandis que celui de tous ces rois, de père en fils, sera oublié avant que les vers n'aient le temps de digérer leurs cadavres ».

Entracte

Il s'avance sans obstacle parmi ces habitants qui,
quelques mois auparavant, avaient voulu l'égorger.
Dans le vide qui se forme autour de son ombre gigantesque,
s'il entre quelques soldats, ils sont invinciblement
entraînés par l'attraction de ses aigles. Ses ennemis fascinés
le cherchent et ne le voient pas ; il se cache dans sa gloire,
comme le lion du Sahara se cache dans les rayons du soleil
pour se dérober aux regards des chasseurs éblouis...
Lorsque Napoléon passa le Niémen à la tête
de quatre cent mille fantassins et de cent mille chevaux
pour faire sauter le palais des tsars à Moscou,
il fut moins étonnant que lorsque, rompant son ban,
jetant ses fers au visage des rois, il vint seul
de Cannes à Paris, coucher paisiblement aux Tuileries.

Chateaubriand

Acte II

Le vol de l'Aigle

De clocher en clocher jusqu'aux tours de Notre-Dame

En route pour la Savoie, Charles écrit à sa femme : « Je ne puis te répéter combien je regrette notre séparation. Je ne la voulais point, tu le sais. » Elle lui donne des nouvelles de leur fils, qui parfois hurle « à faire trembler un grenadier ». Avant même de recevoir sa lettre, Georgine a pris la plume pour lui dire qu'elle envie son chef de bataillon : « C'est épouvantable de l'avoir préféré à moi. Si j'étais moins raisonnable, je partirais avec mon bambin pour aller vous rejoindre. Peut-être ne nous recevriez-vous pas trop mal. La raison est parfois gênante, elle nous poursuit sans cesse soit par des avertissements, soit par les regrets qu'elle nous donne de n'avoir pas suivi ses conseils ; on ne peut pas s'en débarrasser. Quant à moi je l'ai toujours sur les épaules… Je suis aujourd'hui d'une maussaderie sans égale ; si je n'ai pas de vos nouvelles ce soir, je ne serai pas traitable. » Georgine, si sage d'ordinaire, commence à se décoquiller : mais avec son couplet sur l'assommante raison, ne va-t-elle pas contribuer, sans le vouloir, à lui faire jeter la sienne aux orties pour mieux suivre son cœur ?

Charles ne le sait pas, mais en descendant vers le sud, il descend vers son maître, à la rencontre de son destin. Car au même moment, celui-ci a déjà discrètement quitté l'île d'Elbe et vient de débarquer à Golfe-Juan pour entamer un parcours resté célèbre sous le nom de « vol de l'Aigle » et qui épouse les courbes de la fameuse « route Napoléon ». Avertissant Cambronne qu'il lui confie l'avant-garde de sa plus belle campagne, il précise qu'elle devra s'accomplir sans tirer un seul coup de fusil. Il faut « voler, le succès de l'opération réside en grande partie dans la surprise », « marcher plus vite que la nouvelle », ce qui est encore possible à cette époque. Pour lui et le millier d'hommes qui l'accompagnent, cette poignée de vieilles moustaches, il s'agit, après avoir bivouaqué dans une oliveraie, de se rendre à pied à Cannes puis de quitter la côte pour Grasse, où l'apparition du drapeau tricolore stupéfie les habitants, en majorité royalistes. Désirant éviter ces départements du Midi qui l'ont hué après son abdication (« À bas le tyran, le coquin, le mauvais gueux ! »), il opte pour la difficulté, c'est-à-dire les sentiers escarpés des Alpes de Provence où il se retrouve, en altitude, les bottes dans la boue et bientôt dans la neige, loin des vallées tapissées de fleurs en ce début de printemps.

Dès son retour il a fait imprimer deux proclamations, deux modèles de communication politique par leur clarté, leur vigueur et leur modernité. Il n'ignore pas que l'opinion peut se retourner comme un gant : il suffit de savoir parler aux Français, alors analphabètes à 80 %, leur dire seulement ce qu'ils rêvent entendre.

La première s'adresse au peuple : « Français, dans mon exil j'ai entendu vos plaintes et vos vœux. J'ai traversé les mers au milieu des périls de toute espèce. J'arrive parmi vous pour reprendre mes droits, qui sont les vôtres. »

La seconde est dédiée à ses « enfants », conscient que leur réaction commandera le succès de sa folle entreprise : « Soldats, nous n'avons pas été vaincus… Reprenez ces aigles que vous aviez à Ulm, à Austerlitz, à Iéna, à Eylau, à Friedland… Pensez-vous que cette poignée de Français si arrogants puisse en soutenir la vue ? Ils retourneront d'où ils viennent ; et là, s'ils le veulent, ils régneront comme ils prétendent avoir régné pendant dix-neuf ans… La victoire marchera au pas de charge. L'Aigle, avec ses couleurs nationales, volera de clocher en clocher jusqu'aux tours de Notre-Dame… Vous serez les libérateurs de la Patrie ! »

Voilà qui sonne comme une fanfare propre à magnétiser les cœurs ardents : « le langage de la Convention dans la bouche d'un prétorien », résume Benjamin Constant. Ses mots frappent comme des balles, ses phrases sont autant de coups de canon. Comment Charles pourrait-il résister à cet appel du 18 juin avant la lettre ? À la geste d'un homme seul objurguant ses compatriotes de secouer le joug de l'étranger ?

À Digne-les-Bains, le miracle commence à prendre forme.

Il faut courir sus

Dans des temps où un télégraphe mettait tout de même une semaine à traverser la France, l'ex-Empereur a déjà bien progressé lorsque la nouvelle tombe à Paris. Louis XVIII déplie lentement la dépêche qu'on vient de déposer sur son bureau. Ses yeux ne peuvent d'abord s'en détacher. Se tournant à peine vers son interlocuteur il demande, d'une voix alanguie et un peu aiguë : « Vous ne savez pas ce que c'est ? C'est Bonaparte qui est débarqué sur les côtes de Provence. »

Après une pause, il reprend, impassible : « Il faut porter cette dépêche au ministre de la Guerre et il verra ce qu'il y a à faire. » Soult ayant été maréchal d'Empire, peut-on lui faire confiance ? Le roi ne comprend pas que le danger est imminent. Il pense que l'entreprise de « l'Aventurier » est vouée à l'échec, qu'il sera facilement arrêté par les troupes, par essence loyales. Le jeune Lamartine, alors garde du corps, n'en doute pas non plus : « Bonaparte s'était trompé d'heure ; personne ne l'attendait ; personne ne le désirait ; il venait hors de propos… » Or pas plus que le retour d'un roi après la Révolution on n'attendait le retour d'un empereur exilé. Malgré l'assurance affichée, le roi convainc tout de même son frère le comte d'Artois de se rendre sur-le-champ dans le Midi pour remotiver les soldats. Cet apparent calme olympien n'est guère partagé : son entourage est, lui, saisi d'un effarement indescriptible. Et une question se répand comme une traînée de poudre : que faire ? Question qui entraîne une multitude d'initiatives contradictoires qui ne font que paralyser la prise de décision. Or ni la passivité ni l'agitation ne sont des réponses adaptées à la situation.

Tandis qu'il traverse le jardin des Tuileries où les violettes, devenues symbole d'un « printemps impérial », abondent, Antoine rencontre une ancienne connaissance : « Ne faites aucun geste, ne montrez aucune surprise, ne vous arrêtez pas : l'Empereur est débarqué à Cannes, le 1er mars ; le comte d'Artois est parti cette nuit pour aller le combattre. »

L'émotion lui coupe la respiration. Saisi de vertige, abasourdi, il s'interroge : « Est-ce possible ? N'est-ce pas un rêve ou la plus cruelle des plaisanteries ? » Croisant aussitôt après Caulaincourt, l'ancien ministre des Affaires étrangères, il le met dans la confidence, qui a le don de l'agacer : « Quelle extravagance ! s'exclame le duc de Vicence. Quoi ! Débarquer sans troupes !... Il sera pris, il ne fera pas deux lieues en France ; il est perdu. » Antoine, ivre de bonheur et gagné, lui, par l'exaltation, rentre aussitôt porter la nouvelle à Émilie qui, loin de s'enthousiasmer, se montre épouvantée, et plutôt pessimiste. Il se rend alors chez Hortense, qui en pleure de joie. La roue a tourné ! Leur intuition leur disait bien que l'Empereur ne pouvait finir sur son rocher ! Antoine opte d'abord pour la discrétion et décide d'attendre son héros de pied ferme à Paris. Mais le moyen de dormir avec un semblable aiguillon au cœur ? Un royaliste évoque « l'étincelle électrique » provoquée par cette annonce sensationnelle, précisant qu'elle ne met en joie que les militaires. La nouvelle se répand comme une traînée de poudre.

Une personne, une seule, croit la réussite probable : Mme de Staël, qui, telle une voyante, devine la rébellion de l'armée, la résignation du peuple devant l'inéluctable, la déroute d'un camp, la victoire de l'autre, et jusqu'à Napoléon aux Tuileries ! Pour elle, ce retour équivaut à voir la terre « s'entrouvrir sous [ses] pas ». Toujours au-dessus des partis, elle résume à Antoine le choix cornélien que chacun va devoir faire : « C'en est fait de la liberté si Bonaparte triomphe, et de l'indépendance nationale s'il est battu. »

Les imprécations méprisantes vociférées au plus haut niveau ne l'impressionnent guère : elle sait que rien n'arrêtera cette marée qui remonte à la vitesse d'un cheval au galop. Les pieds du roi prennent déjà l'eau, et dans son camp on est prêt à croire n'importe quelle folle rumeur : Bonaparte se cache dans les montagnes, Bonaparte a été pris… puis tué en se défendant comme un beau diable ! *Le Moniteur*, journal « officiel », rapporte des victoires imaginaires : l'Aventurier serait en fuite. Ce qu'Alexandre Dumas, goguenard, traduira par : « Le fuyard fuyait vers Paris » !

Décidément, ni la France ni l'Europe n'arrivent à se délivrer du joug de l'oppresseur, de l'invincible, de l'insubmersible, de l'inexpugnable Napoléon… Lorsque l'impensable nouvelle parvient au milieu d'un bal à Vienne, capitale de l'Europe des plaisirs alors bercée par les fêtes qui rythment le congrès finissant, elle fait l'effet d'une bombe, d'un véritable coup de tonnerre. L'orchestre s'arrête net. Les valseurs, soudain en apesanteur, sont transformés en statues de sel. Adieu insouciance ! Talleyrand a beau assurer que l'incident n'aura aucune suite fâcheuse, dans l'instant son subtil travail au congrès est pulvérisé par le lourd pavé que Napoléon vient de jeter dans le marigot continental tout juste apaisé. Le risque ? Voir les alliances se former de nouveau contre cette insupportable France qui depuis la Révolution prend un malin plaisir à perturber ses voisins.

À Paris on commence à s'inquiéter pour de bon : certes, l'état de grâce est passé, mais de là à dérouler le tapis rouge au « tyran »... À la Cour pourtant, nul ne prend la mesure du danger. L'évadé de l'île d'Elbe, cet usurpateur relaps fomenteur de coups d'État, échouera. Alors qu'il y a urgence, on discute, on palabre, on s'interroge : pour conforter la légitimité du trône, faut-il convoquer les Chambres afin d'opposer la monarchie pacifiée selon la Charte à l'envahisseur barbare mis au ban de l'Europe ? Surgit alors dans ces hautes sphères l'idée d'une ordonnance royale, hélas tricotée à l'aide d'un vocabulaire au désuet parfum d'Ancien Régime qui met en joie Chateaubriand : « Napoléon Bonaparte est déclaré traître et rebelle pour s'être introduit à main armée dans le département du Var. Il est enjoint [...] de lui courir sus, de l'arrêter et de le traduire devant un conseil de guerre pour le faire fusiller sur simple constatation de son identité. » Soit, naguère on courait sus les Sarrazins ! « Louis XVIII, sans jambes, raille aussitôt celui qui ne digère pas d'être absent du gouvernement, courir sus le conquérant qui enjambait la terre !... Courir sus ! Et sus qui ? Sus un loup ? Sus un chef de brigands ? Sus un seigneur félon ? Non : sus Napoléon qui avait couru sus les rois, les avaient saisis et marqués pour jamais à l'épaule de son N ineffaçable ! »

Dans huit jours je serai fusillé ou maréchal d'Empire

Tandis que Napoléon vient de quitter le Midi hostile pour le Dauphiné berceau de la Révolution (« Enfin, nous sommes vraiment en France » !), à Chambéry désormais tout proche, le général Devilliers communique à Charles l'ordre du général Marchand, commandant la place de Grenoble, d'intercepter Bonaparte avec son propre régiment, le 7e de ligne.

Intercepter Napoléon ? Ordre irréel. Lui demander ça, à lui ! Lui qui, par une farce du destin, se trouve au mauvais endroit et au mauvais moment : le jeune colonel apprend en même temps que son maître s'est enfui de son île, qu'il est de retour et qu'il arrive par le sud ! « Je crois que c'est une mystification », répète-t-il plusieurs fois, comme assommé par la foudre – réaction qui prouve qu'il n'est lié à aucun complot. Il y a bien ce témoignage, peu fiable, d'un royaliste grand teint qui prétend que Charles aurait reçu la visite d'un homme chargé par Napoléon d'établir les étapes de sa route jusqu'à la capitale. Que, lors d'un repas avec des officiers, il aurait ensuite levé un toast très équivoque : « Au grand homme dont on veut ôter l'image pour placer celle d'un prince qui a souillé la France en y mettant le pied. Je te renouvelle mes serments. Ils m'ont donné un régiment que je n'ai pas demandé, et j'espère être le premier à te saluer sur le sol de la patrie. » Une façon de parler qui ne lui ressemble absolument pas.

Abasourdi durant plusieurs secondes, Charles commence par demander un court délai pour rassembler ses esprits : lui ordonne-t-on d'arrêter tel un bandit celui qu'il a servi avec ardeur jusqu'à l'année précédente pour défendre son pays ? Comment ne pas en être troublé, et même bouleversé ? Comment ne pas hésiter, déchiré entre l'Empereur et le roi, le cœur et la raison, le désir et le devoir ? « Le plus difficile en période troublée, disait Rivarol, ce n'est pas de faire son devoir, c'est de le connaître. » Justement, pour lui qui est la discipline même, où est-il aujourd'hui, ce devoir ? Doit-il rejoindre son ancien chef ? Obéir aux nouveaux ? L'alternative est inextricable. C'est de la torture mentale : on attend de sa part une loyauté opposée à celle de son cœur et à toute sa jeune histoire. Tiraillé entre ses soldats et sa famille, son passé et le présent, sa foi et la loi.

Au fond il a déjà pris position : soutenir Napoléon, c'est servir la France.

Pendant ce temps le Revenant approche de Grenoble et reçoit de plus en plus de soutiens. La boule de neige grossit à chaque étape. Il en faut, du doigté, pour respecter la volonté du chef qui ne veut pas faire verser une goutte de sang. D'autant que les paysans, persuadés que les antiques féodalités vont être restaurées, pensent que les nobles veulent les atteler à la charrue ! En parallèle, une violente « rechute de jacobinisme » se manifeste. L'Aigle en profite pour l'agiter comme un chiffon rouge afin de mieux la contrôler. Soudain, écrit Aragon, « les gens ne se souviennent plus que des drapeaux, des aigles, du soleil d'Austerlitz. Ils accueillent cet homme presque comme la négation… de ces châtelains qui ont ressurgi de l'ombre et passent avec des chasses à courre ». Ah, « les gens »… « Vous êtes notre sauveur », disent-ils à l'Empereur qui se garde bien de démentir ces rumeurs qui le servent. Il sera toujours temps de calmer le jeu après avoir repris la couronne à un roi pourtant plus libéral que lui. Mais davantage que le peuple, la pièce maîtresse de l'échiquier, c'est l'armée.

Le régiment de Charles se met en branle. Ses hommes ne sont pas encore dans la confidence ? Peu importe, il connaît les sentiments de ses soldats. L'effet de surprise n'en sera que plus fort. Leur spontanéité révélera leur cœur. Lui n'a pas cette chance. Il lui reste peu de temps pour réfléchir. Les questions affluent. Tempête sous un crâne. Par quel miracle Napoléon n'a-t-il rencontré aucun obstacle dans sa course ? Quelques hommes auraient pourtant suffi pour l'arrêter. Et tous ces ponts intacts ? Marche-t-il sur l'eau ? Ou la mer s'est-elle ouverte devant un nouveau Moïse ? Le gouvernement a-t-il dépêché des régiments sûrs ? En aidant son ancien maître, sauve-t-il la France ou la précipite-t-il dans la guerre civile puis étrangère ? L'incertitude rend insoutenable le choix shakespearien qui l'oblige.

En chemin, il s'arrête chez une amie à qui il aurait lancé en remontant sur son cheval : « Adieu, madame, dans huit jours je serai fusillé ou maréchal d'Empire ! »

Sur la longue place rectangulaire de Grenoble où il arrive vers midi, au cœur de la ville située au pied des monts enneigés, Marchand exhorte les troupes au devoir, puisque le nom de celui qu'ils pourchassent est désormais éventé. Les officiels ne savent plus s'ils doivent porter leur cocarde blanche ou bien ressortir la tricolore. Et, si oui, quand. Tandis que Charles place ses hommes sur les remparts, entre la porte de Bonne et la porte de la Graille, le long de l'Isère, un bataillon, le 5e de ligne, est envoyé barrer la route à l'Ogre vers le sud. C'est alors qu'un officier d'ordonnance de Napoléon arrive au triple galop et lance : « L'Empereur va marcher vers vous. Si vous faites feu, le premier coup de fusil sera pour lui. Vous en répondrez devant la France. »

À cette annonce, blancs comme des linges sous le coup de l'émotion, les soldats sont foudroyés. « Jamais, continue le jeune Henri Beyle qui n'est pas encore Stendhal, on peut le dire avec certitude, le devoir de l'obéissance militaire ne fut mis à une plus rude épreuve. » Ainsi donc, Napoléon est si sûr de lui, de ses soldats, qu'il peut tenter ce magistral coup de bluff et forcer le destin ! Habit vert à parements rouges, redingote grise, célèbre bicorne noir en castor, Moïse avance en silence, magnétique, précédant cent chasseurs à pied de la Vieille Garde en longues capotes bleu nuit. Le Revenant est maintenant devant eux, dans toute sa hauteur, en même temps que dans toute sa simplicité.

Encore une seconde, et leur destin, celui de la France et du monde, va se jouer aux dés.

Son dernier acte de démence

Alors qu'Antoine et Émilie résident encore dans le Marais, leur voisine Mme de Staël s'adresse à l'ancien directeur des Postes, qui a fait plus d'une fois surveiller sa correspondance : « Eh bien, monsieur, lui dit-elle en croisant les bras sur sa poitrine, le voilà de retour.

— Il n'est pas encore arrivé ; la route est longue, et je crains que les obstacles…

— Il arrivera ; il sera ici dans peu de jours ; je ne me fais pas d'illusions. Ah ! Mon Dieu ! Voilà donc la liberté perdue sans retour ! Pauvre France ! Après tant de souffrances, malgré des vœux si ardents, si unanimes… Puisque son despotisme l'emporte, je m'éloigne de ce pays, je vais le quitter pour toujours sans doute.

— Mais, madame, pourquoi cette résolution extrême ? Vous n'avez rien à craindre de l'Empereur…

— Non, je vais partir. Que puis-je faire ici ? J'aurais trop à souffrir. »

Elle se plaint à juste titre d'avoir tenté d'ouvrir les yeux aux Bourbons durant leur exil anglais, en leur parlant des vraies attentes du pays. « Je croyais les avoir convaincus, ajoute-t-elle, et ici, pendant onze mois, croiriez-vous que je n'ai pu leur parler une seule fois ? Je les voyais s'avancer vers l'abîme, et ma voix a été repoussée. Je les aime, je les regrette, parce que seuls ils peuvent me donner la liberté, et parce qu'ils sont honnêtes gens. Je crois bien que Bonaparte n'osera pas m'opprimer maintenant ; mais vivre sous ses yeux ! Jamais. »

Chez les notables, le retour de l'Ogre jette un sentiment d'effroi. C'est la consternation, l'épouvante parfois. Les journaux officiels assurent qu'il est peu suivi, que son arrestation est une question de jours. Le maréchal Soult, qui lui doit tout, s'exprime avec la virulence du converti dans une proclamation que personne ne lira : celui qui a abdiqué un « pouvoir usurpé dont il a fait un si fatal usage… que veut-il ? La guerre civile… Et son dernier acte de démence achève de le faire connaître ». La bataille de la communication continue : tandis que Napoléon délivre des proclamations galvanisantes, le pouvoir fulmine des déclarations sans énergie positive.

Louis XVIII persiste à se déclarer « nullement inquiet ». Comment reconnaître, et *a fortiori* avouer, que les forces envoyées contrer le « Brigand corse » sont inutiles ? La presse, qui, genou à terre, rivalisait d'expressions laudatives destinées au régime jusqu'à les épuiser toutes, commence à reculer : en une semaine, elle change de lexique, passant du Corse à Buonaparte, puis au général Bonaparte. Encore un effort, et le terme Empereur ne va plus tarder à être imprimé noir sur blanc ! Les têtes tournent. « Le vent semblait leur apporter le nom de l'Empereur, raconte joliment Antoine ; chaque oiseau leur semblait l'Aigle impérial. »

Vive l'Empereur !

Le Petit Caporal redevient justement cet Aigle dont l'audace émerveille les uns et stupéfie les autres. Scène saisissante, scène d'anthologie, scène inoubliable, légende mille fois illustrée par le pinceau ou la plume… Henri Beyle, survivant de la campagne de Russie, qualifie ce célèbre épisode de poétique, puis, devenu Stendhal, juge, en retournant vingt ans plus tard sur les lieux, très ému, que cette entreprise a été « la plus romanesque et la plus belle des temps modernes » : « L'Empereur nous apparaissait entouré de ses rayons de gloire qu'aucun revers n'avait pu ternir aux yeux des soldats… Tout ce qui s'était fait de mal pendant la première Restauration avait tourné au profit de sa popularité. »

Encore quelques pas le long du lac de Laffrey, à mille mètres d'altitude, dans un petit pré semé de gros rochers et bordé de montagnes boisées, et le magicien leur fait face, les yeux fixes, surnaturel, image pieuse. Il sait qu'il est un demi-dieu. Et que ce geste le fait définitivement entrer dans la mythologie. Les hommes se regardent, livides, pétrifiés. Certains sont en larmes, d'autres tremblent comme des feuilles. Les cœurs battent la chamade. Comment résister ? Comment ne pas se ranger sous sa bannière ? Et surtout comment oser appuyer sur la détente alors qu'il est désarmé ?

« Le voilà ! Feu ! » entendent les soldats comme dans un rêve, les yeux grands ouverts. L'un d'eux met Napoléon en joue mais ne peut se résoudre à tirer, demandant si c'est son chef qui donne cet ordre. Son capitaine, aussi déstabilisé que lui, demeure muet ; il relève son fusil, comme les autres ensorcelé, proprement désamorcé face à la « présence réelle » de leur dieu ressuscité : « Soldats ! Ne me reconnaissez-vous pas ? Je suis votre Empereur ! »

La magie opère. La statue est donc bien animée ! Entrouvrant sa redingote couverte de poussière, le surhomme avance encore d'un pas, la poitrine à bout portant : « S'il est parmi vous un soldat qui veuille tuer son empereur, me voilà ! » Une immense clameur, un concert, un cri unanime explose aussitôt : « Vive l'Empereur ! »

C'est le soulagement, soudain, des deux côtés, le retour dans l'atmosphère, l'expression de la joie la plus pure. On leur demandait rien moins que d'inaugurer une guerre civile, de s'entretuer ! Après avoir jeté les cocardes blanches aux orties, les hommes en pleurs s'agenouillent devant leur idole ressuscitée. « Ils le regardaient, ils saisissaient ses mains et ses genoux, baisaient ses habits, voulaient au moins le toucher », raconte encore Stendhal. L'euphorie déborde, se répand, l'air est soudain plus léger, les cimes plus immaculées, les montagnes plus hautes. Un soldat, fasciné par son apparition, presque une hallucination, enfourne une baguette dans son fusil pour lui prouver qu'il n'est pas chargé : « Tiens, regarde si j'aurais pu te faire beaucoup de mal. »

Ce tutoiement, preuve de la fraternité des armes née dans les plaines d'Italie où naquit la légende du « Petit Caporal », contraste avec ce monarque isolé par l'étiquette. Cette scène décisive est toujours racontée prestement, comme si les actions s'étaient enchaînées en quelques instants. En vérité, les hésitations du destin ont duré entre une demi-heure et une heure de part et d'autre, et c'est seulement lorsque le Revenant s'est avancé, jouant le tout pour le tout et comprenant que nul n'oserait tirer sur lui, que la situation s'est débloquée.

« Soldats, enchaîne Napoléon, le trône des Bourbons est illégitime parce qu'il n'a pas été élevé par la nation. Demandez à tous les habitants qui arrivent ici des environs ; vous apprendrez de leur bouche la véritable situation des choses. Ils sont menacés du retour des dîmes, des privilèges, des droits féodaux et de tous les abus dont vos succès les avaient délivrés. »

Instrumentalisant les rumeurs paysannes et la crédulité des foules, il manie ces mots repoussoirs pour galvaniser son auditoire avec une parfaite mauvaise foi. Qu'importe ! Aux autorités locales il sert un discours autrement doucereux, le cœur sur la main, disant à chacun ce qu'il a envie d'entendre : « J'ai su que la France était malheureuse… Je suis venu avec les fidèles compagnons de mon exil pour la délivrer du joug des Bourbons. Leur trône est-il légitime ? Mes droits à moi m'ont été déférés par la nation, par la volonté unanime des Français ; ils ne sont autres que les droits du peuple. Je viens les reprendre ; non pour régner, le trône n'est rien pour moi ; non pour me venger, je veux oublier tout ce qui a été dit, fait et écrit… » Et ce tournant décisif : « J'ai trop aimé la guerre, je ne la ferai plus… Nous devons oublier que nous avons été les maîtres du monde. Je veux être moins son souverain que le premier et le meilleur de ses citoyens. » Le néolibéral perce sous le révolutionnaire. Non seulement il compte renverser Louis XVIII mais aussi le découronner en s'appropriant les deux piliers de sa véritable légitimité : la paix et la liberté. À Lyon, ville pour laquelle il a beaucoup fait, il va promettre aussi aux notables locaux de s'occuper de leurs manufactures. Chez ce politique intégral, la fin justifie toujours les moyens. Il en faut plus pour impressionner Chateaubriand : « Dans ces discours à effet, Bonaparte est un charlatan qui débite sans conviction des sentences prétentieuses, des lieux communs que ne rajeunit point la nouveauté de l'expression. »

En attendant, le destin vient de basculer. Sa « bonne étoile », éclipsée depuis la campagne de Russie, est réapparue. À ses proches il affirme que dans dix jours il sera aux Tuileries.

Tandis que l'histoire s'écrit à deux heures de marche, Charles déjeune avec le général Marchand.

Pour lui aussi l'heure du choix a sonné. « J'étais bien décidé à lui conduire mon régiment, étant sûr que mes soldats suivraient en tout ma volonté, raconte-t-il plus tard à Hortense ; mais, ne voulant pas compromettre ceux de mes officiers qui auraient été d'un avis contraire, je les réunis en cercle devant le front du régiment, et je m'exprimai ainsi d'une voix forte : "Messieurs, je viens de recevoir l'ordre de me porter en avant et de m'opposer au retour de l'Empereur... Marchons-nous contre lui ou marchons-nous avec lui ?" »

Poser la question était déjà y répondre.

« Pour lui !... Pour lui !... Pour lui !... », crient, au comble de l'enthousiasme, les officiers à l'unanimité.

Ces « brigands de Bonaparte », fers de lance d'une nouvelle fronde, savent que « le Petit Caporal », « le père La Violette », « le Petit Tondu » revient pour mettre au pas ces émigrés arrogants, dissiper les brouillards obscurantistes de cette « race antinationale » qui a déshonoré leur gloire. Il ne reste plus qu'à franchir le Rubicon, « la joie dans le cœur » : « Nous serions bien cons, résume un soldat, de faire du mal à un homme qui ne nous a fait que du bien. »

Cette fois la décision de Charles est irrévocable. Il en connaît la gravité et l'importance. Il n'attendait que l'adoubement de ses hommes. Plus de cas de conscience, maintenant c'est à la vie, à la mort. Emporté par son élan, il s'apprête à jouer le rôle principal d'un épisode crucial de l'épopée impériale. Sans hésiter, il tire son épée : « À moi, soldats du 7e ! À moi, mes braves camarades ! Je vais vous montrer notre chemin ! En avant ! Qui m'aime me suive ! »

Nulle nécessité de prêcher davantage des convaincus. Ses hommes l'adulent. Galvanisés, ils répètent à l'infini : « Vive l'Empereur ! » À la sortie de Grenoble, Charles les reforme en carré, présente les armes, puis, solennellement et symboliquement, accroche une ancienne aigle du régiment, conservée dans un tambour, à une branche de saule, étincelante dans le soleil. Cette relique sera désormais leur étendard. Résolu, il fait prévenir Napoléon de son arrivée imminente en lui précisant dans un court billet les raisons de son choix : profondément navré du déshonneur qui couvre la France, il s'est déterminé à venir au pas de course à sa rencontre pour lui prêter main-forte.

Talonné par le général Devilliers, Charles ne veut pas se rendre aux arguments de son chef qui tente par tous les moyens de le faire changer d'avis : l'autorité, la légalité, la raison, jusqu'à l'emploi des mots honneur, devoir, censés résonner au plus profond de son être. Or le jeune colonel agit justement en leurs noms et ne veut plus rien entendre. Dernier argument de poids tenté par son chef : a-t-il bien réfléchi, en ce moment de folie, à la douleur qu'il va causer à sa famille ? Mais Charles s'estime un serviteur de son pays prêt au sacrifice de sa vie : pour lui les liens familiaux les plus chers passent après l'intérêt national. Le général s'essaie alors à haranguer lui-même les soldats, mais ses menaces sont vite noyées sous le mantra des « Vive l'Empereur ! ». Quelle idée, aussi, de les avoir jetés dans les bras de Napoléon ! Une incurie « au-delà de ce que la crédulité de la postérité pourra consentir à se laisser persuader », note une contemporaine pleine de bon sens.

Un délire criminel et impuissant

Fouché, qui a appris le retour du grand homme deux jours avant tout le monde, a comploté dans la coulisse avant de rejoindre, la bouche en cœur, le comte d'Artois. Ce dernier, ainsi que les princes qui avaient tenté une action, revient bredouille de Lyon, incapable de prendre « l'Envahisseur » dans sa nasse. La battue n'a rien donné, on n'a pu que « courir sus » non pas un vulgaire sanglier, mais un cerf de la plus belle espèce ! Les unes après les autres, les troupes refusent de se battre contre celui qu'elles appellent « notre Père », et bientôt « l'Homme ». Antoine, inquiet pour sa sécurité, décide alors de quitter le domicile conjugal pour se réfugier chez Hortense.

Le *Journal des débats* inaugure à ce moment une danse de la presse, véritable valse-hésitation. Alors que les événements de Grenoble ne sont pas encore connus, l'organe imprime : « Cet homme tout couvert du sang des générations vient disputer au nom de l'usurpation et des massacres la douce autorité du roi de France. Il ose mettre le pied sur une terre qui l'a réprouvé à jamais… Dieu permettra que le lâche guerrier de Fontainebleau meure de la mort des traîtres. » La bataille de la communication vire, elle aussi, à la déroute royale. « Il est impossible de voir un gouvernement plus papier mâché que celui-là, écrit un ami de Constant : il est tombé quelques gouttes de pluie dessus, et le voilà tout de suite fondu dans la boue. » Aux Tuileries, où le nombre de gardes est triplé, la défense armée s'improvise. De nombreux volontaires se présentent, aussi bien des jeunes bouillonnants que de vieux émigrés venus offrir leur épée tremblante dont on ne sait pas quoi faire. Les étudiants sont favorables au roi : ils voient en lui le meilleur défenseur des libertés. Ils n'oublient pas non plus le lourd tribut humain de « la gloire de l'Empire ». L'amour des jeunes générations pour Napoléon viendra plus tard, avec les romantiques en mal d'idéal et l'ultime retour du *Mémorial* de Sainte-Hélène. La France d'en bas, elle, est divisée. Et ambivalente. Le drapeau tricolore l'émeut mais symbolise la guerre.

À Vienne, l'Autriche, l'Angleterre, la Prusse et la Russie signent une déclaration impitoyable dictée par Talleyrand et qui place Napoléon, l'« épouvantail de l'Europe », l'« ennemi et perturbateur du repos du monde », hors-la-loi : « En rompant ainsi la convention qui l'avait établi à l'île d'Elbe, Buonaparte détruit le seul titre légal auquel son existence se trouvait attachée… Il a manifesté à la face de l'univers qu'il ne saurait y avoir ni paix ni trêve avec lui… En conséquence Buonaparte s'est placé hors des relations civiles et sociales… » L'Europe monarchique dénonce « un délire criminel et impuissant » et se dit prête à secourir la France, personnifiée par son roi légitime. L'ex-Empereur fait l'unanimité contre lui, y compris son beau-père autrichien, ce qui le condamne d'avance.

Le maréchal Ney, passé comme tout le monde dans le camp royal mais qui en éprouve déjà des remords, déclare Napoléon « organiquement fou ». Il est vrai que celui-ci fanfaronne en abusant de la pensée magique : « Avec une proclamation et un drapeau tricolore, je les révolutionnerai en vingt-quatre heures. » Il sait combien ses paroles, son éloquence, sa force de conviction ensorcèlent. Il suffit de faire inonder la France de ces feuillets qui sont lus à haute voix à une époque où seule l'élite éduquée lit la presse. Dans les jardins publics, on peut d'ailleurs louer un journal en prenant son tour dans la file d'attente.

Le pouvoir, lui, se crispe et choisit la répression pour tenter de conjurer son impuissance. La préfecture de police délivre une liste de suspects à arrêter, dont Antoine. Il a bien fait de se cacher. Dans le grenier du superbe hôtel de la reine Hortense qui, s'attendant à quelques reproches, a sagement choisi la fuite, il entend la pluie tomber en dévorant des livres. Il n'a pu assister à la pièce – *Joconde* – d'un dramaturge bien connu pour ses idées bonapartistes, ni applaudir ces vers scandés devant des spectateurs en délire :

De l'honneur nous allons cueillir
Les palmes immortelles
Et combattre les infidèles…

De leur côté, les libéraux, fidèles aux idéaux de la Révolution mais détestant Napoléon, essaient d'attirer l'attention sur les vérités simples : le roi, c'est la liberté et la paix ; l'Empereur, c'est la tyrannie et la guerre. Le premier a donné la Charte, le second n'a apporté que la défaite et la servitude. À Paris, des jeunes gens crient « Vive le roi ! ».

Qui a tort ? Qui a raison ? Où est la fidélité ? Auprès du roi qui prétend n'avoir jamais cessé de l'être depuis la mort de Louis XVII ou auprès de l'Empereur qui a abdiqué ? Chaque camp s'arroge l'incarnation du peuple, le monopole du patriotisme, de la liberté, et surtout de la discutable légitimité. Un partisan de Napoléon rappelle que les Français ont, depuis la Révolution, soutenu successivement la royauté, la Convention, la République, le Directoire, le Consulat, l'Empire, la Restauration : seule la volonté nationale compte ! Comment trancher ?

Compte tenu de la mollesse du pouvoir, les champions de la sinusoïde ne vont plus tarder à remiser le drapeau blanc pour dégainer la cocarde tricolore. En effet, Louis XVIII, rarement sentimental, s'est pourtant laissé convaincre, à la demande du maire de Lyon qui veut préserver un monument déjà historique, de ne pas faire sauter le pont de la Guillotière. Moyennant quoi Napoléon pourra y entrer sans coup férir ! Et lorsque, enfin, le roi se décide à parler devant les Chambres rassemblées pour réaffirmer son credo libéral tout en tournant le dos aux contre-révolutionnaires, il pense encore pouvoir enrayer la fatalité. Comme Louis XVI dans son dernier discours libre, il promet d'employer son sceptre à l'édification d'une monarchie constitutionnelle. Il rappelle qu'il est le père de cette Charte au service du bonheur des Français alliant libertés fondamentales et égalité civile, une nouveauté. Croyant circonvenir ses opposants, il porte cette Légion d'honneur qui a remplacé, en la copiant, l'antique croix de Saint-Louis récompensant les officiers sans condition de naissance. La Cour s'étrangle de cette volonté d'ouverture, même si le comte d'Artois et son cousin Louis-Philippe assistent à la séance pour afficher la solidarité de la famille royale dans l'épreuve. Les trois derniers rois rassemblés au service de la monarchie face à la tyrannie impériale.

« J'ai servi ma patrie, rappelle-t-il dans un discours émouvant et sans notes, je l'ai réconciliée avec toutes les puissances étrangères qui seront fidèles aux traités qui nous ont rendu la paix. J'ai travaillé au bonheur de mon peuple… Je ne crains donc rien pour moi, je crains tout pour la France. Celui qui vient parmi nous rallumer les torches de la guerre civile y apporte aussi le fléau de la guerre étrangère… Il vient enfin détruire cette Charte constitutionnelle que je vous ai donnée, cette Charte, mon plus beau titre aux yeux de la postérité, cette Charte que tous les Français chérissent et que je jure ici de maintenir… » Discours habile – Louis XVIII est lui aussi un fin politique – qui le pose dans le camp du bien et fidélise les libéraux, tout en rejetant Napoléon dans le rôle du César jacobin, dictateur autant que guerrier. Benjamin Constant, mais aussi le jeune Odilon Barrot issu de la gauche libérale, et jusqu'au futur socialiste utopique Saint-Simon, sont cette fois séduits. Adoubé et acclamé, le roi remporte ici une victoire symbolique mais essentielle pour la suite. Dans l'immédiat, placé entre le marteau et l'enclume, ses chances sont minces : la guerre étant inévitable, il doit s'enfuir à temps pour ne pas insulter l'avenir. En attendant, il fait mine de résister dans l'espoir, de plus en plus ténu, d'une heureuse surprise et pour ne pas décourager ses partisans. Un Chateaubriand, lyrique à souhait, se déclare ainsi pour la résistance à outrance à l'envahisseur, quitte à ce « que le dernier exploit de Napoléon soit l'égorgement d'un vieillard. Louis XVIII, en sacrifiant sa vie, gagnera la seule bataille qu'il aura livrée : il la gagnera au profit de la liberté du genre humain ». Sauf que le roi n'a nullement l'intention de se laisser égorger ! Tout comme Napoléon, il joue sa partie et prend l'opinion à témoin.

Colonel, vous me replacez sur le trône

L'année précédente, demeuré fidèle alors que la mode était aux parjures et aux reniements éclatants, Charles a été le dernier à quitter Napoléon à Fontainebleau. Aujourd'hui il est le premier officier supérieur à avoir le courage de se rallier, et avec quel panache ! Issu de l'armée régulière, le futur auteur de *La Chartreuse de Parme* le croise en ce jour décisif, épée à la main et « dans un état d'exaltation difficile à décrire ». Aussitôt pourchassé par les hommes du jeune colonel, il parvient à s'échapper, croisant des paysans qui se précipitent en renfort du sauveur avec force faux, fourches et autres objets contondants.

Le contact entre Charles et Napoléon s'effectue avant Vizille sur la route de Gap, à près de mille mètres d'altitude, entre Tavernolles et Brié-et-Angonnes. Dans le plus grand désordre, au milieu des cris d'enthousiasme et avec une euphorie communicative, « la colonne de l'île d'Elbe » et les 5e et 7e de ligne se tombent dans les bras, se mêlent, s'étreignent, s'embrassent. D'un coup, l'aventure se transforme en épopée. Jusque-là l'Empereur avait vu ses rangs grossir, mais un régiment entier est une vraie prise de guerre qui redistribue les cartes. Les forces sont quatre à cinq fois plus nombreuses ; la « bande » est devenue une petite armée. Au fond, Charles vient de donner le branle, avec davantage de solennité, et surtout la beauté du geste, et même de la geste, à l'armée tout entière. « On est homme de parti, dit-il, quand on donne l'exemple, on n'est que faible quand on le suit. »

Au coucher du soleil, l'émotion est à son comble : les larmes aux yeux, le régiment du 7e de ligne, reformé en carré, présente les armes sur fond de *Marseillaise*. Dans une atmosphère envoûtante, beethovénienne, et conforme au tableau du baron de Steuben qui immortalisera bientôt la scène, Charles salue son chef ressuscité comme par miracle, puis s'agenouille en lui présentant son sabre, les yeux dans les yeux, dans un moment suspendu. Sans un mot, le Revenant l'embrasse, ôte la cocarde tricolore un peu défraîchie de son chapeau pour la lui remettre – ennoblissement symbolique. Suivant un rituel inauguré lors de ses campagnes, usant à plein de son magnétisme, il saisit l'aigle et la porte à ses lèvres. Enfin il ouvre ses bras à Charles et sort de son silence religieux pour lui adresser le plus beau des compliments : « Colonel, vous me replacez sur le trône. Votre dévouement m'est précieux ; vous et le 7e ferez désormais partie de ma garde. »

Il s'agit du saint des saints de la Grande Armée.

« Jusqu'à Grenoble, dictera-t-il au couchant de Sainte-Hélène, j'étais un aventurier. À Grenoble, j'étais prince. » Un prince porté sur le pavois par une foule idolâtre, pendant que celui de Paris demeure immobile, vissé dans son fauteuil.

Charles le sait, il vient de signer son arrêt de mort.

La nuit commence à tomber. Entre chien et loup, deux mille paysans armés escortent les soldats et le premier d'entre eux. Leurs cris les devancent. Ils sont accueillis par les vivats de leurs frères d'armes, juchés en haut des remparts de Grenoble. De haut en bas, une complicité immédiate s'instaure. Mais il va falloir convaincre le colonel en place d'ouvrir les portes de la ville. Napoléon, agacé de devoir lui-même commander parce qu'on n'obéit pas à son officier d'ordonnance, s'écrie : « Ouvre la porte !

— Je ne peux recevoir d'ordres que du général Marchand, répond l'officier.

— Je le destitue, répond Napoléon avec superbe, menton toujours levé.

— Je connais mon devoir, s'obstine le colonel, je n'obéirai qu'au général. »

Aussi irrité que son maître, Charles monte sur un tertre et clame d'une voix de stentor : « Soldats ! Nous vous ramenons le héros que vous avez suivi dans tant de batailles ; c'est à vous de le recevoir et de répéter avec nous l'ancien cri de ralliement des vainqueurs de l'Europe : Vive l'Empereur ! »

Puis il ordonne aux hommes de désobéir à leur chef : « Arrachez-lui ses épaulettes ! » Des voix s'élèvent : « Brisez les portes ! »

Déjà, dans l'obscurité, à l'aide de cordes jetées dans le vide, certains se laissent glisser le long des remparts pour rejoindre les « rebelles ». Et ouvrent le passage au son mat des haches. Oubliant les deux heures passées à négocier, où un seul coup de fusil aurait brisé net le retour « à mains nues », Napoléon dira plus tard : « Je n'ai eu qu'à frapper à la poterne avec ma tabatière. » Marchand prend donc la fuite et c'est au cœur d'un bain de foule effervescent que l'Empereur ressuscité pénètre enfin dans la ville à la lueur des torches, « continuellement perdu dans les bras du peuple » selon la jolie formule de Stendhal. Emportés par un flot compact et euphorique, soutenus par ces transports d'allégresse, ils cheminent à travers les ruelles étroites jusqu'à l'auberge des Trois Dauphins, rue Montorge. Là, un ancien de l'armée d'Italie lui remet solennellement la porte de Bonne : « À défaut des clés de ta bonne ville de Grenoble, nous t'en amenons la porte ! »

Charles ne perd pas le Nord, dans les deux sens du terme puisque c'est la direction qui doit les conduire à Paris. Il rédige, signe et fait imprimer sur-le-champ un appel vibrant :

« Les soldats du 7e de ligne à leurs frères d'armes.

« Soldats de tous les régiments, écoutez votre voix, elle exprime l'amour de la Patrie. Reprenez vos aigles, accourez tous, vous joindre à nous.

« L'empereur Napoléon marche à notre tête ; il nous a rendu notre cocarde ; ce signe de la liberté atteste que votre gloire ne sera plus oubliée…

« L'empereur Napoléon n'a pu supporter votre humiliation. Pour la seconde fois, au mépris de tous les dangers, il traverse les mers. Pour la seconde fois, il vient réorganiser notre belle Patrie, il vient lui rendre Gloire.

« Camarades, pourriez-vous l'avoir oublié ? Vous qu'il a si souvent conduits à la victoire accourez tous ; que les Enfants viennent rejoindre à leur Père ; il connaît vos besoins ; il sait apprécier vos services.

« Soldats, avec lui vous trouverez tout, considération, honneur, gloire ; hâtez-vous, venez rejoindre des Frères, et que la famille se réunisse. »

Pour Napoléon, le plus dur est fait : trois cents kilomètres avalés en six jours, d'abord avec seulement ses hommes de l'île d'Elbe, puis le 5e de ligne, enfin le régiment de Charles l'Indéfectible. Après avoir agité le chiffon rouge, ou plutôt blanc, des vieux émigrés pour rallier le peuple, il lui reste à agiter celui du jacobinisme pour s'adjoindre les notables. Politique de la bascule assez semblable en définitive à celle conduite par Louis XVIII qui stigmatise les extrêmes pour mieux régner au centre. Voulant se faire confirmer l'état de l'opinion en France, il a deux longues conversations avec Charles. Car il sait que celui-là, détaché des partis et dont la franchise le laisse parfois interdit, ne lui cachera rien. Son inconditionnel fidèle, qui a toujours condamné ses dérives tyranniques, espère le retrouver corrigé, amendé par l'échec et l'exil. Lucide, ses premières paroles sont donc fermes, presque une harangue : « Sire, les Français vont tout faire pour Votre Majesté, mais il faut aussi que Votre Majesté fasse tout pour eux. Plus d'ambition, plus de despotisme ; nous voulons être libres et heureux. Il faut que Votre Majesté abjure ce système de conquêtes et de puissance qui a fait le malheur de la France, et le vôtre. Ma conscience m'oblige à vous déclarer, Sire, que le peuple français n'a plus qu'un besoin, qu'un désir, celui de la paix et de la liberté. »

Napoléon reçoit tout sourire ces quatre vérités, qu'il n'aurait jamais tolérées auparavant. « Croyez-vous que les besoins et les désirs du peuple n'ont pas toujours été ma loi suprême ? Aurais-je fait tant de choses si je n'avais pas été soutenu par lui ? S'il veut la liberté, moi seul je peux la lui donner parce que moi seul je ne la crains pas. Quant à la paix, je ferai tout pour l'obtenir. Les traités humiliants n'ont pas été faits par moi, mais je saurai m'en contenter, si cela convient à la France. »

Charles insiste : « Ramenez-nous la liberté et nous ferons un rempart de nos corps pour la défendre… Sire, vous ne pouvez plus régner en France que par les idées libérales.

— Croyez-vous donc que je les redoute ? Après une révolution comme celle qui avait eu lieu en France, où toutes les passions ont été en mouvement et tous les intérêts froissés, il fallait une main ferme pour gouverner les Français. Moi seul je puis, sans crainte, leur donner la liberté qu'ils ont le droit d'attendre. »

Sachant sa cause compromise, pour ne pas dire désespérée, Napoléon n'a pas d'autre choix que de se dépouiller de son despotisme conquérant pour épouser les idées de son siècle et inventer un système aux termes pourtant antinomiques : le bonapartisme libéral. Charles, soulagé, est persuadé d'avoir fait le bon choix pour son pays, le seul qui vaille. Mais que ne fait-il confiance au roi ? Car enfin Louis XVIII a été le premier à offrir cette Charte constitutionnelle, sous peu décalquée par Napoléon ! Ce même Napoléon qui juge pourtant que la France volcanique a davantage soif d'égalité que de liberté… Étrange lutte entre deux hommes, et deux légitimités, que tout oppose et qui vont finir par proposer le même programme à la France.

À ce stade de la remontée fantastique, il doit encore circonvenir une personne d'importance : le maréchal Ney, « le Brave des braves », qui s'est engagé à « attaquer la bête fauve ». Il connaît mieux que personne ses faiblesses et sa vanité, blessée par les moqueries de la Cour. « Venez me rejoindre à Chalon, lui écrit-il.

Je vous recevrai comme au lendemain de la bataille de la Moskova. » Comment rester de marbre ? Ney a vite constaté combien il était difficile de faire crier « Vive le roi » aux troupes réticentes. Le découragement gagne et les défections se multiplient. À partir de Lyon, la marche triomphale avance d'autant plus vite vers son terme qu'elle ne rencontre plus la moindre résistance : Villefranche, Mâcon, Tournus, Chalon-sur-Saône, Autun, Avallon tombent comme des fruits mûrs. La folle équipée rassemble maintenant trente mille hommes !

Soudain, coup de théâtre ! Ney craque après une nuit d'insomnie et livre à son tour ses troupes devant Auxerre. Il prêche des convaincus : « La cause des Bourbons est à jamais perdue. Soldats, les temps ne sont plus où l'on gouvernait le peuple en étouffant ses droits… Je vous ai souvent menés à la victoire, maintenant je vais vous conduire à cette phalange immortelle que l'empereur Napoléon va conduire à Paris… » Ses hommes n'attendaient que cela ! Témoin de la scène, un colonel de la garde, resté fidèle au roi, brise son épée : « Il y a des fidèles dans les deux camps », clame-t-il. Les têtes tournent tant que certains soldats partent rejoindre l'Empereur aux cris de « Vive le roi ! ».

Ney avait pourtant promis avec emphase au monarque de lui ramener l'Ogre dans une cage de fer… « Je ne lui en demandais pas tant, commente Louis XVIII sans parvenir à dissimuler son mépris. C'est un singulier petit serin qu'il m'amènera là. »

La légitimité tombe en défaillance

La presse promet du sang et des larmes, prédit que « l'Ange noir » va déclencher l'Apocalypse, que la France va replonger dans l'esclavage, la guerre, la ruine... Puis commence à changer de ton au gré de la rumeur, qui annonce l'arrivée prochaine du rebelle et de sa « soldatesque égarée » (Chateaubriand), enrôlant au passage, de gré ou de force, les préfets. Ses troupes irrégulières sont bel et bien en passe de reformer la Grande Armée !

Dans l'ordre, il y a d'abord eu la stupeur, l'incrédulité, la confusion, la désinformation et le découragement. On vient de passer sans escale à la panique et au désordre qui prévalent désormais à tous les étages. Et qui succèdent à l'arrogance et à l'inconscience des premiers temps. Quels sont les moyens de résistance au surhomme, au géant, au gourou ? Face aux nouvelles alarmantes, la Chambre a déclaré « nationale » la chasse à l'Ogre, mais la police n'ose même pas arrêter ceux qui insultent le gouvernement de peur de provoquer des émeutes irrépressibles. Quoi ? La microscopique île d'Elbe serait en passe de conquérir la France ? Ridicule ! On sait que plus rien ne pourra stopper la progression du « Bandit corse », qu'on n'arrête pas l'eau de la mer avec les mains, comme dit Ney, ni l'Empereur au son du tambour. « Quelle démence ! » s'exclame Mme de Staël.

Au sommet du pouvoir, les divisions accentuent l'impuissance : combattre ou fuir ? Certains discutent des modalités d'une prudente retraite, tandis que

Blacas, le favori du roi, adepte de la pensée magique, n'a plus une once de sens commun : il propose de faire rouler le roi-fauteuil au-devant de son ennemi, non pas sabre au clair et perché sur un cheval, mais entouré de sa cour, des ducs et pairs, en grande tenue. Le simple regard du roi podagre devrait donc foudroyer le vainqueur d'Austerlitz ? Et pourquoi pas précédé de l'archevêque de Paris armé du seul Saint-Sacrement ?, se moque un contemporain. Ces belles déclarations d'intention ne peuvent en rien contrer la vague de fond. L'ex-Empereur engrange de nouveaux partisans à chaque étape. Le rapport de forces a changé de camp. La contagion devient endémique. Irrémédiable, irréductible, irrésistible, inexorable. Il faut se rendre à l'évidence : les soldats ne veulent plus obéir. Une affiche satirique est placardée dans la capitale : « Napoléon à Louis XVIII : Mon bon frère, il est inutile de m'envoyer encore des soldats. J'en ai assez. » Si seulement le roi avait envoyé ses milliers de gardes, les seuls sur lesquels il pouvait vraiment compter ! Mais non, il dépêche ses anciens grognards à Napoléon, des fils à leur père. Les demi-soldes ont eu beau être rappelés, rachetés, flattés, ils n'ont qu'une idée en tête : se revancher ! Et les « Vive le roi ! » se muent en « Vire le roi ! ».

La trahison de Ney est la goutte d'eau qui fait déborder le vase. Le château de cartes, déjà branlant, s'écroule pour de bon. La monarchie a perdu la partie. La fille aînée de la peur, la lâcheté, surgit : « La pâleur était sur bien des fronts, raconte Chateaubriand ; beaucoup de figures étaient allongées et les mâchoires claquaient… Le roi avait déclaré qu'il n'y avait rien d'autre à faire que mourir, et il le pensait. » Et il ajoute, malicieux : « Mais d'autres voulaient vivre. »

Les gros titres résument jour après jour la bassesse ambiante. Après Golfe-Juan, on pouvait lire : « Quoi ? Ce Corse vient de débarquer en France ? » Puis, plus prudemment : « Bonaparte est entré, dit-on, à Grenoble. » La palinodie se termine comme on pouvait s'y attendre par : « Cela est fait ! Sa Majesté impériale va entrer dans Paris. » Son Altesse royale peut-elle décemment attendre Son Altesse impériale et subir l'humiliation de se voir boutée hors de son antique trône ? D'un coup, « la légitimité tombe en défaillance » (Chateaubriand), se décompose.

Un homme décide alors de prendre date avec courage, et sans doute aussi pour complaire à Juliette Récamier dont il est très épris. Benjamin Constant ne cesse de dénoncer les politiques de tous bords. Devant l'urgence, quelques heures avant le changement de régime, il choisit le moindre des deux maux. Saisissant sa plus belle plume, une plume de matamore, aussi violente que talentueuse et surtout imprudente, il grave dans le marbre l'irréversible pour défendre un souverain lâché par tous, excepté ces royalistes exagérés dont les jacasseries tiennent lieu d'action : « Quand on ne demande qu'à servir le despotisme, on passe avec indifférence d'un gouvernement à l'autre, bien sûr qu'on retrouvera sa place d'instrument sous le nouveau despotisme. Mais quand on choisit la liberté, on se fait tuer autour du trône qui protège la liberté… » Dénonçant un chef de guerre entouré de mamelouks, et jugeant que les libertés sont depuis longtemps du côté de la monarchie, il compare Napoléon à Attila et Gengis Khan, en « plus terrible et plus odieux ». Et réserve le meilleur pour la fin : « Je n'irai pas, misérable transfuge, me traîner d'un pouvoir à l'autre »... Affaire à suivre !

Par une nuit noire, sous des rafales de vent et de pluie, le roi, qui veut lui aussi éviter la guerre civile, se retire avec le plus de dignité possible, laissant tout de même derrière lui lits défaits et réchauds encore fumants. Il n'y a plus qu'à se laisser glisser du trône, selon la drolatique formule d'un témoin. À cette fuite furtive Chateaubriand donne le nom d'escampative, délicat néologisme dérivé du gascon. Se considérant comme le père des Français – qui vont s'habituer à ce paternalisme en remplaçant un jour le roi (sans majuscule) par l'État (avec majuscule) –, Louis XVIII s'incline, mais n'a pas dit son dernier mot. Et promet de revenir bientôt. Alors que Napoléon arrive par le sud, il se précipite vers le nord, via Lille où l'hostilité de la garnison le pousse jusqu'à Gand, en Belgique. Pendant que ses pleureuses se lamentent (« Il porte une couronne d'épines ! » s'écrie douloureusement un serviteur), une chanson populaire éclot, sur l'air de *Bon voyage, monsieur Dumollet* :

Bon voyage, monsieur de Bourbon,
Dans l'Albion débarquez sans naufrage,
Bon voyage, monsieur de Bourbon,
Rendez la place au grand Napoléon.
Si vous eussiez été plus sage,
La chose irait d'autre façon,
Et bien loin de plier bagage,
Vous resteriez à la maison.

Le tout jeune Alfred de Vigny, qui rêve d'éclats sur les champs de bataille, accompagne le roi déchu dans cette contre-épopée qui inspire au siècle suivant *La Semaine Sainte* à Aragon. Il appartient au dernier carré de cette Maison militaire qui part sans avoir pu combattre. Antoine, toujours adepte de la modération, s'inquiète d'éventuelles exactions contre ces jeunes gens issus des « meilleures familles de France » : « Ce serait un malheur affreux, confie-t-il à un ami, un deuil universel. » Mais c'est à n'y rien comprendre : contre toute attente, dans chaque village le souverain est acclamé. Ce qui a le don étrange de lui faire accélérer le pas. Si tant est que l'on puisse ici parler de marche, puisqu'il vient d'égarer ses chaussons, parfaitement faits à la forme de ses pieds enflés par la goutte – ce qui semble le chagriner bien davantage que la perte de son royaume.

La France entière marche, elle, sur la tête : un peuple royaliste, une armée bonapartiste ? Et des Parisiens plus étonnés qu'enthousiastes ? Peu importe. Antoine s'empresse de faire prévenir Napoléon que la voie est libre. « On m'attend donc à Paris ? » fait mine de demander celui qui, un brin cabotin, le « sacré coucou » du *Médecin de campagne*, est désormais certain de son succès. Le roi lui a laissé « son » trône, ce fauteuil pour deux, quelques heures vacant. La Restauration se mue en restauration… de l'Empire ! Le souverain d'opérette à Elbe peut redevenir empereur des Français, tandis que le roi de France reprend ses tristes habitudes d'exilé, réduit à animer sa « courette » de Gand, son Elbe du Nord. Il y a de quoi être pris de vertige.

Sorti de sa cachette, Antoine rencontre le général Sébastiani. Ce Corse qui, comme tant d'autres, a fait toute sa carrière aux côtés de l'Empereur avant de rallier Louis XVIII qu'il s'apprête à trahir – il faut suivre –, lui suggère de reprendre ses fonctions aux Postes. Antoine hésite un instant à rejoindre Émilie qu'il n'a pas vue depuis une semaine, puis décide finalement de se rendre rue du Coq-Héron « pour voir ce qui s'y passe » et si le directeur est encore dans la place. Passe-t-il devant les caricatures des colporteurs qui exhibent un Napoléon prenant un bain dans le sang des Français ? Arrivé dans son ancien bureau, il ne trouve pas tout de suite le comte Ferrand, vieillard paralytique sur sa chaise roulante qui ne songe qu'à sauver sa peau. Et persuadé que la simple présence d'Antoine confirme la réussite d'un complot. Successeur hier, prédécesseur aujourd'hui, à l'heure où l'Aigle botté risque de l'écraser comme une mouche, sa poltronnerie lui fait réclamer à son remplaçant, par l'intermédiaire de sa femme, deux passe-ports pour leur sûreté. Antoine signe le précieux viatique de chez lui, rue de Grenelle-Saint-Germain, où il est rentré dans l'après-midi. Il n'a pas accepté cette demande facilement, mais son bon cœur l'y a poussé, ce dont il ne manquera pas de se mordre les doigts. Se protégeant d'une bannière tricolore qui lui fait horreur, le couple Ferrand prend aussitôt la poudre d'escampette. La bonne action d'Antoine tient lieu de passation de pouvoir avant de faire office de pièce à conviction.

Toujours efficace et n'ayant pas perdu la main, il reprend les affaires courantes, sans attendre il est vrai un ordre officiel. Mais le roi est parti, et Ferrand a quitté son poste. On va bientôt l'accuser d'avoir usurpé des fonctions publiques, d'être un parjure, « lui qui croyait être fidèle », note un de ses amis… A-t-il prêté serment au roi ? En aucun cas. Sûr de son fait,

Antoine bloque la livraison des journaux, mais aussi les courriers ministériels ou émanant du préfet de police. Le Paris royaliste est mis en quarantaine. Après ces mesures d'urgence, et un saut auprès d'Émilie, il revient en fin de journée transmettre l'information à son ancien subordonné : « L'Empereur sera à Paris dans deux heures et peut-être avant. La capitale est dans le plus grand enthousiasme. Tout est tranquille et, quoi qu'on puisse dire, la guerre civile n'aura lieu nulle part. Vive l'Empereur ! »

Dans les boutiques, les emblèmes royaux sont remplacés derechef par des aigles ; sur les journaux comme sur les mottes de beurre, les fleurs de lys ont disparu. Les rues, débaptisées depuis un an, sont rebaptisées de leur ancien nom. Les caricatures fleurissent : Napoléon enjambant le monde *versus* Louis XVIII impotent, et surtout ces dindons poussés par la soldatesque étrangère qui entrent par les portes tandis qu'au premier étage se déploient les ailes d'un aigle prêt à s'envoler. Les anciens comme les nouveaux courtisans – ce sont souvent les mêmes – reprennent place aux Tuileries, où l'étiquette impériale exhume ses trois couleurs. Les huissiers retournent leur veste au sens propre, ôtant leur livrée royale pour enfiler la livrée impériale, grattant les lys pour faire réapparaître les abeilles.

Et l'opinion publique ? Comme toujours, elle se range derrière le plus fort. Napoléon revient comme s'il n'avait jamais abdiqué, mais personne ne semble lui en tenir rigueur. Dans un Paris décidément indifférent au chassé-croisé, cette ville, d'ordinaire première à s'agiter, brille par sa passivité. On déambule avec des cocardes blanches ou tricolores, le tout dans la bonne humeur tant le comique le dispute au ridicule. Dans les provinces on laisse éclater sa joie sans penser au lendemain. Habitude très française, note incidemment Antoine. Quant à la presse, nul besoin de lui donner des consignes : elle s'aligne d'elle-même. En lisant les journaux de la veille, puis du lendemain, Chateaubriand confie qu'on croirait lire l'histoire de deux peuples : les uns poussent des cris de rage contre le tyran, les autres « bénissent sa présence ». Le rédacteur en chef du *Moniteur* ne sait plus à quel saint se vouer : il n'y a personne pour lui dicter ce qu'il doit imprimer. Il raconte à Antoine qu'il a fini par aller se coucher. Demain est un autre jour ! Mais le lendemain, les informations sont cette fois d'une laconique objectivité : « Le roi et les princes sont partis dans la nuit. Sa Majesté l'Empereur est arrivée ce soir dans *son* palais des Tuileries. »

Et conclut, pour une fois sans commentaire : « Il est entré à Paris à la tête des mêmes troupes qu'on avait fait sortir ce matin pour s'opposer à son passage. »

L'invasion d'un pays par un seul homme

Pont-sur-Yonne, Moret-sur-Loing, Fontainebleau : la boucle est bouclée. Le phénix, volatile incarnant noblesse et résurrection, s'apprête à dénicher au profit de l'Aigle. En ce dimanche des Rameaux qui inaugure la semaine sainte, Napoléon entame la dernière étape de sa chevauchée héroïque, cette révolution pacifique que Chateaubriand qualifiera d'« invasion par un seul homme » pour la postérité. Si haletante, la magie du « vol de l'Aigle » a engendré une littérature enluminée qui a auréolé Napoléon pour des générations : Cannes-Paris en trois semaines au lieu de six, au rythme de cinquante kilomètres par jour, et sans jamais recourir à la violence ! Par superstition, l'Empereur espérait atteindre la capitale au jour anniversaire de son fils, pensant que cela lui porterait chance. Pari gagné : il entre par l'arc de triomphe du Carrousel aux Tuileries à neuf heures du soir pour se réinstaller dans les anciens appartements royaux au premier étage de l'aile sud. Pluie fine, vent et brouillard lui font un cortège presque funèbre. Mauvais présage. Charles arrive quelques heures plus tard, au cœur de la nuit. « La révolution est accomplie, écrit un proche de Constant, et l'on peut dire que c'est la plus étonnante dont l'histoire du monde conserve le souvenir. » Même s'il ne l'a jamais dit, comme on le prétend parfois, la vie de Napoléon est bien un roman.

Entracte

Avant lui, jamais un homme
avait-il pris d'empire
rien qu'en montrant son chapeau ?

Balzac

Acte III

Le « second » Empire

Je crus assister à la résurrection du Christ

Enfin Napoléon paraît, avec autant de discrétion que le roi en a mis à partir, « comme un voleur, selon l'expression de l'Évangile, qui ne fut jamais plus juste », moque un homme d'esprit. Des partisans l'attendent place du Carrousel. Le flot d'officiers qui l'a précédé dans le vestibule du pavillon de Flore l'étoufferait presque. Tous hurlent de formidables « Vive l'Empereur » à en fendre les voûtes. Auguste Blanqui, alors enfant, a raconté qu'il était resté là, en transe devant cette apparition, pendant plus d'une heure. Un libéral voit la scène sous un autre angle : « Les officiers demi-soldes l'accueillent aux Tuileries ; il croit que c'est le peuple. » Un général d'Empire rallié aux Bourbons, qui tenait encore ses canons braqués sur lui trois heures plus tôt, baisse aussitôt la garde : « Je crus assister à la résurrection du Christ... Maintenant, il me semblait que j'étais redevenu français... Chacun se retrouva, palpitant d'extase et comme balbutiant d'ivresse. » Image d'Épinal.

Avec son sabre au clair au-dessus de son bicorne, dans sa célèbre redingote grise, Napoléon est porté en triomphe par mille bras venus à sa rencontre. Caulaincourt crie à Antoine : « Au nom de Dieu ! Placez-vous devant lui pour qu'il puisse avancer. »

Dans une scène qui serait belle au ralenti, Antoine, les joues en feu, précède l'idole pour faciliter sa progression dans l'escalier, celui-là même qui a vu descendre le roi quelques heures plus tôt. À reculons face à lui, il s'arrête un instant sur le premier palier qui conduit à la chapelle, puis continue de monter les marches en effectuant un quart de tour à droite. Les larmes aux yeux, il ne peut que répéter en fixant le Revenant, hypnotisé : « Quoi ! C'est vous ! C'est vous ! C'est enfin vous ! »

L'Empereur, qui s'est pourtant enquis dès Lyon de savoir si Antoine était à Paris, se contente d'un mince sourire. Les yeux clos, les bras étendus devant lui, tel un somnambule, ému comme jamais, il savoure ce moment tant attendu. « Voilà le plus beau jour de ma vie », aurait-il confié. Mais il n'en profite pas longtemps. Déjà, il passe aux nominations, ajoutant avec un brin de malice qu'Antoine « n'en a pas besoin, il a conquis la Poste ! » En vérité, Napoléon rit jaune car il semble n'avoir pas apprécié que son collaborateur se serve sans même l'attendre. Antoine change de sujet et lui raconte comment l'incroyable M. Fouché a trempé dans une conspiration pour aider les Bourbons. L'ancien « Mitrailleur de Lyon » mérite pourtant bien son surnom : celui qui était alors un jacobin radical, trouvant la guillotine trop lente, l'avait remplacée par un système d'exécution de masse regroupant les victimes pour les faire mitrailler par des canons avant de jeter leurs cadavres dans le Rhône. Il a par la suite inventé la police moderne, dont les deux mamelles sont la surveillance et la répression, à laquelle il a adjoint le renseignement. Lui et ses séides aux manettes, jamais Napoléon n'aurait pu réussir son tour de magie. Les Bourbons ont hélas fait trop tard appel à lui, puis tenté de le faire arrêter, ce qui lui permet d'endosser le rôle de la victime bonapartiste par excellence. Les deux camps ont besoin de lui ; il est tout à la fois central et incontournable. En parfait connaisseur du jeu politique et diplomatique, il prédit d'ailleurs que l'aventure ne va pas durer plus de trois mois. On peut compter sur lui pour y mettre du sien. Sourire en coin, il cherche à faire entendre raison à l'un de ses amis qui veut rester fidèle à Napoléon : « Avec ces sentiments chevaleresques, ironise-t-il, on s'enfourne dans une impasse. » Et quand son interlocuteur lui demande comment il entend s'y prendre avec les Bourbons, il répond avec son élégance habituelle : « Bah ! Bah ! Avec de bonnes Chambres, de bons ministres, une bonne armée, ce serait bien le diable si l'on ne venait pas à bout d'un roi cul-de-jatte, de princes crétins, d'émigrés caducs et imbéciles !

— Tu oublies la duchesse d'Angoulême ?

— On l'envoie en Autriche. »

Avec un sens politique qu'il faut lui reconnaître, doublé d'un insondable cynisme, le duc d'Otrante jette ses filets dans les deux camps (et même quatre si l'on compte les derniers républicains et les premiers orléanistes). Napoléon, jamais dupe, ne va pas tarder à apostropher celui qu'il taxe de « traître consommé » mais qu'il préfère avoir avec lui que contre lui. Comme c'était prévisible, Fouché accourt avec empressement au palais : « Messieurs, il était temps que j'arrivasse. Vous vous arrangiez… et sans moi. »

Vers onze heures, Antoine est rappelé aux Tuileries. Napoléon sort de son bain. Les fleurs de lys cousues sur les abeilles ont déjà été ôtées, mais figurent encore les bustes de Louis XVI et ses frères. Sont aussi retrouvés un tableau figurant Austerlitz, ainsi que divers papiers oubliés par le roi sur son bureau dans la précipitation de son départ. L'Empereur s'étonne que la Restauration ait conservé les francs.

Tirant l'oreille d'Antoine, Napoléon lui dit : « Ah, vous voilà, monsieur le conspirateur ! Comment ? Vous conspirez, et ce n'est pas pour moi ? » Comment a-t-il appris qu'en effet ce dernier, dégoûté des Bourbons mais déçu par l'Empereur, manifestait un début d'intérêt pour le duc d'Orléans ? « Non, en vérité, Sire, et vous devez savoir, si on vous a dit vrai, que je ne voulus pas me mêler d'une affaire dans laquelle…

— Bien, bien », le coupe l'Empereur, qui aimait qu'on aille vite.

Il l'informe qu'il a nommé, sans se faire d'illusions, Fouché ministre de la Police ; sachant aussi combien cela comblerait Émilie, qui lui a demandé un portefeuille pour son mari, il lui propose le ministère de l'Intérieur, qui ne saurait échoir qu'à un proche de confiance. Or Antoine ne peut être à la fois un flatteur et un ami, abjurant « toute espèce de flatterie pour s'en tenir au langage sévère de l'amitié », selon son secrétaire. D'où sa réponse : « Non, Sire : il faut à Votre Majesté un homme habitué à diriger l'administration générale et qui ait un nom éclatant dans la Révolution. Je vous prie de me rendre la direction des Postes, où je peux encore vous être utile.

— Eh bien soit, je vais nommer Carnot. »

A-t-il deviné que c'est le candidat du sage et habile Antoine ? Bien qu'il ait d'abord agréé le retour des Bourbons, « le Grand Carnot », réputé pour son intégrité, n'a pas tardé à être effaré par la Cour et les prétentions des émigrés. Préférant encore « le parti des régicides », il a publié un *Mémoire au roi* dans lequel il a stigmatisé les travers de la Restauration. Chateaubriand prend la peine de lui répondre dans ses *Réflexions politiques*, avant de l'exécuter dans ses mémoires posthumes : « Carnot, qui signait l'ordre des égorgements d'Avignon sans avoir le temps de le lire, avait eu le temps, pendant les Cent-Jours, d'immoler son républicanisme au titre de comte. » Le voici donc prêt à sortir de sa digne retraite pour servir, après la restauration monarchique, la restauration impériale, lui qui avait naguère protesté contre la proclamation de l'Empire ! Tout en restant fidèle à ses idées ? La patrie en danger commande à ses yeux l'union de tous les patriotes. « Napoléon, résume Guizot, avait besoin que, par des noms propres, le drapeau de la Révolution flottât sur l'Empire. » Mauvaise pioche : le vertueux Carnot, de surcroît vieillissant, n'a pas les qualités requises pour faire un bon ministre. Il prévient par exemple Fouché qu'il n'est plus question de décacheter le courrier acheminé par la Poste, ce qui fait bien sourire son rusé collègue. Dans la même veine, un employé vient mettre sous les yeux d'Antoine une liste de suspects. « Monsieur, avez-vous quelquefois regardé en face la figure d'un honnête homme ? » Embarrassé, le dénonciateur bafouille. Antoine reprend : « Eh bien, monsieur, apprenez à me connaître ! »

L'honnêteté et le courage ne suffisent pas, surtout en politique. D'où la présence de Fouché pour contre-balancer Carnot. Lui sait faire des choix, couper des têtes ! C'est tout un art, la politique, un art d'alchimiste qui ignore les sentiments et a l'efficacité pour seule religion. Il faut concilier ordre et liberté, égalité et liberté… C'est une gageure, une martingale impossible puisque la balance tombe toujours d'un côté ou de l'autre. Dans ce marigot, sur quoi, et surtout sur qui se reposer ? Le « hors-la-loi » vient de renverser un roi légitime. Il est despote pour les uns, jacobin pour les autres, un peu des deux pour les libéraux. Aux yeux de ces derniers, son vol de l'Aigle n'est qu'une révolution prétorienne du plus mauvais augure, soi-disant au nom du peuple – que de dictatures « au nom de peuple »… Le Revenant sait bien qu'il est là par défaut. Que les tracasseries du clergé, la bourgeoisie qui se croit attaquée, l'armée qui regrette la guerre et la gloire n'ont pas bougé pour retenir les Bourbons. Mais leur abandon ne vaut pas blanc-seing. La plupart des élites sont marquées au fer rouge d'une double défection, donc susceptibles de le lâcher au premier signe de faiblesse. Ses proches eux-mêmes sont divisés entre bonapartistes purs et durs, avides de revanche, et ceux plus libéraux comme Antoine et Charles. Excepté ces derniers, qui croit encore seulement en lui ? Ces dames endiamantées, ces banquiers, ces riches négociants et cette poignée de généraux qui forment l'étrange comité d'accueil qui l'attend sous les lustres rallumés ? Quant à ses anciens ministres, il va vite s'en apercevoir, ils ne se bousculent pas pour occuper des portefeuilles trop exposés, mais acceptent volontiers des fonctions subalternes.

Dès son arrivée, malgré son triomphe apparent, la défiance et la perfidie souterraines sont palpables. Il n'est pas question de rompre complètement avec les Bourbons, sous peine de perdre les notables, ces « masses de granit » qui tiennent la société. Le peuple n'est qu'un mot. Il faut sauver les meubles, sauver les titres, sauver les châteaux, « les positions aristocratiques, filles ingrates de la Révolution », souligne un contemporain. « Toute la réorganisation impériale ressemblait fort à un imbroglio où l'on venait avec un masque et qui avait l'aspect d'un bâtiment provisoire construit avec de vieux matériaux. » Un quart de siècle de perturbations a immunisé les Français. Beaucoup sont devenus indifférents à la politique, ou se montrent résignés devant le fait accompli ; certains ne savent même pas que Louis XVIII a succédé à Napoléon. Le pays est coupé en deux, et pour longtemps. Comment faire tenir ensemble les jacobins (presque tous devenus bonapartistes), les bonapartistes (des militaires), les libéraux (dont beaucoup sont royalistes), éternels dindons de la farce, et les royalistes de conviction, fortement implantés au sud et à l'ouest ? Le roi comme l'Empereur sont chacun persuadés d'incarner l'homme providentiel. L'exercice du pouvoir, surtout confronté à un parlement, vire au casse-tête. Faut-il gouverner au centre, au risque de les mécontenter tous ? L'anarchie seule fait peur à Napoléon car elle ramène immanquablement au despotisme des jacobins, le plus tyrannique des systèmes.

L'ambitieux est un malheureux qu'il faut plaindre

À midi, par un temps radieux cette fois, l'Empereur, qui vient de s'entretenir avec Antoine, harangue les soldats du 7e de ligne, son cher bataillon de l'île d'Elbe, et la garnison de Paris qui la veille défendait encore le roi. Charles, que le vainqueur du jour vient de présenter aux dames de son salon en disant : « Votre héros, mesdames, c'est lui », se rend-il compte que le peuple est absent de ces autocongratulations ? Pense-t-il lui aussi que l'Europe va laisser faire ce qu'il faut bien appeler un coup d'État, pacifique certes, mais assurément un coup d'État au regard du droit international ? Napoléon n'a-t-il pas abdiqué par un traité librement consenti ? Ne vient-il pas de le violer ? N'a-t-il pas assez ensanglanté l'Europe ? N'a-t-il pas toujours menti ? Et le loup voudrait faire croire qu'il s'est mué en agneau ? La réalité, c'est que le Vieux Contient, conjuré, lui prépare depuis Vienne une guerre implacable. Car même s'il prétend rester tranquille à l'intérieur de ses frontières, ses voisins, eux, ne lui font aucune confiance et sont déterminés à s'en débarrasser une fois pour toutes.

Loin de triompher, Charles refuse bientôt la faveur de son maître qui veut le nommer maréchal de camp, soit général de brigade : « Je ne veux point qu'on puisse croire que je me suis rallié à l'Empereur par l'appât des récompenses, se justifie-t-il. Je n'ai embrassé sa cause que parce qu'elle était celle de la liberté et de la patrie ; si ce que j'ai fait peut être utile à mon pays, l'honneur de l'avoir bien servi me suffira. Je ne veux rien de plus. L'Empereur personnellement ne me doit rien. » En outre, sa joie est obérée par la fuite de Georgine avec leur fils de cinq mois hors de la capitale. Pour tous les siens il n'est plus qu'un parjure, la honte de ses deux familles. Lui reste fier de son choix, persuadé de s'être sacrifié pour la France, et non pas pour Napoléon, magicien couronné qui ne l'a jamais complètement ensorcelé. C'est cette nuance qui entraîne une irréductible incompréhension. Heureusement leur amour n'en pâtit pas. Avec Georgine, ils s'envoient des lettres tendres d'où la politique est résolument bannie.

Cet *Orlando furioso* se souvient-il de ce qu'il écrivait à dix-huit ans à sa mère ? « Peut-on se représenter une vie plus heureuse que celle d'un fils tendre qui se consacre au bonheur de ses parents ? Quel tableau que celui de ce fils assis entre son père et sa mère, ayant devant lui sa jeune épouse qui tient entre ses bras son enfant ; une joie pure est répandue sur tous ces visages ; rien ne la trouble. Mais celui qui se lance sur le vaste théâtre du monde n'a jamais un moment de tranquillité ; quelques nuages troublent toujours ses instants de plaisir : la crainte de se voir ravir ce qu'il a obtenu avec tant de peine, le désir de parvenir, d'atteindre un but encore plus éloigné, mais qui flatte davantage son orgueil… L'ambitieux est un malheureux qu'il faut plaindre, même lorsqu'on le croit parvenu à son but. »

Le soir même, il dîne chez Hortense. Contraint de faire le récit de son ralliement spectaculaire, il est félicité à l'envi par les convives, ce qui l'embarrasse : « J'ai agi pour mon pays et parce que je suis convaincu que l'Empereur seul convient à la France, qu'il peut seul lui conserver la gloire et lui donner les institutions qu'elle désire. Je ne m'estimerais pas si j'étais poussé à lui par un entraînement ou un intérêt quelconque, bien au contraire je perds la fortune que les Bourbons rendaient à ma famille, je perds peut-être l'affection de ma femme qui est partie avec sa mère en me reprochant de l'avoir oubliée, sacrifiée… Au reste, je crois avoir épargné à mon pays de grands malheurs, de grandes réactions politiques ; et si j'ai immolé mon bonheur à cette noble cause, je ne m'en repentirai jamais. »

Hortense lui assure que Georgine va lui revenir. Il reprend aussitôt : « Son reproche est juste ; j'ai sacrifié son intérêt, celui de sa famille si dévouée aux Bourbons, au bien de mon pays ; je ne m'en repens pas, mais je conçois qu'elle puisse douter maintenant de ma tendresse, et il est difficile d'être heureux après cela.

— Écrivez tout de suite à votre femme, et vous verrez qu'elle reviendra promptement.

— Oui, elle reviendra, mais comment effacer un premier reproche, motivé en quelque sorte par l'affection dont on ne doutait pas auparavant ?

— Une femme est ramenée facilement quand elle a réellement aimé ; votre vie entière, employée à la rendre heureuse, lui fera oublier un instant de chagrin.

— À présent, je n'aurai plus qu'à m'occuper de son bonheur, car je ne veux aucun emploi… »

Il écrit d'ailleurs à sa belle-mère : « Je ne vous donne point l'explication de ma conduite, j'attendrai avec patience la justice qui, j'espère, me sera bientôt rendue. Mais alors même je conserverai le regret d'avoir blessé des sentiments bien vifs, et de m'être trouvé dans la dure nécessité d'étouffer ce que mon cœur me disait, en me rappelant des personnes bien chéries. »

Il raconte aussi son échange avec Napoléon : « Si la France retrouve son indépendance et son rang parmi les nations, proclame-t-il avec enthousiasme, si l'Empereur lui donne une constitution libérale, si la liberté des citoyens est assurée et repose enfin à l'abri des lois, je me trouverai heureux d'avoir contribué à sauver ma patrie. »

Cela fait beaucoup de *si*. Seul contre tous, Napoléon a pu reprendre le pouvoir, mais comment se défendre contre toute l'Europe ? Charles va devoir renoncer à ses velléités de bonheur paisible.

La France aussi.

Jurer pour ainsi dire le parjure

Maintenant que le drapeau français a repris des couleurs, Napoléon veut s'attaquer à des symboles plus forts : afin de rassurer sur sa gauche, la Chambre est dissoute et les droits féodaux abolis… droits qui n'avaient jamais été rétablis ! Le journal libéral *Le Censeur* s'alarme d'emblée quant au retour possible du despotisme : « La France n'appartient ni aux soldats, ni aux habitants qui se sont trouvés sur la route de Cannes à Paris, ni aux armées coalisées. » Il a le courage de rappeler que seule la nation peut se prononcer par l'intermédiaire d'une chambre élue. Poursuivi pour royalisme sous Napoléon, il l'a ensuite été sous Louis XVIII pour bonapartisme. À l'inverse, devenu dès le lendemain de son triomphe plus bonapartiste que Bonaparte, le *Journal des débats* s'est rebaptisé *Journal de l'Empire*, ce qui lui permet maintenant de critiquer le roi par contumace. Le chœur écœurant de louanges peut commencer : « La famille des Bourbons est partie. Paris offre aujourd'hui l'aspect de la sécurité et de la joie… L'Empereur a traversé deux cents lieues de pays avec la rapidité de l'éclair, au milieu d'une population saisie d'admiration et de respect, pleine du bonheur présent et de la certitude du bonheur à venir. » Les effluves de l'encens se répandent sans purification ni chasse aux sorcières. Les marionnettistes n'ont même pas besoin d'indications : ils mettent naturellement leurs pas dans les pas du vainqueur.

Au Théâtre-Français, où l'on joue *Andromaque*, le maître du jour est acclamé avec transport au vers : « Enfin il reparaît ; et c'était lui, Achille »… Le jeune Lamartine est ébahi par cette France « prête à se soulever en masse contre Bonaparte » avant de la voir se prosterner pour baiser ses bottes : « De ce jour, je désespérai de la toute-puissance de l'opinion et je crus à la puissance des baïonnettes. Ce fut mon premier désillusionnement politique. » Mais Napoléon n'est pas dupe des flatteries. Pis : sa confiance en lui est entamée. Il lâche, réaliste : « Le temps des compliments est passé. Ils m'ont laissé arriver comme ils les ont laissés partir. » Toutefois, grisé par son succès hors du commun, il espère pouvoir encore impressionner les souverains, comme il le confesse au duc de Bassano, qu'Antoine voyait, au même titre que Charles, non pour « conspirer » mais plutôt pour modérer les ardeurs des partisans de l'Empereur : « Quand les puissances apprendront avec quelle unanimité j'ai été accueilli en France, que les Bourbons n'ont pu opposer aucune résistance, elles réfléchiront... » Mais à Vienne personne ne croit à l'embourgeoisement du guerrier. Y croit-il lui-même ou donne-t-il le change afin de gagner le temps indispensable pour reconstituer une armée ? Comment pourrait-on faire confiance à celui qui a fait son fils roi de Rome, son beau-fils vice-roi d'Italie, ses frères rois de Hollande et de Westphalie, son beau-frère roi de Naples, qui a fait emprisonner le roi d'Espagne pour le remplacer par un autre frère, banni le roi du Portugal, brisé la Prusse et l'Autriche, tenté de s'emparer de l'Angleterre avant de s'attaquer à la Russie ? Bref, un loup dans la bergerie européenne. Un Britannique rappelle que ses maréchaux l'ont eux-mêmes déposé : n'est-ce pas la preuve que les Français n'en voulaient plus ? Et pour aller au bout de sa logique, c'est Napoléon qui par son agressivité permanente a provoqué l'occupation, en aucun cas le roi de France.

L'Empereur est donc tragiquement seul. Il l'a compris et reconnu dès son retour. Une statue aux pieds d'argile que son administration ne va pas tarder à lâcher... par lâcheté. La fronde va se révéler insidieuse, affectant la rentrée des impôts et la conscription. Arrivé hissé sur le pavois, il est accueilli comme un chien dans un jeu de quilles, aussi bien à l'intérieur qu'à l'extérieur. Difficile dans ces conditions d'établir une dictature qui fait d'ailleurs horreur à cet homme d'ordre : il n'entend pas souiller son nom et vouer son pouvoir à l'exécration de la postérité. Pas question de favoriser cette « canaille », comme il appelle ces classes populaires déjà perçues comme dangereuses et qui rêvent de « se coiffer du bonnet rouge ». Après leur avoir donné quelques gages visant à se préserver de leur opprobre, il s'empresse de les faire rentrer dans le rang. La seule solution est de se convertir au libéralisme, tel l'habile Louis XVIII, mais ce déguisement ne lui sied guère plus.

En moins d'une semaine, Antoine devine l'abîme qui commence à s'ouvrir sous leurs pas. Et ce ne sont pas les magistrats de Paris, les fonctionnaires des provinces, les autorités judiciaires et administratives qui vont le sauver, ni les journalistes ou les écrivains : tous se sont d'abord déclarés pour l'extermination du tyran redevenu soudain héros, de l'usurpateur redevenu souverain légitime, pour mieux venir, volatiles de basse-cour, se ranger maintenant derrière sa bannière – sans manquer de le féliciter pour la vélocité de son retour ! Le courrier passé par les services d'Antoine recèle des trésors d'ingéniosité pour maquiller ces transfuges en acte de chevalerie. Napoléon connaissait trop bien les hommes et en jouait ; il savait aussi bien travailler en faveur de l'intérêt général que contenter les intérêts particuliers, si faciles à neutraliser. Chateaubriand, désormais « ministre de l'Intérieur » à Gand du *shadow cabinet* du roi *in partibus*, dénonce ceux « qui ont baisé le matin la main royale qu'ils ont trahie le soir, et qui, le serment qu'ils venaient de faire au roi à peine expiré sur leurs lèvres, sont allés jurer pour ainsi dire le parjure ».

Si Louis XVIII estime Bonaparte perdu, il s'inquiète pour sa propre personne : les Alliés ne considèrent pas son rétablissement automatique. Bouté hors du trône sans coup férir, il est jugé faible, incapable de tenir la bride à son frère et à sa clique de fanatiques. Comme

Napoléon, c'est un homme seul. Une nouvelle fois, le représentant de la branche cadette des Bourbons, Louis-Philippe d'Orléans, plus libéral, plus moderne, est évoqué. Fils de Philippe Égalité, il a donné des gages à la Révolution mais son parti est faible. Le roi de France reste donc en lice par défaut. Pour avaliser sa légitimité, ce roi à nouveau sans royaume publie une ordonnance obligeant les Français à la désobéissance civile en cas de mobilisation guerrière. De son côté Napoléon réaffirme au Conseil d'État la souveraineté du peuple. Antoine note que cette concession de pure forme ne lui fut pas agréable, pour le principe, mais qu'il n'était plus apte à dicter sa loi.

Le talisman s'est brisé

L'Empereur se plaint : autour de lui, parmi les notables, il ne trouve que de la froideur. Il comprend vite, raconte une mémorialiste, « que ces gens-là représentaient beaucoup plus le pays que les militaires ». Mais il y a pire : Charles et quelques autres discutent ses ordres. À l'entendre, Louis XVIII lui a « gâté les Français », « gâché la France » pour avoir – c'est un comble ! – « rendu aux idées libérales, aux idées du commencement de la Révolution, toute la force qu'elles avaient perdue ». Quel aveu ! Or, poursuit la même plume, il ne peut écraser ces idées sans passer par les « passions populaires qui, sous le nom de liberté ou de nationalité, amènent promptement la plus hideuse tyrannie ». Napoléon juge avec une rare clairvoyance les Français qui ne veulent que l'égalité, « et encore on y renoncera facilement si chacun pouvait se flatter d'être le premier… Qu'est-ce qui a fait la Révolution ? La vanité. Qu'est-ce qui la terminera ? Encore la vanité. La liberté n'est qu'un prétexte ».

D'abord troublé par la nature incorrigible de l'Empereur, mais encore sensible au charme de celui qui n'a rien perdu de son pouvoir de fascination – il lui reste au moins celui-là –, le pauvre Charles se voit à nouveau écartelé entre ses serments et Georgine, à qui il a promis de se consacrer. Elle revient à Paris tranquillisée, heureuse de lui apprendre que leur fils est chaque jour plus spirituel : « Sitôt qu'il me voit ou m'entend, il veut venir dans mes bras et vous savez comme j'y suis sensible. » Charles trouve Georges embelli et le présente aussitôt à Hortense, qui s'exclame qu'il lui ressemble beaucoup, espérant qu'il aura les nobles qualités de son père. « Vous voyez bien, lui dit-il, que je puis maintenant m'occuper de mon bonheur intérieur, rendre heureuse ma femme, jouir du charmant enfant qu'elle m'a donné. » Mais il ajoute, comme s'il avait deviné la suite : « La guerre seule m'obligerait à quitter une félicité pareille, car la guerre m'imposerait l'impérieux devoir de reprendre du service : or l'Empereur n'en veut plus, qui oserait en vouloir ? » Cherche-t-il à se rassurer ? Sans doute, car il demande à sa mère d'héberger Georgine et son fils, se doutant qu'il ne pourra pas être assez présent. Pour éviter cette guerre qui vient, l'Empereur tente désespérément de convaincre l'Europe, rappelant le sage Caulaincourt et dépêchant de multiples émissaires auprès des cours : son retour et le départ des Bourbons sont « l'ouvrage d'une irrésistible puissance, l'ouvrage de la volonté unanime d'une grande nation qui connaît ses devoirs et ses droits. La dynastie que la force avait rendue au peuple français n'était point faite pour lui : les Bourbons n'ont voulu s'associer ni à ses sentiments ni à ses mœurs. La France a dû se séparer d'eux ». La France ? A-t-elle eu vraiment son mot à dire ? Lui garantit ne vouloir que l'indépendance et la paix. Trop tard ! Tous ses représentants sont éconduits. L'Europe ne veut pas l'entendre, encore moins l'écouter.

Parce que Napoléon insiste, Charles accepte finalement sa nomination au grade de général. Il a vingt-neuf ans. Il est mal à l'aise, n'adhérant pas à certaines dispositions vengeresses de son maître qui avait pourtant promis, comme le roi, pardon et oubli. La saisie des biens des Bourbons est la goutte d'eau qui fait déborder le vase : « Si le régime des séquestres et des proscriptions recommence, s'écrie-t-il au milieu des regards accablés du premier cercle, tout sera bientôt fini. »

Que sont les belles paroles, les assurances reçues, les promesses devenues ? Le soir même Hortense, rentrée penaude, temporise. « Je vois avec peine, madame, que vous n'êtes pas aussi libérale que je le croyais. » Déçu, Charles boude. Que dirait-il s'il apprenait que son maître, qui veut ne devoir son éclatant succès qu'à son génie, a demandé à la presse de faire supprimer une phrase trop laudative à son endroit qui actait son rôle clé dans le succès du vol de l'Aigle ?

Cet Aigle, pourtant, a tellement changé ! Au physique comme au moral. Lui-même confie à un général qu'il est trop vieux. Certes, il n'a pas de rides et son œil a conservé la flamme du génie, un génie fleuretant avec la folie, celle des grandeurs. Ses lèvres minces sont toujours enchâssées dans une mâchoire large qui tranche avec la douceur de son sourire… quand il sourit. Cependant une lassitude, avançant masquée, a pris le dessus. Préoccupé, ses paroles se font rares. Il ne croit plus en son étoile, devenue filante. L'embonpoint l'a gagné. Des cheveux gris sont apparus, d'autres sont tombés, son teint bruni est devenu pâle. Il dort davantage, n'est plus ce véloce militaire toujours en veille. Où sont passés son énergie légendaire, son audace, son inexpugnable volonté, son regard fixe, sa stature d'empereur romain et son profil de médaille gravé dans l'airain ? Et sa rapidité de décision ? « Le talisman s'est brisé », lâche Chateaubriand. Il ne fait même plus peur. Et il est triste. Il a compris que Marie-Louise et leur fils ne le rejoindraient pas. « Le destin est changé pour moi, confie-t-il. J'ai perdu là un auxiliaire que rien ne remplace. »

Je n'irai pas, misérable transfuge, me traîner d'un pouvoir à l'autre

Napoléon a quitté le palais des Tuileries, devenu trop grand sans sa femme et son fils, pour celui de l'Élysée. Il n'y retourne que les dimanches pour la messe ou les audiences publiques. Antoine le voit tous les jours, parfois plusieurs fois, et longtemps. L'Empereur a besoin de ses conseils pour comprendre un pays qu'il ne reconnaît plus. Il avait « laissé la France muette et prosternée, explique Chateaubriand, il la trouvait debout et parlante : dans la naïveté de son esprit absolu, il prenait la liberté pour le désordre ». Aussi, non sans avoir tergiversé, il se décide à convier le chef de file du libéralisme, « cette canaille de

Benjamin Constant » qu'il tient en petit comité pour « un idéologue, un phraseur ».

Connu pour ses pamphlets au style clair et direct, celui qui vient de le comparer à Gengis Khan concluait son article par cette virile affirmation qui le poursuivra si longtemps : « Je n'irai pas, misérable transfuge, me traîner d'un pouvoir à l'autre, couvrir l'infamie par le sophisme et balbutier des mots profanes pour racheter une vie honteuse. » Or à l'issue de leur premier entretien, le voici propulsé conseiller de « Gengis Khan », chargé de rédiger une nouvelle Constitution ! Flatté, il veut croire aux bonnes intentions affichées du despote : et s'il parvenait à le convertir à ses idées ? Un alliage Constant-Napoléon ? Autant marier une carpe avec un lapin ! Vieille recette politique qui a fait ses preuves pour neutraliser un opposant, en l'occurrence historique. Benjamin vient de l'insulter ? Tant mieux ! Son retournement n'en sera que plus crédible. La fin justifie les moyens et il doit à tout prix mettre un coin entre les royalistes et les libéraux. L'exceptionnel talent de séduction de l'Empereur fait le reste : « Lorsqu'il voulait enchaîner quelqu'un à son char, dit son secrétaire, il étudiait et pénétrait avec une extrême sagacité son genre d'esprit, ses principes, son caractère, ses passions dominantes, et alors avec cette grâce familière, cette force et cette vivacité d'expression qui donnait tant de prix et de charme à ses entretiens, il s'insinuait insensiblement dans votre âme, il s'emparait de vos passions, les soulevait mollement, les caressait avec art ; puis, déployant tout à coup les ressources magiques de son génie, il vous plongeait dans l'ivresse, dans l'admiration et vous subjuguait si rapidement, si complètement, qu'il semblait vous avoir enchanté. »

« Aujourd'hui tout est changé, déclare en préambule à Constant celui qui doit à tout prix redorer son blason d'autocrate. Un gouvernement faible, contraire aux intérêts nationaux, a donné à ces intérêts l'habitude d'être en défense et de chicaner l'autorité. Le goût des constitutions, des débats, des harangues paraît revenu… Cependant, ce n'est que la minorité qui les veut, ne vous y trompez pas. Le peuple, ou si vous l'aimez mieux, la multitude, ne veut que moi… S'il y a des moyens de gouverner par une Constitution, à la bonne heure… Je ne suis plus un conquérant, je ne puis plus l'être… »

Chateaubriand se déchaîne devant cette volte-face : ainsi, l'homme qui a « foulé le peuple en maître fut réduit à courtiser la faveur des faubourgs, à parodier l'enfance révolutionnaire, à bégayer un vieux langage de liberté qui faisait grimacer ses lèvres, et dont chaque syllabe mettait en colère son épée ». Celui qui se présente comme « l'empereur des plébéiens » ne conçoit évidemment pas de Constitution sans une vigoureuse aristocratie et compte rallier la noblesse après la bataille qui se profile. « Je les aurai bien, si je suis le plus fort : en attendant, laissons la porte ouverte, confie-t-il encore à son nouveau conseiller quelque temps plus tard ; après quelques façons, ils finissent toujours par entrer. »

Pour plus de sûreté, l'Empereur achète Constant en réglant ses dettes de jeu et en le nommant conseiller d'État. Voilà comment l'Aigle, grâce à mille paroles ensorcelantes et quelques espèces sonnantes et trébuchantes, a convaincu l'auteur de l'incendiaire *De l'esprit de conquête et de l'usurpation* de rédiger le projet de Constitution sous sa sourcilleuse impatience. Sans attendre que l'Assemblée se réunisse ; un plébiscite y pourvoira. Il est vrai que le texte restera un modèle pour les constitutionnalistes. Constant s'est vendu sans se renier.

Copié sur la Charte du roi qu'il améliore sur plusieurs points, le projet s'intitule malencontreusement Acte additionnel aux constitutions de l'Empire, ce qui donne la fâcheuse impression qu'il s'agit d'un simple amendement. D'entrée de jeu, le changement paraît limité. Napoléon, roi constitutionnel ? Juste un « ours muselé », selon Mme de Staël. Enfin presque, car il peut encore rougir, quand on essaie par exemple de lui imposer plusieurs articles réduisant son pouvoir : « On me pousse dans une route qui n'est pas la mienne. On m'affaiblit, on m'enchaîne. La France me cherche et ne me retrouve pas. L'opinion était excellente, elle est exécrable. La France se demande ce qu'est devenu le vieux bras de l'Empereur, ce bras dont elle a besoin pour dompter l'Europe. » Incorrigible. Comme toujours, la politique d'ouverture fâche les partisans sans pour autant amadouer les opposants. L'éternel refrain du « c'était mieux avant » ne tarde donc pas à faire entendre sa petite musique çà et là au profit du « père de Gand ». Et, pour couronner le tout, le danger extérieur prend le relais : Antoine voit l'Empereur apostropher Fouché, un Fouché qui ne se gêne pas pour dire que « toute l'Europe va lui tomber sur le corps », ni pour le juger en public plus fou que jamais : « Vous êtes un traître : pourquoi rester ministre de la Police si vous voulez me trahir ? Je devrais vous faire pendre.

— Sire, je ne suis pas de l'avis de Votre Majesté », répond cet animal à sang froid qui se sait indispensable.

Une autre fois durant le Conseil des ministres : « Vous me trahissez, monsieur le duc d'Otrante, j'en ai les preuves [Antoine l'a pourtant mis en garde]… Prenez plutôt ce couteau et enfoncez-le-moi dans la poitrine, ce sera plus loyal que ce que vous faites ; il ne tiendrait qu'à moi de vous faire fusiller, et tout le monde applaudirait un tel acte de justice. » Le duc, toujours blême et impénétrable comme son meilleur ennemi Talleyrand, laisse tranquillement la caravane passer, avant de se justifier auprès d'un ami : « Faudrait-il abandonner les intérêts de la France et la sacrifier à un homme ? »

Il s'est déjà distingué quand Louis XVIII a voulu le faire arrêter au prétexte qu'il refusait le ministère de la Police – du jamais vu. Proposition bien trop tardive : l'Ogre ne pouvait plus être stoppé. Il s'était alors contenté de lancer à la Cour, sûr de son fait : « Sauvez le roi, je me charge de sauver la monarchie. »

« Excepté Louis XVIII, raconte-t-il ensuite en privé, ce sont tous des crétins. Ils croyaient bonnement que j'étais le maître de les sauver, qu'il ne tenait qu'à moi de faire des miracles. Parce que je dis franchement je ne pouvais rien, ils s'avisèrent de me faire arrêter… On n'a pas été dix ans ministre de la Police pour se laisser prendre comme un sot par cinq ou six argousins. Ils n'osaient pas seulement me regarder en face, ils me faisaient presque des excuses, aussi comme je les ai mystifiés ! »

Ce diable d'homme s'était échappé en passant par l'hôtel mitoyen de la reine Hortense. Reste à « sauver la monarchie » : « Napoléon sera obligé de partir pour l'armée avant la fin du mois, annonce-t-il tranquillement à Pasquier. Une fois parti, nous resterons maître du terrain. Je veux qu'il gagne une ou deux batailles, il perdra la troisième, et alors notre rôle à nous commencera. Croyez-moi, nous amènerons un bon dénouement. »

Ce « nous » est-il royal ? Nul ne le sait, mais cet homme est un historien du futur. Il a toujours deux fers au feu et deux coups d'avance. Les royalistes les plus extrêmes l'ont bien compris et le veulent à leurs côtés car, explique l'un d'eux, « au fond, quels sont en France les ennemis de la famille royale ? Les jacobins. Eh bien, il les tient dans sa main, et dès qu'il sera au roi nous dormirons sur nos deux oreilles ». Talleyrand, lui, déteste autant Louis XVIII que Napoléon. Des pions, des marionnettes. Seule compte la France, ainsi que sa personne. Le prince de Bénévent a l'art d'envelopper ses paroles comme des sucreries à distribuer, dupant chacun sans jamais se compromettre. Peu pressé de venir à Gand, il attend son heure.

Pendant ce temps, Napoléon essaie toujours de rassembler le plus largement possible. Mais pense-t-il lever les ambiguïtés en affirmant dans une seule et même phrase que « la liberté de la presse est inhérente à la Constitution actuelle », mais qu'en même temps « il faut des lois répressives, surtout dans l'état actuel de la nation » ? Comme d'habitude il cherche à tout contrôler, à sa manière directe : « Qu'est-ce que ce sieur Lanchère, directeur de la poste de Paris, demande-t-il à Antoine ? Faites-moi un rapport sur cet individu. » Quelques jours plus tard nouveau billet d'une ligne aussi abrupt et laconique qu'assassin :

« M. Revoil, directeur des postes à Aix, est mauvais. Changez-le. » Il entend aussi surveiller la presse, obligée de prendre ses ordres au ministère de l'Intérieur. « J'espère, écrit-il encore à son fidèle, que vous ne laissez pas passer par la poste » tel journal paru sous le manteau et favorable aux Bourbons. « Veillez à ce qu'il n'en passe aucun. »

Morituri te salutant

C'était prévisible, l'Acte additionnel aux constitutions de l'Empire, aussitôt surnommé « la Benjamine », est universellement rejeté : les bonapartistes y pressentent des concessions libérales qui vont les perdre, les jacobins ne voient aucune différence avec la Charte royale et se sentent trahis, enfin les libéraux estiment qu'on ne va pas assez loin, qu'il en faut davantage pour empêcher la nature de « Néron » de revenir au galop. En regard, Chateaubriand pense qu'elle renferme « assez de liberté pour pouvoir renverser un tyran », ce qui ne va pas manquer d'advenir et explique la mauvaise grâce bien cachée de Napoléon.

Ces relents de premier Empire entraînent une « brochuromanie » inédite : dix publications par jour en moyenne ! Mais seule l'élite les lit et les commente. Et tandis que Constant sort ses *Principes de politique* pour justifier son ralliement, Chateaubriand publie depuis Gand son *Rapport sur l'état de la France*, qui n'est ni tendre ni optimiste : Bonaparte « n'embrasse la liberté que pour mieux l'étouffer » ; ce despote se grime en libéral pour tenter d'éviter la guerre mais les fils vont être une nouvelle fois « arrachés à leurs mères ; les os des Français dispersés dans les champs ». Les électeurs ne s'y trompent pas : aux municipales – réservées aux communes de moins de cinq mille habitants (le pouvoir nomme les autres) – les deux tiers des maires royalistes sont réélus. Les caricatures disent l'essentiel, telle celle montrant un Napoléon affaibli à qui l'on prend le pouls : « Comment trouvez-vous mon état ?

— Sire, il ne peut pas durer. Votre Majesté a une trop mauvaise constitution. »

Preuve suprême de la désaffection populaire : le plébiscite censé ratifier l'Acte additionnel a recueilli 79 % d'abstention ! Les royalistes, persuadés d'avoir perdu d'avance, ne sont pas allés voter. Pour Napoléon, c'est un désaveu cinglant auquel il n'a pas été habitué. Il est donc grand temps d'offrir au peuple une de ces cérémonies munificentes qui frappent les esprits.

Ce sera le Champ de mai. Une liturgie mi-romaine, mi-carolingienne, une mise en scène ornementée de toute la pompe d'une cour très chamarrée, avec force pages et chambellans, drapeaux tricolores, aigles luisant au soleil. Une « charlatanerie impériale », moque-t-on, une mascarade à deux semaines d'une guerre à quitte ou double. Face à l'Empereur, arrivé lentement dans le carrosse du sacre attelé de huit chevaux coiffés de plumes blanches et au son des musiques militaires, se dresse un amphithéâtre pour les notables aux postures de statues antiques. Au milieu des gradins, un autel pour les prêtres et les musiciens, et une estrade prévue pour la distribution des aigles – « le coucou », disaient les troupiers, les derniers à regarder César avec ferveur. On avait le sentiment de lire sur leurs lèvres : *morituri te salutant*, rapporte un témoin qui ne croit pas si bien dire.

Tournant le dos à l'École militaire, protégé du soleil par un dais, assis sur un trône couleur pourpre, coussin sous les pieds, le teint verdâtre, l'air soucieux tout autant que sévère, le monarque ne paraît pas dans sa célèbre tenue de colonel des chasseurs de la garde, mais vêtu d'une culotte de taffetas blanc, velours violet, tunique rouge, long manteau doublé d'hermine et brodé d'or, toque noire à plumes blanches, bas de soie. Un observateur de la cérémonie dit que l'Empereur « imite, en pleine civilisation, le Conquérant législateur d'une époque barbare ». Il faut bien du décorum pour annoncer, dans ce costume de théâtre, la guerre qui vient. La propagande est très au point : l'Europe veut rétablir les Bourbons, qui veulent, eux, rétablir les privilèges et la dîme ! Devenu libéral et pacifique, il n'a pas d'autre choix que de défendre la patrie en danger. Hélas, sa simple présence ne frappe apparemment plus les imaginations ; pis : elle fait rire, voire indispose sérieusement. Durant six heures interminables, il semble s'ennuyer autant que le public. En outre, il manque au tableau Marie-Louise, qui devait être couronnée ce jour même et dont l'absence augure mal des relations avec l'Autriche. L'impression de malaise est palpable.

Malgré le prestige de l'uniforme de quelque cinquante mille militaires et gardes nationaux, cinq cents électeurs et deux cent mille spectateurs, malgré un déluge d'abeilles d'or, malgré les dignitaires rutilants du régime, Napoléon le sait, il l'a dit, l'opinion publique ne le reconnaît plus. Les libéraux l'ont enchaîné. S'il feint de présenter Louis XVIII en tyran à l'ancienne, les acclamations sont molles ; le cœur n'y est plus. Chateaubriand, toujours prêt à défourailler sa plume, résume la situation en raillant l'hymen du despotisme et de la démagogie, censé engendrer une liberté affublée du « bonnet rouge » sur la tête, du « sabre du mamelouk à la ceinture » et de « la hache révolutionnaire à la main ».

Georgine fait partie des spectateurs. Elle a fait l'effort d'assister à cette cérémonie qu'elle a trouvée, nonobstant ses préventions, magnifique. Elle est bien la seule. Cependant les clins d'œil à l'Ancien Régime ou à la Révolution déplaisent aux Français. Devant cette mascarade du « ni-ni », ou « et-et », les camps se radicalisent. La magie impériale n'opère plus. La conservation par Constant de la Chambre des pairs, héréditaire, à l'anglaise, introduite sous la première Restauration, déçoit ses fidèles comme les républicains. Napoléon, qui en dresse la liste, la compose pour moitié de bonapartistes, dont Charles (qui appartient au quatuor surnommé les pairs… fides, tandis qu'un autre quarteron hérite du surnom de pairs… sifflés). Y figurent aussi nombre d'enfants prodigues. Que de mauvais signaux pour ceux qui espéraient un vrai changement ! La haute administration et l'élite politique en ont assez de l'arbitraire. Ils veulent un simple modérateur et regrettent d'autant plus Louis XVIII qu'ils redoutent tous la guerre. En appeler au danger extérieur, à l'union face à l'ennemi, ne suffit plus. Reste à en rire en entonnant par exemple ce refrain qui court les rues :

Bonaparte avance,
Je suis de son parti ;

Mais s'il reçoit la danse,
Je ne suis plus pour lui.
De crainte d'anicroche
Je n'ai jamais d'avis,
Je porte dans ma poche
L'aigle et la fleur de lys.

Il sent déjà le cadavre

Dos au mur, Napoléon se confie à Antoine : « Il faut une victoire. Je ne puis rien faire avant ; je suis peut-être le seul homme dans cet empire qui conserve du sang-froid, et cependant je ne peux ni imprimer ni diriger tous les mouvements. »

À quarante-cinq ans, il semble avoir perdu la main. Sa démarche s'est alourdie. Il se déplace jambes écartées, ventre sur ses cuisses. Son visage, jauni, est bouffi. Il semble las, hagard, déjà battu. Un jour il est surpris en larmes devant le portrait de son fils, alors âgé de quatre ans et dont il est séparé depuis un an. Plus personne ne le croit. La paix avec Napoléon ? Fouché se montre pessimiste – « il sent déjà le cadavre » –, même si pour l'instant députés et pairs filent doux en lui prêtant le serment convenu de fidélité et d'obéissance. Cela ne coûte rien, surtout eu égard au nombre de serments prononcés depuis vingt-cinq ans. D'ailleurs, ils vont le soutenir comme la corde soutient le pendu. Un exemple ? Soult, l'homme le plus loyal de France après Fouché, raille Chateaubriand, met la même fougue à servir l'Empereur comme pair de France et nouveau major général de l'armée que le roi lorsqu'il était son ministre de la

Guerre. Dans une proclamation martiale, il adoube ces « cent victoires que des revers momentanés et des circonstances malheureuses n'ont pas effacées » et qui « rappellent à l'Europe qu'une nation libre, conduite par un grand homme, est invincible… Soldats ! Napoléon guide nos pas ». Servilité de commande qui ne trompe personne. Plus que jamais le sort du nouveau maître est suspendu à la victoire, hélas improbable.

La guérilla parlementaire va commencer. Un habile discours a momentanément paralysé les représentants : « Aujourd'hui s'accomplit le désir le plus pressant de mon cœur ; je viens commencer la monarchie constitutionnelle. » Continuer serait plus juste. « La monarchie est nécessaire en France pour garantir la liberté, l'indépendance et les droits du peuple… », ajoute un Napoléon un peu gêné de pasticher Louis XVIII devant une pléthore d'anciens révolutionnaires qui doivent franchement ricaner sous cape. Cerné par les anciennes fortunes, « toutes ennemies », note-t-il, et les nouvelles, « réputées avides et honteuses », miné par ces intrigues en forme de millefeuilles, il désespère : « Tout est soumis, et tout me manque. Je n'apprends plus la vérité que par des traîtres. »

On croirait lire la définition de l'exercice, éminemment tragique, du pouvoir. Mais l'exercice du pouvoir se décline aussi dans la représentation publique, par exemple lors d'une fête au Louvre où Napoléon parle « paix et prospérité aux négociants, en même temps que gloire et promotions aux militaires, prérogative des Chambres aux électeurs et aux représentants, et liberté à tous », relate un contemporain. Au fond, seule la perspective de la guerre ranime ce maître ès stratégies plutôt maussade en privé. Antoine le trouve enfin gai la veille de son départ, heureux de s'éloigner des parlementaires parlementeurs pour retrouver ces vétérans de vingt batailles qui constituent l'ossature de son armée, les seuls qui ont encore confiance en lui, à l'opposé des élites politiques et curiales qui lui scient la branche. Il décide d'aller au-devant de l'ennemi, de l'attaquer en Belgique au lieu d'attendre le début des hostilités tout en évitant l'invasion étrangère.

Soudain, coup de théâtre sur cette scène qui n'en manque pas : le général de Bourmont, royaliste rallié à Napoléon, déserte la veille de la bataille pour rejoindre les Bourbons ! Antoine avait justement demandé qui avait eu l'idée lumineuse de le faire nommer à ce grade… « C'est moi, avait confessé Charles. J'ai répondu de lui. C'est un bon officier qui ne connaît que la France, et qui se battra bien et servira loyalement. » Bourmont a manifestement bien caché son jeu. Mais Napoléon, lui, n'est guère surpris : « Qui est bleu est bleu et qui est blanc est toujours blanc. » À l'orée de la bataille décisive, cette haute trahison est un ver de plus dans le fruit.

Son plan de bataille était un chef-d'œuvre

À l'occasion de la fête donnée au Palais-Bourbon pour l'ouverture des Chambres, Charles apparaît au côté de l'Empereur. « Quel est donc ce beau jeune homme qui se tient debout derrière le trône ? demande une admiratrice à sa voisine. Quelle figure régulière et expressive ! Que de noblesse et de distinction dans toute sa personne ! Il est impossible d'être mieux !

— C'est ce monstre de Charles de L***! lui chuchote une duchesse issue de l'une des plus vieilles familles de France.

— Si beau et si perfide ! »

Le camp adverse ne lui pardonne pas d'être retombé dans les bras du « Bandit corse », d'avoir entraîné la France dans de nouvelles calamités. Il faut donc absolument revenir glorieux du champ de bataille. Pour éviter une douloureuse séparation à Georgine, Charles part en coup de vent, et de nuit, vers le nord. Le tout jeune Alexandre Dumas voit alors l'Empereur passer à Villers-Cotterêts et décrit un être maladif, à l'air absent. En vérité, le grand homme est à bon droit rongé par le doute : a-t-il eu le nez creux en quittant l'île d'Elbe ? Le jeu en vaut-il la chandelle ?

Avant d'entamer la campagne de Belgique, où vont se dérouler les opérations, Charles visite les fortifications de Soissons avec son maître. Alors qu'ils s'apprêtent à franchir la Sambre, l'Empereur, qui joue son va-tout, veut une dernière fois électriser ses soldats : « C'est aujourd'hui l'anniversaire de Marengo et de Friedland, qui décida deux fois du destin de l'Europe… Les droits, l'honneur et le bonheur de la patrie seront reconquis. Pour tout Français qui a du cœur, le moment est arrivé de vaincre ou périr. »

Mais les raisons qui ont causé sa première chute vont précipiter la seconde : nombreux sont les vétérans qui, couverts de cicatrices, l'ont déjà suivi des sables brûlants de l'Égypte aux déserts glacés de la Russie. Ils s'apprêtent encore à se battre en héros malgré le déséquilibre des forces. En cette fin de printemps qui ressemble au plein été, il fait lourd et chaud, ce qui handicape la rapidité de manœuvre. Pas un souffle d'air à l'arrivée au point de séparation entre l'armée anglo-hollandaise de Wellington le Blond et l'armée prussienne de Blücher le Brun, soixante-treize ans mais bon pied, bon œil, moustache taillée en crocs, petits yeux vifs et perçants. Fidèle à sa stratégie, Napoléon veut empêcher la jonction de ces ennemis qui prétendent le tailler en pièces en les prenant de vitesse. À lui les Prussiens, pendant que Ney contiendra les Anglais. « Son plan de bataille était, de l'aveu de tous, un chef-d'œuvre, écrit Victor Hugo. Aller droit au centre de la ligne alliée, faire un trou dans l'ennemi, le couper en deux... jeter l'Allemand dans le Rhin et l'Anglais dans la mer. » En cette première journée de campagne, on lutte corps à corps, on se fusille à bout portant sous un déluge de couleurs, de plumes, de sabres et de feu. Et, pour finir, sous une pluie d'orage qui déferle sur la plaine dans un vaste tourbillon de poussière, bientôt réduite en boue.

Charles galope dans cette étendue ondulante, en vérité un immense champ de céréales, détenteur d'un message de l'Empereur au maréchal Ney qui doit lui céder le corps de Drouet d'Erlon pour lutter contre Blücher : « Dites-lui que le sort de la France est entre ses mains. » Au lieu d'obtempérer, Ney répond qu'il a besoin de ce corps, qui arrive finalement à Ligny, mais trop tard : Wellington a eu le temps de se replier près du village de Waterloo, petit bourg flamand situé non loin de Bruxelles et dont personne ne sait qu'il est sur le point d'entrer dans l'histoire en tant que symbole de la première conflagration moderne.

À la fin de cette première journée, la boucherie a fait plusieurs milliers de morts, dont les lambeaux de chair et de cervelle sont répandus sur le sol. « J'ai encore dans les oreilles, décrit un combattant, le genre de bruit que produisaient les roues écrasant les crânes des soldats »… Un autre se souvient d'un cheval aux jambes arrachées, assis sur sa queue et hennissant avec ce qui lui restait de vigueur. Blücher, vaincu mais non écrasé, a pu se retrancher en bon ordre… à portée de Wellington.

Le lendemain, Napoléon, se croyant tranquille sur ce front, fait poursuivre Blücher par Grouchy. Il a deux batailles à mener : il faut toujours, coûte que coûte, empêcher Anglais et Prussiens d'établir leur jonction. Sous un interminable déluge zébré d'éclairs et accompagné par le fracas du tonnerre sans interruption (scène qualifiée de sublime par un témoin), doublé du son des canonnades amorties par les torrents d'eau, le sol devient impraticable et l'artillerie menace de s'embourber, ce qui oblige à cesser la poursuite. Détrempées, couvertes de boue, aveuglées par la brume, affamées, épuisées, les troupes attendent un hypothétique soleil d'Austerlitz pour repartir à l'assaut. Napoléon, lui, est encore confiant et de bonne humeur. Il est persuadé que Wellington est un mauvais général et que Blücher n'est pas en état de contre-attaquer. Mais l'horloge tourne. Et la météo a choisi le camp ennemi puisqu'elle lui offre le temps de s'organiser.

Le soir, dans la ferme dite du Caillou qui domine la plaine de Waterloo, Charles retrouve un Napoléon fatigué par ses incessantes chevauchées, la redingote ruisselante de pluie, et qui ne va plus tarder à se coucher dans son lit de camp bordé de soie verte dressé près de l'âtre. Non sans avoir consulté une dernière fois les cartes étalées sur la table. Au plafond des poutres, au sol du carrelage rouge, les murs blanchis à la chaux. Sont également présents Ney, Soult, Flahaut, entre autres, pour cette dernière veillée d'armes du premier Empire. Dehors la pluie tombe toujours sans répit, ce qui rend le chef de guerre nerveux : comment manœuvrer l'artillerie dans la boue ? Ney fait remarquer que les troupes sont épuisées. Tous en conviennent, excepté Charles qui s'exclame qu'il faut poursuivre l'ennemi « l'épée dans les reins ». Furieux, le Brave des Braves rugit plusieurs fois de tonitruants « Nom de Dieu ! ».

Alors que Charles dort sur des bottes de paille, pour Georgine commence une terrible journée car la rumeur prétend que son mari a été tué. Même les journaux l'annoncent, seulement démentis par deux gazettes. « L'affreuse nouvelle que je m'entends sans cesse crier aux oreilles me tue, écrit-elle à sa mère. Bien des personnes m'assurent que ce n'est pas vrai. Chère maman, si je n'étais pas bêtifiée, je deviendrais folle… Je n'ai eu qu'un seul petit mot du jour de son départ… Encore une grande bataille et point de nouvelles… Je ne respire plus depuis que les coups de canon m'ont réveillée. »

Le jour de la bataille de Waterloo, en effet, on fête à Paris la victoire de l'avant-veille à Ligny…

Reteindre leur pourpre au sang des Français

Antoine vit à l'heure de ce premier succès salué par cent un coups de canon. Les opérations semblent bien engagées, doit-il penser. Ce « diable d'homme » est en train de redevenir Bonaparte, jamais plus fort que lorsqu'il est confronté à l'adversité.

Au même moment, comme son exact contemporain Chateaubriand, l'Empereur doute forcément. Car le Noble Vicomte a l'art de poser en quelques mots les seules questions qui vaillent : si les Alliés « triomphaient, notre gloire n'était-elle pas perdue ? Si Napoléon l'emportait, que devenait notre liberté ? » Il se demande quel prestige les partisans du roi pourraient retirer du triomphe des ennemis… Pour être certain d'avoir une fois de plus le beau rôle, il précise que, « bien qu'un succès de Napoléon m'ouvrît un exil éternel, la patrie l'emportait dans ce moment dans mon cœur… Wellington triomphait-il ? La légitimité rentrerait donc dans Paris derrière ces uniformes rouges qui venaient de reteindre leur pourpre au sang des Français ! ».

Toute âme noble ne peut y demeurer insensible. Pour Charles comme pour Antoine, il faut tout faire pour l'éviter. Derrière la bataille, c'est non seulement le destin de la France qui se joue, mais aussi celui de chaque Français.

La lave combattait la foudre

Le voici donc, cet autre 18 juin de l'histoire de France, avec ces derniers tableaux vivants de la bataille avant que leurs mouvements soient statufiés, en arrêts sur toiles où dominent le rouge et le gris, pour ne pas dire le noir. Les chevaux piaffent. À l'aube, la pluie a cessé. Malgré le ciel bas, un froid soleil cherche à paraître. Les soldats progressent dans les moissons mouillées ; les pièces de canon coupent la terre gorgée d'eau jusqu'aux essieux comme autant de socs. Les hostilités commencent tard dans la matinée pour laisser aux faibles rayons le temps d'assécher ne serait-ce que les flaques. Napoléon, juché sur sa jument blanche Marie, dont les jarrets s'enfoncent dans la boue, se montre toujours très confiant : « Wellington a jeté les dés, et ils sont pour nous. » Même s'il porte son fameux bicorne noir et sa célèbre redingote grise, son sabre et ses éperons d'argent, il n'est plus tout à fait le même : hébété, par moments il somnole, comme si son corps le trahissait.

Non loin de là, près de Gand où il a suivi le roi, Chateaubriand se promène en lisant les *Commentaires* de César, consacrés à la guerre des Gaules. Tandis que les détonations ressemblent à s'y méprendre au roulement sourd du tonnerre, il se demande si les nuages qui passent au-dessus de sa tête, dignes d'une gravure romantique, annoncent que l'orage (« Ô orages désirés ! ») gronde encore. Mais le doute n'est plus permis : « Cette grande bataille, encore sans nom, dont j'écoutais les échos au pied d'un peuplier, et dont une horloge de village venait de sonner les funérailles inconnues, était la bataille de Waterloo ! »

Trois coups de canon en ont annoncé le commencement. Durant les premières heures, qualifiées d'« intervalle obscur » par Hugo, la bravoure est équivalente dans les deux camps de cette bataille sanglante que Napoléon, sans les malencontreux contretemps, était en passe de gagner. Il s'empare de sa lunette et, debout sur un tertre, scrute l'ensemble du théâtre des opérations. Il voit que Wellington recule et espère que Grouchy va déboucher au Mont-Saint-Jean avec son corps. Il n'y a plus qu'à prendre l'ennemi en étau et faire vomir avec ardeur des boulets sortis des bouches à feu. Charles cavale au milieu d'eux afin de prévenir Ney et sa ligne, de la part de l'Empereur, qu'il compte enfoncer le centre anglais. Mais Grouchy n'arrivera jamais : il obéit aveuglément à l'ordre reçu de poursuivre et contenir les Prussiens. Or ceux-ci lui échappent, Blücher n'a laissé qu'un corps servant de leurre, tandis que les autres convergent inexorablement vers Waterloo. Il n'a pas le génie, ni même l'instinct du commandement, tel Exelmans qui l'exhorte à rejoindre l'Empereur sans succès. Ce dernier s'obstine à attaquer les Anglais, conscient de jouer son va-tout, mais le temps est compté.

De son côté, ivre d'intrépidité, Ney s'élance, rugissant comme un lion. Aussi rouge que sa chevelure de feu, le voilà qui dévale la colline de la Belle-Alliance au galop pour disparaître dans les fumées de la plaine, accompagné d'une véritable marée noire de chevaux. Il gravit maintenant, au son des sabots, avec un rythme soutenu, celle du Mont-Saint-Jean derrière laquelle l'attend Wellington, excellent en défense. À mesure qu'il gravit la pente, la scène ralentit. C'est à cet instant que la bataille vacille. Parvenu sur la ligne de crête, soudain en apesanteur, Ney découvre un ravin invisible jusque-là. Il y est accueilli par des décharges d'artillerie et des lignes d'habits rouges déployés en carrés ! Après un instant de surprise sitôt remplacé par un sentiment d'effroi, il ne peut plus enrayer la mécanique infernale du destin. Passé le court choc frontal, tel un jeu de dominos oscillant avant de s'effondrer, tout s'écroule en cadence, rangée après rangée, puis sombre dans le chaos. Hommes et bêtes entremêlent leurs chairs, comme « l'herbe sous la faux d'un moissonneur », raconte un témoin. Les crinières grises des destriers anglais, têtes baissées, flottent au vent. Les conflagrations conjuguées des coups de fusil et des canonnades déchirent les oreilles du naïf Fabrice de *La Chartreuse de Parme*, qui écarquille les yeux devant ce maréchal dont il vient de comprendre qu'il s'agit du célèbre Ney.

Hier encore passif, ce dernier bascule dans la folie la plus furieuse. Il charge et charge encore, avec son chapeau orné d'un panache blanc troué par deux balles, les chevaux tués sous lui en un carrousel de la camarde. Fauchés, les cavaliers se réduisent comme peau de chagrin. La scène de bataille s'apparente à « une véritable fournaise ». « Le bruit du canon, celui de la fusillade, les cris des combattants, tout cela le faisait ressembler à l'enfer des damnés ! » Un autre évoque la terre mêlée de sang labourée par les obus qui éclaboussent en geysers ; des « volcans de boue », précise Hugo, qui ajoute : « La lave combattait la foudre »… « Pêle-mêle de casques…, bondissement orageux des croupes des chevaux dans le canon et la fanfare… Là-dessus les cuirasses, comme les écailles sur l'hydre. Ces récits semblent d'un autre âge. Quelque chose de pareil à cette vision apparaissait sans doute dans les vieilles épopées orphiques racontant les hommes-chevaux… »

Le soleil, qui s'est caché tout l'après-midi, choisit l'heure de son coucher pour réapparaître. Comment ne pas interpréter ce symbole dont un animiste ferait son miel ? Napoléon, en retrait, d'une inhabituelle apathie qui étonne Charles, ne peut que suivre le désastre. En dernier recours, s'obstinant à tenter d'enfoncer le centre anglais, il fait donner la vieille garde, les fameux « bonnets d'oursons », ces gladiateurs de l'Empire aux trois quarts décorés de la Légion d'honneur. La confiance communiquée par Charles, nous explique un Lamartine devenu historien, « imprime un invincible élan… ». Le valeureux général encourage les hommes en hurlant : « Le maréchal Grouchy arrive ! La garde va donner ! Du courage ! Les Anglais sont perdus ! »

Comment pourrait-il deviner que la première de ces deux assertions est erronée ? Si Grouchy était venu, Waterloo ne serait pas le nom d'une gare anglaise. « La destinée a de ces tournants, note encore Hugo ; on s'attendait au trône du monde ; on aperçoit Sainte-Hélène. » Charles revient ensuite à l'état-major, où il livre toutes ses forces, cavalant sabre au poing, tâchant de contenir les tirailleurs anglais par tous les moyens. Leur généralissime est alors en bien mauvaise position : « Il faut que la nuit ou les Prussiens arrivent », dit-il. Ce seront les Prussiens, et avant la nuit.

Dans ce duel au sommet, l'un des combattants doit tomber dans le précipice. « Des deux côtés on attendait quelqu'un, résume Hugo. Ce fut le calculateur exact qui réussit. Napoléon attendait Grouchy ; il ne vint pas. Wellington attendait Blücher. Il vint. »

C'est alors que la garde prétorienne et surhumaine, décimée par le feu anglais caché dans les seigles, recule… pour la première fois de son histoire ! Il faut imaginer la pâle et longue figure du Britannique, « ce duc de Fer » aux cheveux blonds, nez busqué, droit sur son pur-sang « Copenhague », à contre-crépuscule, en cravate blanche, soulevant trois fois son bicorne comme on baisse le pouce ou déclenche l'hallali : l'heure de la riposte a sonné !

En un instant la plaine devient une mer agitée, « un nuage horrible » (Hugo). La victoire promise se décompose en irrémédiable défaite. « L'épée d'Albion », pour reprendre Walter Scott, repousse ce qu'il reste de la Grande Armée, puis dégringole sur cette « morne plaine » « comme une onde qui bout dans une urne trop pleine/Dans ton cirque de bois, de coteaux, de vallons, /La pâle mort mêlait les sombres bataillons/D'un côté c'est l'Europe et de l'autre la France ». Cette fois le maître de guerre français, le meilleur stratège du monde, assiste, impuissant, à une vision infernale : au son du galop de vingt-cinq mille chevaux et de trois cents pièces d'artillerie fumantes, nos soldats achèvent de se déliter. Les aigles des bannières s'affalent comme à la foire. Le sauve-qui-peut de la garde entraîne celui de toute l'armée.

« Tout fléchit, se fêle, craque, flotte, roule, tombe, heurte, se hâte, se précipite… On s'écrase, on se foule, on marche sur les morts et sur les vivants » (Hugo). Les positions sont abandonnées tandis que les corps roulent sous les coups de butoir anglais, arrosant les collines de sang. O'Meara, chirurgien de Napoléon à Sainte-Hélène, raconte que Charles galopait « çà et là comme un fou, les bras tendus devant lui et cherchant à se faire tuer », suivant Napoléon qui avait demandé à la tête de la colonne : « Il faut mourir ici ! Il faut mourir sur le champ de bataille ! » La figure de Ney est noircie par la poudre mais « le Brave des braves » se relève toujours, épée brandie : « Venez voir comment meurt un maréchal de France ! » Mais il lui reste quelques semaines à vivre. Il n'est pas le seul à avoir mangé du lion : un soldat aux bras mutilés veut se faire panser et revenir se battre avec les dents.

« Je les mangerai ! » ajoute-t-il, écumant de rage. Quelques grenadiers encore debout restent appuyés sur leur arme brisée, engourdis ; d'autres, exténués, se laissent égorger.

À la nuit tombante, tout est fini. On n'entend plus que les gémissements des agonisants. Une lune pâle éclaire les débris, à la manière de ces sinistres clartés des gravures romantiques, de même que le profil de plâtre de l'Empereur, façonné avant l'heure en un fragile biscuit. Protégé par ses sacrificiels Thermopyles aux drapeaux en loques, qui préféraient, selon la légende, mourir plutôt que se rendre, Napoléon s'est décidé avec douleur à ordonner la retraite. Non sans avoir d'abord cherché un trépas que Charles et quelques autres ont empêché en l'entraînant à l'arrière. Après la fin de cette boucherie, on trouve encore des officiers ou des soldats qui se font sauter la cervelle, choisissant la mort plutôt que la souillure.

Charles est resté l'un des derniers sur le champ de bataille. Sa souffrance est indicible. La chute annoncée de l'Empereur n'est rien ; ce qui le cloue au pilori, c'est de voir la France anéantie. Car l'armée n'existe plus ; elle n'est qu'un monceau de dépouilles entassées par dizaines de milliers, jonchant le sol sur trois kilomètres de large et presque un de long : « de cette épaisseur vint le carnage », explique Hugo, qui décrit ce tombeau à ciel ouvert, où bientôt les morts incinérés sont réduits en cendres fumantes. Le sang dégoutte dans la poussière au passage des charrettes transportant des blessés. Lord Byron peut écrire que la terre est ici « couverte d'une autre argile, rouge ! » Il n'y aura pas de moissons, cet été-là.

Défaite majeure, Waterloo sonne le glas de la puissance d'une France qui cède pour un siècle le pas à l'Angleterre. À qui la faute ? Les admirateurs de Napoléon accusent Grouchy… et la météo ! Sans la pluie, note Hugo, « l'avenir de l'Europe était changé ». L'Empereur déchu avoue une part de responsabilité : si Waterloo avait eu lieu plus tôt, les Alliés n'auraient pas eu le temps de se rejoindre. Argument recevable, mais même victorieuse l'armée n'aurait pas été assez forte pour résister à la seconde vague austro-russe. Victime de la fatalité, ce *mektoub* oriental, Napoléon s'incline : « C'était écrit. » Ses généraux sont plus sévères, le jugeant tout bonnement usé. Ils ont cessé d'admirer celui que « l'homme-siècle » a qualifié d'« immense somnambule de ce rêve écroulé ». Il ne leur reste donc qu'à poignarder symboliquement leur chef, afin de se sauver eux-mêmes.

Au désespoir, Charles n'a pas l'intention de forfaire à l'honneur et rejoint Napoléon sans attendre. Le vaincu désarçonné, un masque de cire en guise de physionomie, marche au milieu de la colonne, mutique, dans un état de sidération, indifférent au général au crâne fendu ou à la main mutilée qui veut encore le toucher. Le lendemain, terrassé par la fatigue, il est soutenu par Charles et Flahaut, couverts de sang et de boue, « genou à genou », pour lui éviter de tomber de sa monture. L'Aigle, ce « prince des nuées » qui survolait les clochers comme les batailles, n'est plus qu'un albatros dont les ailes de géant pendent sans ressort. La chute est à la hauteur de l'élévation : statue du Commandeur de *Dom Juan*, l'Empereur vient de basculer dans le vide.

Faut-il nous enterrer avec lui ?

Les canons prussiens viennent de sonner le glas de la Révolution, « le gong du XIXe siècle » (Hugo) ; ils signalent aussi la chute du second Empire romain qu'elle a enfanté. Le triomphe de la Vieille Europe ne fait plus aucun doute ; celui de la paix aussi, restaurée pour plus d'un demi-siècle. Après l'avoir selon eux libéré, Russes, Anglais, Prussiens, Espagnols, Autrichiens et Hollandais vont occuper le sol français, puis imposer de nouveau « le roi des étrangers ». À Vienne, Marie-Louise exulte. À Gand, c'est une explosion de joie indécente. Les royalistes n'ont pas osé avouer leur désir de voir l'usurpateur perdre la bataille, mais maintenant qu'elle est actée ils peuvent se réjouir bruyamment. Louis XVIII lui-même, d'ordinaire si politique, se hasarde à porter un toast aux Alliés qui, d'après lui, n'ont pas attaqué la France mais seulement Bonaparte, œuvrant « si noblement pour la délivrance de mes peuples et le repos du monde » ; et ajoutant : « Nous pouvons saluer la victoire sans cesser d'être Français. » Ce n'est pas l'avis de tout le monde. Un libéral va jusqu'à dire que le roi se sert des morts comme marchepied pour régner. Dilemme dans les rangs des jeunes royalistes : fidélité au roi ou à la patrie, qui, pour une fois, ne sont pas intimement liés ? Lamartine, alors à peine plus jeune que Charles, s'en fait le porte-voix : « Ma larme seule dit ce que les paroles ne peuvent dire… Vainqueur, on ne peut applaudir à sa victoire ; vaincu, on n'ose se réjouir de sa défaite. Il faut se taire. » Pour les blancs les plus exaltés, Waterloo n'est assurément pas une défaite ! Évidemment, il s'agit d'un point de vue inaudible pour ceux qui ont combattu, à commencer par Charles. Alors qu'Hortense, Antoine et leurs amis écoutent Benjamin Constant qui achève de lire à voix haute le manuscrit de son *Adolphe*, ils apprennent la défaite. Déjà très émus par le récit de l'agonie d'Éléonore, ils sont accablés. Deux peuples, deux souvenirs, deux visions antinomiques de la France.

Dans cet imbroglio, quelqu'un a oublié de perdre le nord : Fouché, *illico* à la manœuvre. Ses talents et sa redoutable habileté fascinent encore et toujours. Ses yeux rouges, son regard fixe et perçant font aussi peur que sa réputation ou les agents de sa haute, comme de sa basse, police. Il incarne un recours pour les deux camps : les révolutionnaires ont besoin de lui pour survivre, les royalistes pour rentrer à Paris sans déclencher de guerre civile. Décidément inévitable, le duc d'Otrante est aussi souple physiquement que Talleyrand est raide. Son don d'ambiguïté, autant que d'ubiquité, le rend tout-puissant en même temps qu'insaisissable. Une anguille doublée d'un serpent. Il est ministre de la Police mais se rêve aux Affaires étrangères. Qu'à cela ne tienne : il va en urgence prendre langue avec Wellington pour ouvrir des négociations qu'il se juge seul capable de mener. Un ami s'étonne de le voir prêt à trahir encore une fois. Réponse : « Je ne dis pas cela ; mais si on ne peut l'éviter, faut-il nous enterrer avec lui, nous et la France ? »

Real politik avant l'heure ou sagacité du fauve politique évoluant au gré des circonstances ? Par une diplomatie souterraine, il sonde Metternich afin de voir si une régence en faveur du roi de Rome pourrait s'instaurer et caresse toujours l'idée d'un recours aux Orléans, réputés plus ouverts, tout en agitant à dessein le spectre de la République. En réalité ces leurres sont destinés aux « nigauds » pour faire monter les enchères. Dans son jeu il reste deux atouts : le roi de France et le roi de Rome. Mais le premier ne lui a pas pardonné le régicide ; il faut donc se racheter en écartant le vaincu de Waterloo. Aussi déploie-t-il ses séides pour exciter les députés sur l'air du despote furieux qui ne va plus tarder à rentrer de Belgique pour réclamer la dictature.

Je serai fusillé le premier !

Deux voitures escortent l'Empereur au retour. Charles et Flahaut sont dans l'une d'elles. Ils s'arrêtent au nord de Reims, à Berry-au-Lac, pour échanger sur la situation. Charles, dont la candeur est intacte, se bat avec l'énergie du désespoir : « Il faut que l'Empereur se présente aux Chambres… Qu'il avoue franchement ses malheurs et que, comme Philippe Auguste, il offre de mourir en soldat, et de remettre la couronne au plus digne. Les deux Chambres se révolteront à l'idée d'abandonner Napoléon et se réuniront à lui pour sauver la France.

— Ne croyez pas cela, lui rétorque le secrétaire particulier de Napoléon, plus lucide. La Chambre accusera l'Empereur d'avoir perdu la France et voudra se sauver en la sacrifiant.

— Que Dieu nous préserve d'un semblable malheur, s'écrie Charles les yeux écarquillés. Si les Chambres s'isolent de l'Empereur, tout est perdu. Les ennemis, sous huit jours, seront à Paris. Le neuvième, nous reverrons les Bourbons, alors que deviendront la liberté et tous ceux qui ont embrassé la cause nationale ? Quant à moi, mon sort ne sera point douteux : *je serai fusillé le premier !* »

Flahaut intervient à son tour : « L'Empereur est un homme perdu s'il met le pied à Paris… Il n'y a qu'un seul moyen de se sauver, lui et la France : c'est de traiter avec les Alliés et de céder la couronne à son fils.

— Raison de plus, reprend Charles, pour se hâter de faire cause commune avec les Chambres et la nation… »

Napoléon espère encore rallier des troupes, avec l'idée de contenir l'ennemi en attendant (encore !) Grouchy. Mais personne dans son entourage ne croit la chose réalisable. La nouvelle de la défaite arrive justement aux Chambres et aux frères de l'Empereur. Passé la sidération, chacun s'interroge et beaucoup s'indignent : pourquoi quitte-t-il son armée ? Pour se soumettre au Parlement ou imposer la dictature ? Napoléon sait la nécessité d'être à Paris sans attendre pour sauver ce qui peut l'être, sans quoi on risque de le poignarder par contumace, comme l'année précédente à Fontainebleau. Malheur aux vaincus !

Il s'agit de la France

Arrivé discrètement au petit matin à Paris, l'Empereur est tellement fatigué que Caulaincourt, déjà là pour l'accueillir trois mois plus tôt, doit l'aider à descendre de voiture. L'Aigle a perdu des plumes, il paraît très oppressé et peine à trouver ses mots : « L'affaire était gagnée. L'armée avait fait des prodiges… La journée finie, l'armée a été prise d'une terreur panique. C'est inexplicable ! » Cherchant son souffle, il reprend : « Je n'en puis plus… Il me faut deux heures de repos pour être à mes affaires. » Posant la main sur sa poitrine : « J'étouffe là. »

À son arc, il ne reste plus que la corde patriotique ; il annonce à son ministre qu'il souhaite réunir les Chambres : « Après cela, je repartirai.

— Sire, la nouvelle de vos malheurs a transpiré. Il règne une grande agitation dans les esprits ; les dispositions des députés paraissent plus hostiles que jamais… Je regrette de vous voir à Paris. Il eût été préférable de ne point vous séparer de votre armée…

— Je n'ai plus d'armée, je n'ai que des fuyards. Je retrouverai des hommes, mais comment les armer ?… J'espère que les députés me seconderont, qu'ils sentiront la responsabilité qui va peser sur eux. Vous avez mal jugé, je crois, de leur esprit. La majorité est bonne, est française. »

Encore et toujours la pensée magique ! Ou le déni de réalité ? Croit-il qu'après une si écrasante défaite la représentation nationale, dominée par les libéraux, va miser sur lui, l'homme du 18-Brumaire ? Il fait ensuite entrer le plus dévoué de ses collaborateurs, Antoine, dont il espère l'appui. Il s'approche de lui « avec un rire épileptique, effrayant » : « Ah ! Mon Dieu ! » lâche-t-il en levant les yeux au ciel, parfaitement conscient que les dés jetés ne rouleront pas plus en sa faveur qu'avant Waterloo.

Tournant en rond dans le cabinet tel un lion en cage, il s'enquiert de l'état d'esprit des députés. Antoine lui répond sans détour qu'ils sont exaspérés et comptent exiger son abdication. « Comment ! Et si l'on ne prend pas des mesures, l'ennemi est aux portes avant huit jours. Hélas ! Je les ai habitués à de si grandes victoires : ils ne savent pas supporter un jour de malheur ! Que va devenir cette pauvre France ? J'ai fait ce que j'ai pu pour elle. » Antoine, conscient que l'Empereur a encore des velléités de résistance, réussit à placer quelques sages propos : « Je sais que Votre Majesté peut encore tirer l'épée, mais avec qui et contre qui ? L'abattement a écrasé tous les courages, l'armée est encore dans le plus grand désordre ; il n'y a rien à attendre de Paris, et le coup d'État du 18-Brumaire ne peut plus se renouveler… On ne peut tenir compte de la trentième partie de la population qui réclame des armes. »

La messe est dite. À présent la haine des notables se découvre sans ambages. Fidèle à son histoire, l'Aventurier a parié sur un coup d'éclat, Waterloo, à défaut de coup d'État. Le voilà pris en tenaille entre Fouché et Lafayette. Ou plutôt entre Fouché et Fouché puisque Lafayette, qui aspire depuis longtemps à une réconciliation des Bourbons avec la Révolution, n'est qu'une marionnette du duc d'Otrante. Le ministre de la Police, informé avant tout le monde de la défaite grâce à ses antennes, a parfaitement utilisé son avance : il raconte à qui veut l'entendre que Napoléon est « très abattu et n'est pas reconnaissable. Il espère… Il désespère. Il veut… Il ne veut pas. C'est une tête détraquée ». « Furieux », il revient établir la dictature. Le despote est fatigué mais d'autant plus menaçant qu'il semble disposé à toutes les extrémités. C'est le moment de sonner l'hallali ! Sous les fenêtres de l'Élysée, avenue de Marigny, des « Vive l'Empereur ! » fusent encore, mais Chateaubriand rapporte qu'ils sont poussés par des ouvriers payés pour « brailler » et ironise : « Cela s'appelait aller à la criée. »

Antoine, dont l'affection désintéressée pour le grand homme est décuplée par l'épreuve, s'empourpre devant le caractère pleutre et égoïste de la majorité de la classe politique. Les députés, mais aussi ses pairs, invariablement aussi lâches qu'ingrats, ne pensent qu'à se tirer d'affaire le moins mal possible. Tous ceux qu'il interroge regardent leurs pieds : ils n'y croient plus. Comment défendre encore celui que toute l'Europe veut anéantir ? Lui s'époumone : « Chacun de nous, en entrant ici, a reçu en même temps son arrêt de proscription des Bourbons. C'est nous qui sommes les factieux ; nous ne devons plus penser qu'à signaler nos derniers moments par une noble énergie et à tomber avec grâce. » Charles signerait des deux mains, mais il ne se fait aucune illusion sur la nature « inhumaine ». Constant aussi, et c'est tout à son honneur, s'en indigne : « Les misérables ! Ils l'ont servi avec enthousiasme quand il écrasait la liberté ; ils l'abandonnent quand il l'établit ! » Tout de même, tant qu'à rentrer à Paris en laissant Fouché comploter dans son dos, Napoléon aurait dû se présenter devant les Chambres pour appeler à l'union face à l'urgence plutôt que s'enfermer dans son palais. Reçu à l'Élysée, Constant subit le sursaut de colère de celui qui n'a pas encore totalement renoncé : « Il ne s'agit pas à présent de moi, il s'agit de la France. On veut que j'abdique ! A-t-on calculé les suites inévitables de cette abdication ? Si j'abdique aujourd'hui, vous n'aurez plus d'armée dans deux jours… Me repousser quand je débarquais à Cannes, je l'aurais conçu : m'abandonner aujourd'hui, je ne le conçois pas… Ce n'est pas quand les ennemis sont à vingt-cinq lieues qu'on renverse un gouvernement avec impunité… Ce n'est pas la liberté qui me dépose, c'est Waterloo, c'est la peur… »

Dans la foulée, il ne voit d'autre solution que de dissoudre la Chambre. Mais Lafayette coupe l'herbe sous le pied du nouveau Louis XVI, en déclarant l'Assemblée en permanence. Avant d'envoyer Lucien parler aux députés, Napoléon lui intime l'ordre de ne pas haranguer la foule. Son frère va tout tenter mais Lafayette, une fois n'est pas coutume, se fait bon orateur : « Quoi ! Nous avons suivi votre frère dans les sables de l'Afrique, dans les déserts de la Russie ; les ossements des Français épars dans toutes les régions portent témoignage de notre fidélité. »

Bien sûr la Chambre haute ne trouve rien à objecter au coup d'État de la Chambre basse… L'abdication est le préalable pour sauver la France. Ney, qui est accusé de tous les maux, invoque la raison et soutient qu'il n'y a pas d'alternative : il faut rappeler les Bourbons. Antoine, comme Carnot, se récrie. Le maréchal prononce alors ces paroles prophétiques : « Je ne suis pas de ces hommes pour qui leur intérêt est tout : que gagnerai-je au retour de Louis XVIII ? D'être fusillé pour crime de désertion ; mais je dois la vérité à mon pays. »

Qui va sortir vainqueur de ce bras de fer inédit ? Refusant qu'on le pousse dehors, Napoléon fait de la résistance passive, multipliant les audiences et semblant attendre un improbable miracle.

Suis-je plus qu'un homme ?

Sitôt arrivé, Charles se précipite rue de Grenelle-Saint-Germain retrouver Georgine, partagée entre le bonheur d'embrasser son mari et l'angoisse de son sort. « Charles est ici, écrit-elle à sa mère. Vous saurez bientôt comment. Je perds la tête, je me recommande à Dieu… » Charles aussi perd la tête : entendant parler d'abdication, il veut que Napoléon appelle toute la population aux armes, qu'il foudroie et anéantisse les Judas conspirant avec l'étranger. Il explose chez Hortense : « J'espère que l'Empereur n'écoutera pas des insinuations aussi perfides…

— Mais l'Empereur ne voudra jamais aggraver la position de la France en augmentant ses divisions. »

Lui ne veut rien entendre : « Je voudrais, madame, que l'Empereur renvoyât les Chambres, si elles ne savent pas comprendre nos intentions et nos besoins… ; qu'il foudroyât, anéantît tous ces traîtres qui conspirent avec les Bourbons, et cette opposition de médiocrité qui ne comprend pas que le premier besoin d'une nation est son indépendance, et que, lorsque l'ennemi approche, c'est combattre qu'il faut, et non pérorer… »

Furieux, il se précipite avec Flahaut chez Fouché, mais l'huissier assure qu'il est absent. « Traître ! s'écrie Charles. Il se cache, il me craint, mais je saurai le trouver. » Son extrémisme est proportionnel aux compromissions de ses anciens coreligionnaires. Mais Napoléon ne veut pas le suivre sur ce terrain. Il n'a pas donné une Constitution pour coiffer le bonnet rouge et devenir « le roi de la Jacquerie », comme il le confie à Constant. Il a toujours condamné la « souveraineté du peuple », passant ce dernier au filtre serré des notables, ces notables qui l'abandonnent. Cette fronde lui donne aussi l'occasion de jeter l'opprobre sur les élites. Un témoin libéral note que Napoléon doit « subir deux choses que sa raison supérieure et sa passion despotique détestaient également : les jacobins et la légalité constitutionnelle ».

Comment lutter avec les royalistes qui eux, du moins, sont prêts à passer sous les fourches Caudines de la légalité ? L'Empereur disposait-il seulement d'un espace politique ? « C'est mon abdication qu'ils veulent ? demande à un ministre celui qui comprenait très vite.

— J'ajouterai même qu'il serait possible... que la Chambre osât la demander », répond son interlocuteur.

Mais Napoléon s'exclame qu'il n'en a pas peur et qu'il sait comment circonvenir les représentants : « Quoi qu'ils fassent, je serai toujours l'idole du peuple et de l'armée. Si je disais un mot, ils seraient tous assommés. »

Du bluff. Il n'osera pas. L'Assemblée a franchi le Rubicon ; les pairs l'abandonnent. Le vaincu s'emporte, dans un dernier sursaut de colère : « J'avais bien pensé que j'aurais dû congédier ces gens-là, avant mon départ. C'est fini, ils vont perdre la France. »

Cette fois, il n'a plus la force de se battre. Comment espérer négocier avec les Alliés après avoir reçu un tel coup de poignard dans le dos ? La statue de bronze lâche prise, défectionne, capitule : « J'abdiquerai s'il le faut. »

L'Assemblée ne se le fait pas dire deux fois. Lucien danse d'un pied sur l'autre et dit à son frère qu'il ne le reconnaît plus. Va-t-il se résoudre à abandonner le peuple aux factions, aux « amis de nos ennemis » ? « Suis-je plus qu'un homme, répond l'ancien demi-dieu, pour ramener mille députés égarés à l'union qui peut seule nous sauver ? Ou suis-je un misérable chef de parti pour allumer inutilement la guerre civile ? »

À la Chambre, Lafayette s'impatiente : « Dites à votre frère de nous envoyer son abdication, lance-t-il à Lucien, sinon nous lui enverrons sa déchéance. » Furieux, celui-ci répond qu'il va lui dépêcher Charles avec un bataillon de la garde.

Le grand acteur se retirait de la scène

Face à cette nouvelle insulte, Napoléon traite les représentants de jacobins, de têtes brûlées, d'ambitieux à qui il devrait botter le derrière, mais doit se résigner à les regarder le trahir une seconde fois. Deux parjures équivalent-ils à la fidélité en s'annulant ? s'interroge un Chateaubriand devenu mathématicien. Les jureurs du Champ de mai vont pourtant bientôt se prosterner devant le nouveau pouvoir, « trouvant à peine un petit coin libre dans leur conscience pour y accrocher la plaque de leur nouveau serment ».

« Écrivez à ces messieurs de se tenir tranquilles ; ils vont être satisfaits », ordonne Napoléon à Fouché. Celui-ci ne se fait pas prier, tout en affichant un air soumis au moment de son triomphe. L'Empereur a cédé. Antoine l'y a d'ailleurs poussé. Dans l'aile est du palais déserté de l'Élysée, et plus précisément dans le somptueux salon d'argent, le grand homme dicte à Lucien l'acte d'abdication : « … Je m'offre en sacrifice à la haine des ennemis de la France. Puissent-ils être sincères dans leurs déclarations et n'en avoir jamais voulu qu'à ma personne ! Ma vie politique est terminée, et je proclame mon fils, sous le titre de Napoléon II, empereur des Français. »

Chateaubriand a justement noté qu'il ne pouvait, de toute façon, que « transmettre une couronne cassée ». L'intéressé en est bien conscient : il se désiste bel et bien en faveur des Bourbons, et non de son fils. Mais il faut au moins sauver les apparences et – qui sait ? – semer pour l'avenir. Il promet d'ailleurs que les Français verseront « bientôt des larmes de sang ». C'est la fin de ce « règne trimestriel », relève un homme d'esprit, un règne qui aura duré ce que dure un printemps. C'est aussi la fin de quinze années qui ont bouleversé le monde, apportant autant de progrès que de malheurs. « Le grand acteur se retirait de la scène, écrit un autre témoin, parce que son rôle était fini, et la tragédie épuisée. » Le vieux lion quitte l'arène sous les lances de gladiateurs de pacotille.

Tous les protagonistes prétendent agir au nom de la France. Or celle-ci fait de la figuration. La pièce se joue sans elle. Guizot considère qu'elle a été purement et simplement oubliée. Pour sa part, Thiers avance que Napoléon « donna au monde… un dernier spectacle… Et, disons-le, au milieu de ces vicissitudes, de ces vingt jours de courte joie, de ces cent jours de tristesse mortelle, il y eut un acteur de ces grandes scènes qui n'eut pas un jour de contentement, pas un seul, ce fut la France ! » « Le peuple dormait, en attendant qu'à son réveil on lui dît s'il devait obéir à Napoléon II ou à Louis XVIII », conclut un contemporain aussi cynique que réaliste. Il ne reste encore une fois que Louis le soi-disant Désiré. Fouché le Fourbe, quant à lui, entame sa dernière manœuvre, plus complexe, qui consiste à se raccrocher aux branches, en particulier la branche aînée des Bourbons qu'il s'occupe à rétablir… « à la condition de rester ministre », précise une contemporaine. Il achève de tisser sa toile en escamotant l'Assemblée, paralysant de son venin le « niais » Lafayette et le trop honnête Carnot. En attendant, une commission exécutive de cinq membres choisis dans les deux assemblées fait office de gouvernement très provisoire, présidé par… Fouché. Un nouveau Directoire, le pouvoir en moins. Connaissant les Chambres, le duc d'Otrante sait qu'elles vont se perdre en palabres infinis. Mais la partie reste dangereuse, car de l'autre côté de la table de jeu un Talleyrand hiératique compte aussi remporter la mise. Et si les Alliés choisissaient encore pour la France ?

Pressé par Wellington, le roi entame son « vol du Lys » qui va le conduire de Gand à Paris en autant de temps que le vol de l'Aigle parti des côtes méditerranéennes.

Ces constants adorateurs du pouvoir

Si le sage Antoine a poussé à l'abdication, Charles ne peut se résoudre à placer la France sous mandat étranger. Il soutient donc *mordicus* la solution Napoléon II à la Chambre des pairs. On lui rétorque que l'enfant de quatre ans et sa mère, régente putative, sont restés en Autriche. Cette neutralité de façade, ce manque de courage galvanise l'orateur qui s'insurge : « Souvenons-nous d'un passé tout récent. N'est-ce pas, il y a quinze mois, un gouvernement provisoire, ainsi jeté comme un pont sur l'abîme, qui servit de passage à la rentrée des Bourbons ?... Faudra-t-il revenir par la même voie sous le même joug ? » Les pairs lui répondent avec mollesse que cette délibération n'a pas lieu d'être, qu'il s'agit seulement de ne pas laisser le pays sans gouvernement : « Les autres propositions viendront après, et seront ultérieurement appréciées. »

Cette froideur excite la colère de Charles et le pousse au paroxysme. On veut le faire taire ? Il ira au bout de sa geste : « Je demande, grommelle-t-il en se contenant, que nous disions, enfin, si c'est Napoléon II que nous proclamons ou bien si c'est un nouveau gouvernement que nous voulons établir ? » À la reprise de séance, toujours animé d'une sainte colère devant la passivité des pairs, Charles reprend la tribune d'assaut : « Si son fils n'est pas couronné, je dis que Napoléon n'a pas abdiqué : sa déclaration est nulle, de toute nullité, comme la condition qu'il y a mise ! » Puis, avec toute la fougue dont il est capable, il se tourne vers ceux dont il dérange les petits aménagements pour préciser son attaque, et s'emporte : « Et qui s'oppose à cette résolution ? Ceux qui rampaient à ses pieds durant sa prospérité !... Si ces hommes-là repoussent Napoléon II, et ils en sont bien dignes, l'Empereur n'a plus qu'à tirer de nouveau l'épée. Tous les cœurs généreux viendront à lui... Je les connais, ces constants adorateurs du pouvoir, qui savent se détacher d'un monarque avec autant d'habileté qu'ils en montrèrent à le flatter. Je les ai vus autour du trône, aux pieds du souverain heureux ; ils s'en éloignent quand il est dans le malheur ! Ils repoussent aussi Napoléon II parce qu'ils sont pressés de recevoir la loi des étrangers, à qui ils donnent déjà le nom d'alliés, d'amis peut-être. »

Ces derniers, plus d'un million d'hommes, occupent alors soixante départements et seront bientôt aux portes de Paris ! Sa tirade n'est pas finie, il a encore des vérités à assener. Et tant pis s'il se fait des ennemis irréductibles, si son courage imprudent le prive de tout retour en arrière. « Rarement, écrit un témoin, on a vu les traits d'une physionomie plus régulière et plus noble altérés, bouleversés par une passion plus véhémente que celle qui agitait, en ce moment, le jeune général… Sa taille élégante, ses mouvements faciles avaient toute la vivacité de la première jeunesse. Son front très découvert, presque dégarni de cheveux, était haut et poli, mais chargé d'une sombre irritation ; et ses yeux bleus étincelaient de colère. On sentait une nature généreuse et douce emportée par la douleur, et troublée de la violence qu'elle se faisait à elle-même. »

« Quoi ! s'écrie Charles, il y a quelques jours à peine, à la face de l'Europe, devant la France assemblée, vous juriez de le défendre. Où sont donc ces serments ? » Malaise dans l'auditoire. Des murmures commencent à parcourir l'enceinte, mais cela n'empêche guère l'imprécateur de poursuivre son monologue. Il est allé trop loin, il le sait, alors autant mener sa dénonciation jusqu'au bout. Se tournant légèrement, lèvres frémissantes, il fixe soudain le maréchal Ney, celui qui baisait pas plus tard qu'hier les mains du roi : « Il y a peut-être encore ici de ces vils généraux qui, en ce moment même, méditent de nouvelles trahisons… Qu'importe ! L'Empereur se doit à la nation et peut tout avec elle. Il retrouvera, pour le défendre, des cœurs plus jeunes et qui ne s'engagent qu'une fois. Portez des lois qui déshonorent la trahison. Si le nom du traître est maudit, sa maison rasée, sa famille proscrite, alors plus de traîtres ; plus de ces lâches manœuvres qui ont amené la catastrophe dernière et dont peut-être les complices, ou même les auteurs, siègent ici. »

On croirait entendre Saint-Just. Les murmures viennent de se muer en cris d'indignation. Étouffant de rage, ses « pairs », qui se sentent à juste titre visés, se lèvent soudain en bloc : « À l'ordre ! À l'ordre ! » Il faut faire taire cet insolent à tout prix. De violentes protestations couvrent sa voix : « Écoutez-moi !... Écoutez-moi ! crie encore Charles, la figure convulsée.

— Vous écouter, c'est ce que je ne veux pas, lance un vieux général.

— Vous croyez être dans un corps de garde, gronde un autre pair.

— Rétractez ce que vous venez de dire », lui demande un de ces emblématiques louvoyants, passés sans dételer de régime en régime, de la Révolution à la Restauration en passant par le Consulat, l'Empire et les Cent-Jours.

Les yeux de Charles lancent des éclairs. Il tente de reprendre sa longue apostrophe, mais est à nouveau interrompu par un autre maréchal, Masséna, qui n'a lui non plus aucune leçon à donner : « Jeune homme, vous vous oubliez ! »

Alors, seul contre tous, le mousquetaire promène son regard de feu sur l'assistance. Censuré, dépité, épuisé, passablement écœuré, il descend de la tribune, se rassoit et conclut d'une voix de stentor : « Il est donc décidé, grands dieux !, qu'on n'entendra jamais dans cette enceinte que des voix serviles et basses ! »

Des clameurs s'élèvent de tous les bancs. « C'est abominable ! »

Le président se lève. Charles, menton haut, répète, imperturbable : « Oui, que des voix basses et viles ! »

C'est fini pour lui. En s'aliénant ceux que Lafayette surnomme « le club Napoléon », il a scellé son sort, s'offrant en victime expiatoire aux royalistes.

Le soir même, le bouillant général aux yeux de braise se vante avec raison d'avoir jeté un pavé dans la mare auprès d'Hortense : « Je viens de leur dire de cruelles vérités ; ils ne voulaient pas m'entendre. "À l'ordre !" criaient-ils, j'élevais la voix encore plus fort qu'eux et je ne me suis tu que lorsque la sonnette du président et le tumulte m'ont forcé au silence. Mais cela m'est égal ; ils ont entendu ce que j'avais à leur dire et il a bien fallu qu'ils s'y résignassent. » Et tandis que la lectrice de la reine fait remarquer qu'ils sont treize à table, Charles fanfaronne : « N'ayez pas peur, mademoiselle, à la tournure que prennent les choses, il est bien probable que ce sera moi le treizième, manquant à l'appel d'ici un an. »

Chateaubriand peut avancer : Charles et Ney, « déjà à moitié plongés dans les ténèbres, se débattaient sur le seuil du palais d'où l'Empereur sortait et où le roi était attendu. »

La trahison, c'est une question de date

En route pour Paris, Louis XVIII n'est pas autant acclamé que cent jours auparavant. Le poids de la défaite assombrit son retour. Et puis comment les Français pourraient-ils suivre ce rythme effréné d'allées et venues, et s'enthousiasmer à chaque fois ? Un meunier lâche quand même un bon gros « Vive l'Empereur ! » aussitôt remplacé par un « Non, non, vive le roi ! » faisant rire jusqu'au monarque lui-même. Il y a de quoi y perdre son latin. Le « dindon » revient par la fenêtre, et l'Europe lui fait la courte échelle. Va-t-il encore prêcher le pardon et l'oubli, ou bien les idées de vengeance de son entourage vont-elles l'emporter ? Le roi est trop fin politique pour perdre ses nerfs. Et il souhaite toujours sincèrement une réconciliation générale. Cependant il s'agit d'un exercice périlleux car il est placé sous le marteau d'un frère qui se veut palladium de la monarchie traditionnelle, et l'enclume de Talleyrand qui prétend le placer sous sa tutelle. Pour s'en affranchir, le roi décide de partir sans lui, ce qui a le don de faire s'étrangler le prince de Bénévent. Celui-ci menace – menacer le roi ? – de démissionner. Mais le monarque a de la repartie : « Vous nous quittez ? demande-t-il d'une voix doucereuse en levant les sourcils. Vous nous donnerez des nouvelles… » L'évêque apostat enrage : il ne rêve pas, le roi se moque de lui, et en public ! Une fois l'humiliation digérée, il se ravise et rejoint le cortège royal.

Pendant ce temps, à l'Élysée Napoléon s'impatiente, alternant agitation et léthargie. Les Chambres flairent-elles qu'elles n'échapperont pas à une seconde restauration monarchique ? Des « poules mouillées » ! Quant à Fouché, il ne perd rien pour attendre : « Fouché trompe tout le monde et sera le dernier trompé et pris dans ses propres filets. Il joue la Chambre ;

les Alliés le joueront ; et de sa main vous aurez Louis XVIII, ramené par eux. » Implacable.

Ensuite il interroge Antoine : puisqu'il faut partir, où doit-il s'exiler ? Londres lui paraît compromis : « Chaque brouillard serait soupçonné de m'amener sur la côte française. » L'accompagnerait-il en Amérique ? Car l'ancien maître du monde a confié à son secrétaire : « Je finirai par où l'homme a commencé ; je vivrai du produit de mes champs et de mes troupeaux. » Devant à regret décliner sa proposition, Antoine lui conseille de laisser derrière lui ces gens qui ne méritent pas qu'on les sauve et de partir vers le Nouveau Monde : « J'ai une fille de treize ans, ma femme est enceinte de quatre mois, je ne peux me décider à me séparer d'elle ; donnez-moi quelque temps, et j'irai vous joindre où vous serez. Au reste, si ma femme ne réclamait pas mes soins, je ferais mieux de partir, car j'ai de tristes pressentiments de ma destinée. »

Sur ces beaux rêves de simplicité, voilà que Napoléon est soudain prié de se retirer du palais de l'Élysée, qu'il quitte très amer par l'avenue des Champs-Élysées avant de passer devant le chantier en cours de l'Arc de triomphe. Il se rend au château de Malmaison à l'invitation d'Hortense qui le juge « au dernier degré de l'infortune », d'autant que cette propriété, achetée pendant la campagne d'Égypte, a été témoin de l'acmé de son bonheur avec Joséphine. « Cette pauvre Joséphine ! confie-t-il à sa belle-fille, mère du futur Napoléon III. Je ne puis m'accoutumer à habiter ce lieu sans elle ! Il me semble toujours la voir sortir d'une allée et cueillir ces plantes qu'elle aimait tant ! C'était bien la femme la plus remplie de grâce que j'ai jamais vue ! »

Mais faute de soins le parc est à l'abandon : arbres exotiques flétris, cygnes noirs absents des étangs… Ses frères et un quarteron de fidèles l'entourent. Tout son passé défile alors au rythme des pièces néo-grecques en double exposition : le lumineux vestibule renfermant les anciennes volières, la salle à manger au dallage noir et blanc avec ses danseuses de Pompéi, le salon de musique, les murs peints dans ce vert très gai, ou en jaune moutarde, ces colonnes aux motifs de porphyre, les tentures de soie, les velours bleus, turquoise, carmin, ces frises, ces palmettes dorées, ces meubles et objets d'art manufacturés qui sont la marque de fabrique néoromaine de son empire ; et puis la salle du conseil où il a créé cette Légion d'honneur dont il est si fier. Enfin, les immenses portraits de sa chère disparue, dont le fantôme hante toutes les pièces, son boudoir octogonal aux murs tendus de mousseline blanche, sa chambre d'apparat circulaire aux lourds drapés framboise, où elle a rendu son dernier souffle face au trompe-l'œil du plafond figurant ce ciel qu'elle a rejoint plus tôt que lui. Pour une fois, Napoléon ne peut échapper, l'espace d'un instant, à la nostalgie. Confident privilégié, Antoine, de même que Charles, lui rend visite chaque jour, l'informant entre autres de la progression rapide des Alliés.

Entre-temps, Louis XVIII a choisi de ne pas écouter son frère et proclame depuis Cambrai une amnistie pour tous ceux qui ont rallié Napoléon après son départ de Paris, à condition également de ne pas être des artisans notoires de la trahison, comme Ney, par exemple. « La trahison, c'est une question de date », assène Talleyrand avec son humour glaçant. Ce que Chateaubriand complète par : « Les événements font plus de traîtres que les opinions. » Hélas le roi commet ensuite une maladresse en fustigeant dans une proclamation « les satellites du tyran », autrement dit les soldats, qui pourraient être déclarés coupables et punis – le meilleur moyen de se les aliéner.

Profitant de sa réconciliation forcée avec le monarque, le prince de Bénévent lui fait amender la déclaration : accourant pour « ramener les sujets égarés », Louis XVIII reconnaît à mots couverts les erreurs de la première Restauration. Conservant le ministère des Affaires étrangères situé dans l'hôtel de Galliffet rue de Varenne, au niveau de la rue de Grenelle, Talleyrand hérite aussi de la présidence du Conseil, une première. Il s'agit, sur le modèle anglais, de protéger la Couronne en instaurant un authentique chef de gouvernement. Le Premier ministre est né. Encore faut-il qu'il s'entende avec le chef du gouvernement provisoire.

Malgré les enrobages, et le fait qu'il ait eu seul l'idée de prendre la route pour la France sans l'assentiment des Alliés, le roi rentre bel et bien dans les fourgons de l'étranger. Les républicains font encore peur et ont rallié Napoléon, les libéraux n'ont pas de parti, la branche cadette des Orléans est illégitime. Place à une nouvelle journée des dupes.

Fouché le Caméléon a le don de flatter habilement tous les partis, parler liberté aux républicains, gloire aux bonapartistes, légitimité aux royalistes auprès de qui il se démène en leur donnant toutes sortes de gages. Ce que Napoléon appelait « mettre son pied dans le soulier de tout le monde ». Maître du pays depuis une semaine, il sait que Louis XVIII va inéluctablement remonter sur son trône. Tout son art consiste à lui faire croire que c'est grâce à lui, l'illusionniste qui parvient à dénouer les nœuds gordiens par lui attachés, le magicien qui détient toutes les cartes. L'art du bluff et beaucoup de chance au jeu. Mais la chance, ça s'aide. Aide-toi, le diable t'aidera. Il suffit de lui vendre son âme. Tiens, pourquoi pas à Talleyrand « le Diable botté », « le Diable boiteux », qui prévient le roi qu'il faudra nommer son compère ministre ? « Jamais ! » répond le monarque avec énergie – c'est assez rare pour être noté. Il ne faut jamais dire jamais. Car on peut faire boire un âne qui n'a pas soif – et même dans un calice ! Il va donc falloir au roi podagre avaler deux grosses couleuvres, deux serpents plutôt : Bénévent et d'Otrante. Molé, le ministre favori de Napoléon avant de devenir ministre de Louis XVIII, a saisi l'essence même du duo en une seule formule : « Talleyrand est le Fouché de la noblesse ; Fouché, le Talleyrand de la canaille. » Ils se répartissent tacitement les rôles : l'ancien évêque d'Autun ôte les oripeaux des émigrés tandis que le « boucher de Lyon » calme les jacobins. Reste ensuite à intégrer le gouvernement pour éminents services rendus. Et voilà comment la Police échoit encore à l'ancien conventionnel régicide métamorphosé en meilleur agent des Bourbons… Le premier gouvernement de la seconde Restauration repose sur la même structure – Fouché à l'Intérieur, Talleyrand à l'Extérieur – que celui de l'Empire à son apogée !

Comment un tel cœur a-t-il été trompé ?

Apprenant l'amnistie décidée par le roi, la mère de Charles lui conseille d'aller se jeter à ses pieds, mais c'est mal connaître son fils qui juge le monarque lié à la profanation de l'occupation. Même son aîné Henry, d'abord enthousiasmé par la « libération », s'offusque : « Paris est inondé de troupes, je ne puis comparer la multitude de soldats qui remplissent toutes les rues et toutes les maisons qu'à une armée de sauterelles. » Avec indécence, de belles dames valsent ou dansent la polka avec les Anglais et les Prussiens. Et chantent « Dieu nous rend notre *père de Gand* ». La « pauvre France » n'a jusque-là jamais été occupée longuement. Dans le camp royaliste, on souligne que cette situation fâcheuse ne serait pas advenue sans le retour de Napoléon, que seuls les partisans du roi sauront leur faire quitter le sol français et préparer une paix durable. Une fois de plus qui a tort ? Qui a raison ? Charles, lui, a en tête la dernière proclamation à l'armée, presque un testament de Napoléon : « Soldats, je suivrai vos pas, quoique absent… Vous et moi, nous avons été calomniés. Des hommes, incapables d'apprécier vos travaux, ont vu dans les marques d'attachement que vous m'avez données un zèle dont j'étais seul l'objet. Que vos succès futurs leur apprennent que c'était la Patrie par-dessus tout que vous serviez… » Texte aussitôt censuré dans la presse par Fouché, la déesse aux mille bras qui pousse Napoléon à s'exiler pendant qu'il en est encore temps.

Charles, lui, demeure un modèle de loyauté. Il dort à Malmaison, se sentant investi d'une ultime mission : protéger l'ex-Empereur, d'un enlèvement par exemple. Georgine ne comprend pas son mari : « Comment un tel cœur a-t-il été trompé ? » écrit-elle à sa mère. « Ah ! Ma chère Georgine, répond Mme de Chastellux, je te plains du plus profond de mon cœur… Quel présent et quel avenir notre tendre intérêt t'a préparés… » Si elle savait ! Elle le voit « si délirant et d'une manière si étrange et si scandaleuse » qu'elle meurt d'effroi pour sa fille : « Je ne puis pressentir par tes lettres dans quel rapport tu es avec ton mari ; si j'en crois les journaux, vous êtes en sens inverse l'un de l'autre. T'a-t-il jamais dit ce qu'il pensait, ce qu'il présageait de son avenir, et du tien ?… Son projet est-il de suivre Buonaparte partout où il ira, de partager le triste sort qu'il mérite ? Le malheureux jeune homme, comment a-t-il pu prendre cette passion et la conserver encore après ce qui vient de se passer ? Qu'est-ce qu'il te dit enfin ? Espères-tu qu'il se rende aux vœux de tous les siens ou au moins qu'il se sauve d'une manière passable ; il aurait peut-être encore une ressource, mais il faudrait la saisir promptement. Ce serait de convenir que rappelé à ses anciens serments par Buonaparte lui-même, il n'a pas pu résister… ; mais que les Chambres l'ayant rejeté unanimement, il ne pense plus qu'au bonheur de la France, et qu'il croit qu'il ne peut l'obtenir qu'en se confiant au roi, qui, s'il n'a pas acquis à la France une gloire militaire, a cependant obtenu une paix honorable. »

Mais c'est justement parce que Charles pense « au bonheur de la France », indissociable à ses yeux de sa grandeur et de son indépendance, qu'il ne peut s'y résoudre ! Délicieuse belle-mère, qui lui fournit tous les arguments, dans l'ordre, pour sauver sa vie en allant se traîner au pied du trône et demander pardon d'avoir suivi l'unique voie qui lui semblait bonne... Dans cette longue et importante lettre, Mme de Chastellux s'excuse de sa franchise, craignant d'affliger Georgine au lieu de l'éclairer. Il y a là de quoi la mettre un peu plus à la torture. Elle seule connaît son mari et sait qu'on ne lui fera pas boire cette amère potion.

Redoutant le cabinet noir, elle écrit une autre lettre en appelant Charles « ta bien-aimée Angélique » (son deuxième prénom) : « Je lui ai écrit. J'irai même jusqu'à lui être utile auprès de ceux qu'*elle* a offensés. *Une jeune femme* a bien du temps pour réparer et faire oublier ses fautes... » Elle confesse tout attendre du Ciel. « Mon cœur, ma tête sont si malheureux que je n'aurais pas la force d'en dire davantage. On ne peut plus sortir de Paris, la ville est déclarée en état de siège. » Les hommes de Blücher, vengeurs, dévastent tout sur leur passage, jetant les livres par les fenêtres, brisant les vitres, violant les femmes, incendiant les réserves de blé... Charles aurait sans nul doute partagé ce jugement d'un autre Charles, d'un autre général du siècle suivant, longtemps rebelle pour avoir refusé la soumission à l'invasion, de Gaulle : « Napoléon a laissé la France écrasée, envahie, vidée de sang et de courage, plus petite qu'il ne l'avait prise... Mais faut-il compter pour rien l'incroyable prestige dont il entoure nos armes ?... Nul n'a plus profondément... soulevé de plus furieuses malédictions ; quel nom, cependant, traîne après lui plus de dévouements et d'enthousiasmes, au point qu'on ne le prononce pas sans remuer dans les âmes comme une sourde ardeur ? »

Avant de se résoudre au grand départ, Napoléon, semblable à Charles qui aurait voulu se battre jusqu'au bout, se prend à rêver une dernière fois et propose son épée au gouvernement provisoire : « Je n'ai rien de mieux à faire que de me jeter dans les bras de mes soldats. Mon apparition électrisera l'armée ; elle foudroiera les étrangers. Si, au contraire, vous me laissez ronger mon épée, vous serez forcés de recevoir Louis XVIII chapeau bas. »

Il se déclare prêt à se retirer dès après cette ultime victoire, jurant que son abdication est irrévocable. Aux Tuileries, Fouché s'exclame : « Est-ce qu'il se moque de nous ? » Napoléon se moque en effet, et appelle le gouvernement provisoire « nos cinq empereurs » : « Ces gens-là sont étourdis de leur souveraineté postiche ; ils sentent que, moi reparaissant à la tête de l'armée, ils ne seraient plus qu'une ombre. »

Il parle, mais n'agit plus. Le nouveau Candide pense aller cultiver son jardin outre-Atlantique. Après avoir réconforté sa femme, Charles retourne à Malmaison, où Napoléon l'a fait mander par Flahaut. En route, il rencontre Hortense, prête à partir pour la Suisse : « Comment ! Vous ici ? s'exclame-t-elle. Mais à quoi pensez-vous de vous exposer ainsi ?

— Je ne pouvais pas laisser ma femme seule dans de pareilles circonstances. Les Prussiens occupent en partie ma maison, j'ai même failli me battre avec eux. Ces messieurs tapageaient, criaient, faisaient du bruit au-dessus de nous ; je suis monté les rappeler à l'ordre en les priant de faire moins de train.

— Mais vous voulez donc vous faire arrêter ?

— Oh ! Pour cela non ! Ils en seraient trop contents, les chers bourbonistes ! On me ferait mon procès, on me condamnerait à mort, et puis l'on ferait de la générosité, par considération pour la famille et les prières de ma femme, et je ne veux pas de grâce d'eux, fanfaronne-t-il. Ils vont faire bien du mal à la France… Il n'y a que les souverains et les gouvernements choisis par le peuple qui puissent durer, les bons Français doivent se conserver pour le jour de la délivrance, et je veux me réserver pour me trouver avec eux, libre de mes opinions comme je l'ai toujours été et sans avoir reçu de grâce de personne.

— Ah ! Ne pensez en ce moment qu'à sauver votre vie, le supplie Hortense. Pensez à votre femme, à votre enfant et à vos amis !

— Aussi je ne compte pas rester, je vais partir… »

Or, poussé par Fouché, Napoléon a déjà quitté Malmaison, également occupé par les Prussiens, non sans avoir attendu son chevalier blanc jusqu'au dernier moment. Charles a d'ailleurs obtenu du même Fouché des documents lui permettant de fuir, ce qui prouve le double jeu, pour une fois honorable, du duc d'Otrante : d'un côté il s'apprête à dresser la liste des coupables sous la pression des Alliés et des royalistes, de l'autre il les aide à se faire oublier. Très soulagée, la pauvre Georgine ne peut deviner que ce contretemps – le départ précipité de l'Empereur – scelle le destin de son mari.

Le vice appuyé sur le bras du crime

Napoléon se réfugie d'abord à Rochefort, mais il ne va plus tarder à se jeter dans la gueule du loup anglais qui se chargera de le déporter à Sainte-Hélène. Dans une pièce de théâtre, *L'Ange déchu*, l'Allemand Grabbe fait parler l'Empereur : « Ils s'imaginent qu'ils ont chassé la tyrannie, conquis la paix perpétuelle et ramené l'âge d'or… Les pauvres ! Au lieu d'un grand tyran, comme ils aiment m'appeler, ils en auront bientôt une nuée de petits. Au lieu de leur donner la paix perpétuelle, on essaiera de les endormir dans le sommeil perpétuel de l'esprit. Au lieu de l'âge d'or, ce sera un âge d'argile, sans consistance, le temps de la médiocrité, de la sottise, du mensonge et de la futilité. Certes, on n'entendra plus parler de batailles ni de héros gigantesques ; mais plus que jamais, ce seront des parlotes de diplomates, des visites de convenance entre grands chefs, des comédiens, racleurs de violon, putains et danseuses d'opéra – jusqu'au jour où l'âme du monde ressuscitera et secouera les vannes derrière lesquelles seront tapis les flots tumultueux de la Révolution et de mon Empire. Alors, les vannes sauteront sous leur poussée et les flots viendront remplir le vide que j'aurai laissé en m'en allant. »

En attendant, la voie est libre. Louis XVIII va pouvoir rentrer. Mais dans le camp bonapartiste, un petit noyau résiste à l'inéluctable, dont Antoine qui considère que l'honneur lui défend de prendre parti pour le gouvernement des Bourbons, ce qui lui vaut d'être salué par Napoléon : « Tous les hommes qui l'ont connu lui rendront cette justice : l'honneur, la probité, la droiture en toutes choses étaient la base de son caractère ; l'intrigue lui répugnait, elle n'était pas même dans ses facultés. » Ne se sentant coupable de rien, Antoine ne songe pas à fuir, même provisoirement, bien que Fouché lui ait fait remettre passeport et argent. Sa vie ne lui semble pas en danger. Et puis il ne veut pas laisser sa femme enceinte de cinq mois et souffrante. Il se contente donc de démissionner pour la seconde fois de ses fonctions.

Alors que les Alliés, qui campaient dans les villages de Belleville, Montmartre ou dans le bois de Boulogne, entrent dans Paris, Louis XVIII autorise officiellement Talleyrand à traiter avec Fouché, mais en le priant de ne pas oublier ceci : « Ménagez-moi et pensez que c'est mon pucelage. » Bonnet rouge mais à plumes, sorti du chapeau à la fin de son numéro d'équilibriste, le duc d'Otrante s'est ainsi joué de tous, insensible à la haine, aux menaces, aux injures, avec « une verve de tromperie », dit un contemporain, qui paralysait les plus fulminants. Heureusement le dénouement est heureux pour le duc jacobin aux yeux plissés. Le rideau peut tomber sous les applaudissements.

Pour compléter le char de l'État, il faut passer par Talleyrand, tout droit sorti du XVIIIe siècle et qui, selon Chateaubriand, trafique lorsqu'il ne conspire pas. Le pilote et le copilote sont aussi dissemblables que possible : un ancien évêque et un ancien séminariste, un diplomate et un policier, l'un aristocrate d'Ancien Régime, l'autre de fraîche date et nouveau riche à souhait, as du langage diplomatique pour le premier, de la basse police pour le second, le prince toujours un peu sur l'Aventin, le duc volontiers disert. Deux rivaux autant que partenaires, champions des fidélités successives, unis seulement par leur opportunisme, le goût du pouvoir, une haine des royalistes équivalente à leur méfiance du peuple, et qui tirent les fils dans l'ombre avant d'apparaître en sauveurs dans la lumière. La célèbre pièce *Le Souper* a permis d'imaginer leur tête-à-tête au sommet, de puissance à puissance, à la veille du dénouement. Talleyrand le Renard a tenu à peu près ce langage à Fouché le Corbeau : Aidez-moi, je vous aiderai. Mais pour la postérité, c'est l'auteur des *Mémoires d'outre-tombe*, témoin majeur puisqu'il se trouvait dans l'antichambre du roi, qui a décrit la scène restée fameuse. Un Chateaubriand au sommet de sa verve, de son humour grinçant, de son art du pamphlet : « Tout à coup une porte s'ouvre : entre silencieusement le vice appuyé sur le bras du crime, M. de Talleyrand marchant soutenu par M. Fouché ; la vision infernale passe devant moi, pénètre dans le cabinet du roi et disparaît. Fouché venait jurer foi et hommage à son seigneur ; le féal régicide, à genoux, mit les mains qui firent tomber la tête de Louis XVI entre les mains du frère du roi martyr ; l'évêque apostat fut caution du serment. » Fermez le ban.

Le vice et le crime se détestent ? Et alors ? Ces experts se sont reniés tant de fois qu'ils en sont arrivés à assurer une forme de continuité. La victoire de Fouché n'est qu'en demi-teinte puisqu'il vient de se faire circonvenir par un Talleyrand bien plus rodé aux négociations. La langue éminemment diplomatique du Truand n'a fait qu'une bouchée de la Brute.

En signant la nomination de l'ancien « Mitrailleur de Lyon », le roi qu'on a connu moins sensible verse des larmes en pensant à son frère Louis XVI, décapité entre autres à cause de celui qu'il vient d'intégrer à son gouvernement. Il ne retrouve un peu d'ardeur que pour récuser le drapeau tricolore, signe de ralliement des rebelles et dont il trouve les couleurs « bien vieillies ». Or dans les provinces le drapeau blanc est réapparu presque partout. N'est-ce pas la preuve qu'il est intemporel et que le peuple, lui, est royaliste ?

L'idée de passer pour tourner à tous les vents

Après la capitulation de Paris, les soldats déchargent avec dépit leurs fusils dans la Seine, tandis que les royalistes, surtout dans l'Ouest et le Midi, ont dès Waterloo déterré la hache de guerre pour semer une « terreur blanche ». Cette guérilla civile locale des « jacobins blancs », issue de toutes les couches de la société, commet des massacres fermement condamnés par le roi qui dénonce des attentats « contre nous et contre la France ». Ces exaltés intransigeants, appelés pour la première fois ultraroyalistes par Fouché – et très vite ultras –, estiment que la coupable indulgence du roi durant la première Restauration a favorisé le retour de l'Aigle, et donc perdu la France. Leur désir de vengeance n'en est que plus exacerbé.

L'armée se voit dissoute et éloignée au sud de la Loire. Charles va-t-il la rejoindre ou devra-t-il quitter la France ? « Ses idées se brouillaient », constate la mère de Flahaut. Il y a de quoi : quel avenir l'attend ? Celui d'un paria ou celui d'un transfuge ? Choix cornélien, alternative insoluble, transes d'un jeune père de famille qui hésite entre suivre son Empereur, s'exiler ou se cacher. Lui faut-il regarder, impuissant, l'ennemi prendre possession de la capitale ? Assister à l'installation de leurs campements sur les Champs-Élysées jusqu'à la place de la Concorde d'un côté, l'Arc de triomphe de l'autre, dont ils se servent comme abattoir ? Les Parisiens, poussés par la curiosité, sortent voir les jambes nues des Écossais sous leurs kilts. Avec les Prussiens ils occupent aussi des ponts et monuments, qu'ils veulent parfois faire sauter, comme le pont d'Iéna – son nom seul est une offense – et qu'il faut rebaptiser pont de l'École-Militaire pour le sauver.

La victoire de Louis XVIII est à double tranchant car il est, qu'il le veuille ou non, associé à l'invasion et au déshonneur. Comprenant le danger, il prend sa plume la plus ferme pour faire parvenir un message à Talleyrand, destiné aux Alliés, dans lequel il se plaint de leur conduite tout en prévenant qu'elle risque de contraindre son peuple à s'armer pour se défendre. « J'aime mieux vivre dans une prison que de rester ici témoin passif des maux de mes enfants. » Ces bonnes paroles auront pour conséquence un allégement des conditions de l'occupation.

Pour protéger son mari, Georgine continue de le féminiser dans ses belles lettres à sa mère : « *Elle* n'a pas voulu suivre son séducteur malgré ce qu'il a pu faire pour l'y engager… Mon *Angélique* était fort embarrassée du parti qu'*elle* avait à prendre… Celui de faire une démarche humiliante n'entre point dans sa tête ; *elle* ne peut supporter l'idée de passer pour tourner à tous les vents… *Elle* voulait sortir de France… et ce matin *elle* s'est décidée à aller du côté où on a donné l'ordre à l'armée de se retirer… Quelques anonymes se disant parents ont été d'une méchanceté outrée. On lui impute des choses auxquelles *elle* n'a jamais pensé. Le malheur de sa position augmentera le nombre de ses détracteurs car le malheur n'a pas d'amis. *Elle* est convaincue que rien ne serait capable d'effacer l'impression qu'*elle* a produite, qu'*elle* est abandonnée de tous les siens… » Si Georgine n'a pas suivi sa mère au Thil, c'est parce que, considérant que son devoir est d'être auprès de son mari, elle trouverait « barbare » de l'abandonner.

La transfiguration de Georgine vient d'advenir : la timide et discrète jeune femme est en passe de se muer en femme forte qui ne va plus s'occuper que de sauver son mari, au risque d'y perdre sa réputation.

Sire, cent jours se sont écoulés

À Rochefort, las de tout comme de l'espérance, Napoléon exprime un écœurement qui a remplacé son mépris pour toutes ces girouettes qui l'abandonnent : « Aujourd'hui, ceux qui livrent Bonaparte disent que c'est pour sauver la France ; demain, en livrant la France, ils prouveront qu'ils n'ont voulu sauver que leurs têtes. » Le portrait officiel est à nouveau remplacé, les abeilles sont évincées au profit de lys immaculés. Adieu les images pieuses bonapartistes ! Le pouvoir, lui aussi, a horreur du vide. Et cette fois Louis XVIII va rester sur le trône jusqu'à sa mort neuf ans plus tard, avant d'être remplacé par le benjamin de la fratrie, le comte d'Artois, qui va régner six ans sous le nom de Charles X en attendant d'essuyer une nouvelle révolution – ce siècle est décidément fou.

Le frère de Louis XVI, renommé « Louis 2×9 » par les rieurs, effectue donc sa seconde rentrée dans Paris, bien plus discrète pour le coup et en calèche fermée, par le faubourg Saint-Denis, rempli d'ouvriers, assurant qu'il n'a pas le malheur de craindre son peuple, puis par les Grands Boulevards, la rue de la Paix, la place Vendôme… Il doit ensuite traverser les bivouacs étrangers installés devant les Tuileries. L'année précédente, les Français lui ont baisé les mains avant de baiser les babouches de Napoléon. Cette fois, la réception se résume à des applaudissements polis. Comment acclamer ce libérateur « libéré » par Waterloo et adoubé par l'occupant ? Les Parisiens, aux premières loges, ressentent cette ambiguïté. Conscient du terrain perdu en un an, le roi tente un discours où, pour la première fois, il s'adresse directement aux Français : « Mes amis… » Mais, trop ému, il ne peut poursuivre et enchaîne en inaugurant son premier bain de foule. Comment se désolidariser des Alliés, qui jettent les livres des bibliothèques par les fenêtres et font sécher leur linge aux grilles de son palais ? Par un propos, usant à nouveau d'une tournure ancienne, déjà démodée : « Je ne veux pas sembler conniver aux violences dont je gémis. »

De leur côté, les Alliés sont ébahis : le peuple ne se rebelle pas. Mieux, il accueille avec placidité ce roi pourtant symbole de sa défaite militaire et auquel ils ne croyaient plus. Enfin, les élites, toujours promptes à courtiser le puissant du jour, font preuve du même dévouement « à perdre haleine », spécialement les girouettes patentées qui protestent de leur inviolable fidélité ! « Tant de chrysalides qui, entre deux printemps, avaient dépouillé et revêtu, quitté et repris la peau du légitimiste et du bourboniste, commente, acide, Chateaubriand ; tant de paroles données et faussées, tant de croix passées de la poitrine du chevalier à la queue du cheval, et de la queue du cheval à la poitrine du chevalier… » Tel le préfet de la Seine qui croit complaire au souverain en l'accueillant avec ces mots, baptisant sans le savoir la période pour la postérité : « Sire, cent jours se sont écoulés depuis le moment fatal où Votre Majesté a quitté sa capitale au milieu des sanglots, et s'est vue forcée par une cruelle nécessité d'abandonner ses enfants bien-aimés. »

Les courtisans renaissent de leurs cendres, comme les rois ! Bientôt par pelletées entières. Ceux-là ne font jamais relâche, savent durer, se recycler. Tant pis pour les autres, les purs épurés, éjectés du système. Comme Chateaubriand, qui va perdre au jeu des chaises musicales et ne va pas manquer de se radicaliser. Enchanté, lui, le comte d'Artois, symbole de la contre-révolution, vient serrer la main de Fouché, chantre de la Révolution. L'union nationale introuvable serait-elle en marche ? Même les populacières dames de la Halle crient « Vive le roi ! ». En vérité, les divisions persistent, mais chacun aspire d'abord à l'ordre et à la paix. Est-ce cette quête qui explique la versatilité des Français ? L'antique maison des Bourbons peut en tout cas reprendre place sur le trône. « L'excellent M. Fouché de Nantes », raille Chateaubriand en rappelant de manière subliminale ses exactions passées – « un sans-culotte déguisé en duc », « qui avait délayé des forfaits républicains dans la boue impériale » –, après avoir tiré tant de bords sur les flots déchaînés des tempêtes politiques, vient enfin d'arriver au port de la monarchie restaurée. Un monstre devenu fréquentable pour les ultras qui comptent sur lui pour surveiller et punir. Une anguille se croyant désormais autorisée à courtiser le roi pour mieux le mettre en garde contre ses nouveaux amis : « Tout le monde sait que ce ne sont ni les lumières ni l'expérience qui manquent à Votre Majesté ; elle connaît la France et son siècle, elle connaît le pouvoir de l'opinion ; mais sa bonté lui a trop souvent fait écouter les prétentions de ceux qui l'ont suivie dans l'adversité. » Autrement dit, à peine intronisé, le traître se retourne déjà contre le comte d'Artois et sa coterie auxquels il doit son poste.

Louis XVIII, même s'il n'entend pas amoindrir ses prérogatives, ne veut pas abuser de la situation et souhaite toujours instaurer une monarchie constitutionnelle à l'anglaise. Quitte à apparaître pour un « jacobin fleurdelysé » (Balzac). Il est prêt à agir contre son camp s'il le faut, puisque les ultras s'étranglent d'indignation : comme son frère Louis XVI, il donne la corde pour se faire pendre ! Avisé, le roi sait que cette carte empêchera une révolte sur sa gauche, et surtout celle de l'armée. Mais cette dernière, bientôt dispersée, pas plus que le peuple, n'a son mot à dire.

Malgré les avertissements de ses amis, qui à bon droit s'inquiètent pour lui, Antoine n'a toujours aucune conscience du danger. N'a-t-il pas commis un péché véniel en prenant son poste quelques heures trop tôt ? Le nouveau préfet de police de Paris, Élie Decazes, nommé pour surveiller Fouché (qui s'agace de voir le jeune ambitieux vouloir « lui pisser aux jambes »), l'a pourtant fait prévenir. Séducteur, sa jolie figure et son art de conter des anecdotes le propulsent bientôt favori du roi. Bellâtre autant que mirliflore, il s'est montré servile sous l'Empire lorsqu'il était au service de Madame Mère, Letizia Bonaparte. Connaissant très bien Émilie, cet habile ambitieux conseille donc en ami à Antoine de se cacher quelque temps. Mais ce dernier se contente de faire parvenir à Talleyrand une lettre justifiant sa conduite. S'il n'a guère de craintes pour lui-même, il s'inquiète en revanche pour Charles, que la mère de Flahaut l'engage à aller voir pour le « pousser par les épaules » hors de la capitale.

Le lendemain, dès potron-minet, il se présente chez son ami rue de Grenelle et le trouve au lit, jouant avec son enfant, la charmante Georgine à ses côtés. Antoine est stupéfié de le trouver si tranquille. Une fois en tête à tête, il tente à son tour de le convaincre : « Je me mis à le presser avec chaleur pour qu'il se sauvât, raconte-t-il. Je lui donnais les mêmes raisons, je lui faisais les mêmes instances, je lui représentais les mêmes dangers dont mes amis me fatiguaient pour mon propre compte. » Charles, très détendu, sourit, bâille… Trois heures de discussions ne changeront rien. Seuls les sorts de l'Empereur et de la France lui importent. Soudain, son valet vient l'informer que des officiers prussiens veulent réquisitionner le logement de sa femme. Il bondit hors de son lit et veut leur « couper les oreilles ». Antoine parvient à le calmer, avec l'aide de sa mère et de Georgine, le décidant enfin à rejoindre l'armée de la Loire, pas encore soumise au roi, pour, si possible, quitter la France. Charles se sent coupable, et envers Napoléon qu'il estime avoir abandonné, et envers Georgine qu'il ne peut abandonner à son tour. Mais il comprend qu'il n'a pas le choix. Ney aussi disparaît. Antoine les croit tous deux hors de danger. Il a d'ailleurs bien pris soin d'accompagner lui-même Charles jusqu'à la route d'Orléans.

Entracte

Il ne me reste plus qu'un vœu,
c'est que ces lâches habitants de Paris
soient bien vexés par les soldats prussiens
logés chez eux. Les lâches.
On peut être malheureux,
mais perdre l'honneur.

Stendhal

Acte IV

Condamnés à mort ?

Plus coupable que Ney, plus coupable que Bonaparte lui-même !

Cédant aux supplications de Georgine et de ses amis, Charles s'apprête à rejoindre son régiment, placardisé comme toute l'armée, ainsi que ses amis Flahaut et Exelmans. Il retire de l'argent et quitte sur la pointe des pieds le domicile conjugal pour protéger sa femme, qu'il ne peut obliger à vivre avec un exilé politique. Il veut à tout prix leur éviter une douloureuse séparation, comme il le lui écrit peu après : « Non, je n'aurais point eu ma chère amie le courage de te revoir… Ne crains rien pour moi, tu m'as donné ce soir du bonheur pour longtemps… Il me manque de ne t'avoir point embrassée. » Lui recommandant d'envoyer ses lettres par le canal d'Antoine, qui arriveront par l'estafette, il ajoute : « Qu'il me serait doux de te presser sur mon cœur, mais peut-être n'aurais-je point la force de te quitter ? Oh, ma chère amie, je ne puis te dire tout ce que tu m'as fait éprouver… Nous aurions eu sans doute bien des choses à dire… Chère Georgine, comme tu seras présente à ma mémoire, mon cœur sera toujours avec toi… »

Entre-temps il est arrivé à Riom et hésite à s'établir dans les environs, dont le sol granitique lui plaît. À moins de retrouver Napoléon à Rochefort ? « Je sais bien, dit Charles, qu'un jugement sévère va me frapper, mais si la famille de ma femme, les Damas, ne me pardonnera jamais mon dévouement à l'Empereur, elle est assez en crédit auprès du roi pour m'obtenir l'autorisation de m'établir loin de Paris. » Il envoie encore d'autres belles lettres d'amour à Georgine : « Le bonheur que j'éprouve près de toi et que pourtant je n'avais point assez imaginé est trop vif, trop réel pour que je ne ressente point une vraie douleur en pensant aux devoirs que ma position m'impose… Crois au serment que je fais de toujours t'aimer… »

À Paris, Georgine entame des démarches contre vents et marées, affrontant hypocrisies, refus brutaux, humiliations. Malgré sa répugnance compréhensible, elle s'adresse à Fouché : « J'ai été hier chez le ministre, raconte-t-elle à sa famille, ce qui a été un sacrifice bien grand pour moi… Mais… je m'adresserais au diable en personne s'il pouvait m'être utile… Il ne m'a rien dit de bien agréable. Mais il m'a assurée qu'en étant bien sage et en se cachant trois mois, cela irait bien… Qu'il mette une petite perruque, qu'il change de nom et qu'il soit sage, et tout s'arrangera !… »

Sa mère et ses frères tâchent de la consoler, mais ils remarquent qu'elle se fait encore des illusions – comme Charles, d'ailleurs, qui concentre progressivement toute la haine des royalistes. Henri, lui, entrevoit déjà le spectre de la mort. Non sans panache, le beau-frère de Georgine, Roger de Damas, demande une audience au roi durant laquelle il suggère seulement un bannissement volontaire : « C'est impossible ! » répond Louis XVIII. Il « est plus coupable que Ney, plus coupable que Bonaparte lui-même !… » « C'est un peu fort ! » commente Henri, dont le royalisme n'est pourtant plus à prouver. Hélas ! le pardon et l'oubli, marque de fabrique de la première Restauration, ne peuvent se prolonger après le vol de l'Aigle. Il faut faire des exemples et le nom de Charles est sur toutes les bouches. Henri rend également visite à Talleyrand, cousin des Damas et dont le fils naturel n'est autre que Flahaut. Mais le prince de Bénévent se fait anguille : « Il faut attendre l'ordonnance du roi qui va paraître. » Oubliant de préciser qu'il va en être le superviseur avec son acolyte Fouché. Les Chastellux voudraient tant éviter la tache d'un jugement…

Pendant ce temps, pesant chacun de ses mots, écrivant pour l'histoire et la postérité qu'il ne perd jamais de vue, Napoléon a rédigé une lettre mémorable destinée au prince régent d'Angleterre : « En butte aux factions qui divisent mon pays et à l'inimitié des plus grandes puissances de l'Europe, j'ai terminé ma carrière politique et je viens comme Thémistocle m'asseoir au foyer du peuple britannique. Je me mets sous la protection de ses lois, que je réclame de Votre Altesse royale, comme du plus puissant, du plus constant et du plus généreux de mes ennemis. » Thémistocle ? Ce génie militaire et symbole de la démocratie se réfugia chez le fils de son ennemi, jadis vaincu… Pense-t-il vraiment que l'Angleterre va accepter de lui prêter asile ? La flotte anglaise sillonne les côtes atlantiques depuis Waterloo, ce qui l'oblige à se rendre, sauf à fuir comme un contrebandier. Désormais prisonnier de la perfide Albion, l'Aigle prend son dernier envol : Corse, Elbe, Aix, bientôt Sainte-Hélène… Né sur une île, mort sur une île. La légende dorée commence avec celui « qui tenait le glaive de César/Et le compas de Ptolémée » (Casimir Delavigne), mais qui va bientôt voguer vers son catafalque de Geranium Valley. D'outre-tombe, Chateaubriand lui élève trente ans plus tard un mausolée très ambivalent : « Vivant il a manqué le monde, mort il le possède… Ce héros fantastique restera le personnage réel ; les autres portraits disparaîtront… Après avoir subi le despotisme de sa personne, il nous faut subir le despotisme de sa mémoire. »

Pour l'heure, la monarchie doit reprendre la main au plus vite. Lassés des tergiversations de Talleyrand et Fouché, les Alliés comptent bien faire punir les coupables de « l'interrègne », se déclarant prêts à se charger eux-mêmes de les déporter en Sibérie si la France mollit. Sans le moindre scrupule, Fouché lève le doigt, pour mieux baisser le pouce. Une liste ? Mais c'est un régal pour celui qui aime tant en établir. On peut s'en remettre à lui pour les basses œuvres. Alors que l'opinion publique se déchaîne contre les « traîtres » bonapartistes, paraissent deux ordonnances : « Voulant par la punition d'un attentat sans exemple, mais en graduant la peine et en limitant le nombre de coupables, concilier l'intérêt de nos peuples, la dignité de notre Couronne et la tranquillité de l'Europe avec qui nous devons la justice… Avons déclaré ce qui suit… »

La première dresse une liste de généraux. En tête le nom de Ney. Deuxième sur la liste, bien qu'il ne soit guère connu du grand public, Charles, suivi de

Grouchy, Cambronne, mais aussi Antoine qui n'est plus militaire depuis longtemps, et d'autres... Tous devront répondre de leurs actes devant un conseil de guerre. La seconde liste inscrit des civils voués à la proscription, dont les anciens ministres Soult et Carnot. En tout une cinquantaine de noms, la plupart déjà hors d'atteinte. Talleyrand note, laconique, que le duc d'Otrante « n'a oublié aucun de ses amis ». Il a surtout prétendu vouloir « ôter tout prétexte aux fureurs réactionnaires de se faire justice elles-mêmes » en les focalisant sur quelques noms. Autrement dit, faire couler le sang pour éviter d'en répandre. Au moins le prince de Bénévent a-t-il épargné son fils naturel, Flahaut, en rayant son patronyme. Mais il a visiblement atteint sa limite ; on ne peut lui demander davantage d'empathie. Benjamin Constant non plus n'y figure pas, sauvé par Decazes.

Quoique arbitraire, cette liste est jugée notoirement insuffisante par les ultras. Elle préfigure pourtant ces lois d'exception qui vont aboutir à une terreur blanche « légale » portée par la chambre à venir – qualifiée d'introuvable tant elle est ultra. Le roi se fait clairement déborder sur sa droite.

Henry, le frère de Charles, se sent humilié, désespéré, déshonoré : son nom de famille figure en bonne place parmi les « criminels » : « Quelle destinée que la sienne ! Il pouvait en s'emparant de Bonaparte et le livrant au roi immortaliser à jamais son nom et il l'a couvert d'un opprobre ineffaçable, le malheureux. » L'incompréhension totale perdure. Et les souffrances de chaque camp, jusque dans les familles, viennent de franchir un nouveau degré. Georgine, consciente que son mari est condamné, privilégie l'action aux lamentations. Elle se rend chez la gouvernante des enfants de Fouché, à qui Charles a naguère rendu service. Celle-ci lui conseille de tout faire pour parvenir au roi :

« Je ne puis croire qu'il ne soit pas touché de votre juste désespoir. Si les Alliés ne laissent pas sa clémence libre d'agir, il peut au moins commuer la peine… Du courage, madame. Songez que votre malheureux époux peut vous devoir son existence, si vous avez de la résolution. Le roi a parlé de vous avec intérêt ; cela doit vous enhardir à demander à le voir ou, si vous êtes refusée, à l'arrêter sur son passage. »

« Mes peines deviennent chaque jour plus vives et plus difficiles à supporter, confie la pauvre Georgine à sa mère… Je suis fort empêtrée de ma pauvre personne, cet air de suppliant me tue. »

Conduisez monsieur au numéro 17

Antoine dort toujours sur ses deux oreilles. Ne cherchant ni à se cacher ni à fuir. Au contraire, il a demandé à Talleyrand d'être jugé pour prouver son innocence. En conséquence la police se présente à sept heures du matin, ne veut pas le faire réveiller et prévient qu'elle repassera en fin de matinée. Fouché lui fait donner la clé des champs ! Pour être certain de ne pas le trouver, l'inspecteur revient à la mi-journée et, surprise !, le découvre avec Émilie et le fidèle secrétaire de l'Empereur. Il n'a plus d'autre choix que d'arrêter l'inoffensif Antoine, considéré comme le chef de la conspiration civile, et donc soupçonné, grâce à son pouvoir sur les postes, d'avoir été la cheville ouvrière d'un complot bonapartiste. Celui-ci reste à démontrer mais le pouvoir royal en a besoin pour justifier la brutalité et le ridicule de sa chute. S'il savait ! Antoine aurait reconnu devant Pasquier qu'il conspirait, en effet, non pas au profit de Napoléon, comme on le croit en haut lieu, mais en faveur du duc d'Orléans, « s'il avait voulu être intelligent et raisonnable »… Il aurait suffi de raccompagner Louis XVIII à la frontière ! Le voici enfourné dans un fiacre, pour être interrogé par Decazes. En passant par la petite rue de Jérusalem, aujourd'hui partie du quai des Orfèvres, il croise un ancien serviteur de Napoléon, le croit arrêté lui aussi, mais voilà que ce dernier le désigne d'un doigt sans le regarder et lâche : « Conduisez monsieur au numéro 17. »

Après un instant de stupeur qu'il ne peut masquer, Antoine se dit que cet homme « a bien lourdement retourné son habit ». En plein été, le voici placé sous les toits de la préfecture, où règne une chaleur étouffante. De son côté, Émilie ne comprend pas pourquoi on ne lui rend pas son mari, à qui l'on a dit vouloir seulement poser quelques questions. Or il est interrogé durant cinq heures, car personne ne peut se figurer que l'ancien maître des postes n'ait pas trempé dans des correspondances secrètes avec « l'usurpateur » lorsqu'il était à Elbe. Et de la correspondance au complot, il n'y a qu'un pas, allégrement franchi par les salons ultras. L'affaire est tellement politique… Pauvre Antoine, même ses amis ont cru qu'il était resté en contact avec Napoléon ! Maintenant que l'étonnement de se retrouver en prison est passé, dans cet isolement auquel il n'est pas habitué, place à la colère. Quoi ?

On l'accuse de trahison, lui qui incarne la fidélité ! A-t-il prêté serment au roi ? Non !

Il doit attendre deux semaines avant de voir Decazes. Ce dernier est sans doute mal à l'aise compte tenu de leurs anciennes relations, puisqu'il a été autrefois collaborateur de ce Louis Bonaparte, ancien roi de Hollande et mari d'Hortense, qu'Émilie a aimé avant lui. Antoine ne tarde pas à tomber malade à cause de l'environnement carcéral : alité, fiévreux, il ne peut plus rien avaler. Decazes lui envoie son propre médecin qui s'indigne de son traitement auprès du ministre, demandant ou un changement de prison, ou un droit de promenade.

Ce jeune homme est bien imprudent !

Charles s'attendait à figurer en bonne place sur ces listes. Eu égard à son rôle, c'était inévitable, mais désormais le fait est là, dans toute sa brutalité, sa cruauté. En larmes, comme s'il tombait des nues, il s'indigne chez Flahaut contre la mauvaise foi des Bourbons, en violation de la déclaration de Cambrai qui, sur le papier, promettait l'amnistie « relativement aux fonctions occupées ». C'était pourtant clair, gravé dans le marbre ! Et pourquoi ne pas fusiller les cinq mille hommes passés à l'ennemi ? Charles s'écrie : « Il faut protester, aller à Paris à l'instant même !

— C'est aller porter sa tête à ceux qui désirent la faire tomber ! » lui répond le sage Flahaut.

Alors, celui qui aurait souhaité se présenter crânement devant le conseil de guerre comprend enfin, bien trop tard, qu'il ne peut plus demeurer sur le sol français et se décide à partir pour le Nouveau Monde. À une condition : « Dans tous les cas, je ne quitterai pas le pays sans avoir vu ma femme, mon fils dans son berceau, et sans avoir pris des dispositions pour l'avenir. »

Impossible de s'exiler sans leur dire adieu. Son cœur se serre à cette seule idée. De grosses larmes de tristesse et de colère mêlées roulent sur ses joues. Et puis qui sait ? Georgine et sa famille pourront peut-être le sauver. Ses amis cherchent à le dissuader de mettre à exécution ce projet insensé à l'heure où tous les proscrits tentent de franchir les frontières avant d'être attrapés au collet. Muni d'un peu d'or et d'un passeport au nom de Huchette – soi-disant négociant –, acquis grâce à des complicités à la mairie de Pontgibaud, il doit s'échapper comme eux vers la Suisse ou la Belgique.

Malgré les instances de ses intimes, Charles demeure intraitable, ou plus sentimental que Flahaut qui s'apprête à quitter le territoire sans revoir Hortense. Bon camarade, ce dernier propose à son meilleur ami de l'accompagner avec sa propre voiture. Hélas, un accident brise le véhicule. À Moulins, alors qu'il vient de lui promettre d'être raisonnable, Charles, sur un coup de tête, ne peut résister en voyant passer la diligence de Clermont-Ferrand : il la fait arrêter d'un signe de la main avant de sauter dedans, sans prévenir quiconque, et sans bagages ! Tenue civile, longues moustaches et lunettes vertes sont censées l'empêcher d'être reconnu. Ce jour-là, Georgine écrit à sa mère : « Mon Dieu ! Que l'avenir est noir ! Qu'il le soit pour moi c'est tout simple, mais il l'est pour tout le monde… Je ne sais que penser, que faire. Les gazettes sont désastreuses. Il faut que je sois triturée sans relâche. »

Pendant que la voiture jaune des Messageries royales, transports publics qui rayonnent dans la France entière, roule vers la capitale, il ne sait pas qu'on est déjà venu l'arrêter – sans conviction toutefois tant on était certain de ne pas le trouver chez lui. En réalité la police était prête à le laisser, lui aussi, s'échapper. Il ne peut deviner non plus qu'à son bord se trouvent deux agents déguisés en militaires qui le suivent discrètement depuis Riom. Pour faire parler ce garçon martial et pensif, ils tentent d'abord de professer des opinions propres à endormir sa confiance. Mais Charles demeure mutique. Et ce n'est que lorsqu'ils lui annoncent qu'Antoine a été arrêté que son émotion le trahit. À l'escale de Nevers les deux espions accordent leurs violons : l'un reste à ses côtés, tandis que l'autre les devance pour le faire appréhender dès l'arrivée à Paris, sous trois ou quatre jours. La Charité, Cosne-sur-Loire, Montargis, bientôt Fontainebleau. Le ciel est bleu, le cœur de Charles se gonfle en attendant de prendre Georgine dans ses bras. Lui aussi voudrait voler de clocher en clocher, jusqu'à sa femme bien-aimée. Il suit maintenant la Grand Rue de Villejuif, la barrière des Gobelins, où la diligence est ralentie par les gros pavés. Il meurt d'impatience. Ultimes étapes : rue des Deux-Ponts, quai des Célestins, Saint-Eustache. La voiture s'arrête enfin devant les Messageries, 22, rue Notre-Dame-des-Victoires. Charles en descend prestement pour monter dans une voiture de place, sorte de taxi. Il donne au cocher l'adresse du 5, rue du Faubourg-Poissonnière, que son suiveur a le temps de noter. C'est le domicile d'une intime des Chastellux qui connaît peu Charles mais a été élevée avec Georgine. En cette nuit d'été, elle reçoit quelques invités dans son jardin. Effarée en le découvrant, elle l'alerte sur les dangers de son entreprise : « Allez prévenir doucement ma femme que je veux une dernière fois l'embrasser, lui demande-t-il. Ramenez-la ici ; je m'engage d'honneur à ne rester qu'un quart d'heure et à repartir ensuite ! »

Avant de se rendre rue de Grenelle, par précaution, son hôtesse l'enferme à clé. Pendant ce temps, l'officier de gendarmerie a fait prévenir Decazes qui informe Fouché, lui-même en train de signer son contrat de mariage avec la jeune Mlle de Castellane ! Sa première réaction est l'incrédulité : « Vous devez vous tromper. Je suis tout à fait sûr qu'il vogue en ce moment vers l'Amérique. » Decazes insiste. Charles est dans la capitale. Après quelques instants de silence, le ministre, abasourdi, s'exclame : « Ce jeune homme est bien imprudent ! » Avant de murmurer : « Qu'on ne perde pas de temps pour l'interroger. »

Le commissaire désigné pour l'arrestation décide de s'adjoindre… une compagnie prussienne et se dirige vers le faubourg pour cerner la maison et arrêter le héros de Ratisbonne et de Bautzen, aide de camp de Lannes, du prince Eugène et de Napoléon lui-même. Pendant qu'on le cherche dans toutes les pièces, Charles parcourt *Le Moniteur*, journal aux ordres. A-t-il le temps de lire ce petit encart qui devrait le faire bondir ? « Le lord Wellington a offert à M. le préfet de police ses soldats pour recueillir la moisson, et les voitures de son armée pour les transporter. » Soudain on tambourine à la porte : « Ouvrez, au nom du roi !

— Je ne puis ouvrir, ni sortir, car je suis enfermé et n'ai point la clé. Faites apporter une échelle à la fenêtre et je descendrai », répond-il calmement.

Franchissant alors la croisée avec une tranquille élégance, cet homme d'honneur emprunte l'échelle. « Vous reconnaîtrez que la police a bien travaillé », lui lance l'un des deux espions de la diligence.

À peine a-t-il été poussé avec rudesse dans un fiacre, escorté par la soldatesque de Blücher, que Georgine fait son entrée rue du Faubourg-Poissonnière. Avant de s'y rendre, elle a demandé conseil à ses frères : « Hâte-toi ! Vois-le ! Dis-lui qu'il parte tout de suite, sans quoi rien ne le sauvera ! »

Trop tard ! En ne trouvant pas son mari, et devant les physionomies consternées des invités de son amie, elle comprend que tout est fini et perd longuement connaissance. À presque minuit, tétanisée, elle retourne enfin chez elle, et y demeure prostrée. Des policiers l'y attendent, surveillant l'extérieur comme l'intérieur. On pousse même le zèle jusqu'à inquiéter quelques heures Henry, venu la soutenir. Georgine puise ce qui lui reste d'énergie pour appeler sa mère à l'aide en accumulant les « chère maman » comme on ponctue un télégramme de « stop », oubliant de féminiser les accords de rigueur dans ses courriers : « Je suis au comble du malheur et du désespoir, chère maman. Mon Angélique est ici. On l'a arrêté ce soir. Je n'ai pas eu le temps de le voir. Ah ! chère maman, vous ne m'abandonnerez pas, j'en suis sûre… Il n'y a pas, je crois, de temps à perdre, chère maman. Votre pauvre Georgine ne pourrait y survivre. Venez à mon secours. Je n'en puis plus de douleur. » Elle ne tarde pas à déserter son foyer pour s'installer chez Mme de Chastellux, rue du Bac, où toute la famille réfléchit aux moyens de sauver Charles. La pauvre Georgine et sa mère pensent encore pouvoir attendrir « nos princes ». Mais la partie n'est pas facile car lorsque Roger de Damas a évoqué son cas avec le roi, celui-ci, tout en refusant sa grâce, a lâché : « Surtout qu'il ne se laisse pas prendre, car je ne pourrais pas le sauver. »

Une fois sous les verrous, le sort de Charles est presque scellé. Louis XVIII prévient les frères Damas : « Ainsi donc ils l'ont arrêté ? demande-t-il en soupirant. Je sais tout ce que doit éprouver sa famille. Préservez-moi du chagrin d'un refus. Sa femme vînt-elle demander grâce à mes pieds, il faudrait que je dise non ! Tâchez de m'épargner un moment si pénible. »

Est-il donc arrêté ?

Apprenant, après deux semaines d'incarcération, que deux aides de camp de Charles sont emprisonnés, Antoine s'inquiète à son tour du sort de son ami : « Comment ! Est-il donc arrêté ?

— Je crois qu'oui. »

On lui rapporte alors que le jeune général a refusé de s'exiler sans repasser par Paris pour embrasser Georgine, trouver de l'argent et peut-être un moyen de l'emmener avec lui. Ainsi donc, il n'a pu résister à ce détour, à cette folle imprudence ? Antoine découvre aussi que dans l'ordonnance de jugement il n'est plus sur la liste des officiers, comme Charles, mais sur celle des « individus » exceptés de l'amnistie – les autres échapperont à la mort en fuyant à temps.

Cette femme si timide devint une héroïne

Decazes a beau poser des dizaines de questions habiles à Charles, celui-ci ne donne que des réponses claires et précises, sans jamais chercher à esquiver ses responsabilités. Impossible de prouver qu'il a trempé dans un complot, ou qu'il n'est pas rentré à Paris seulement pour embrasser sa femme comme il le prétend. C'est important car le roi ne veut faire traduire en justice que les comploteurs avérés. Il n'est pas, et c'est trop rare, ce qu'on appelle un partisan. Il ne souhaitait pas une guerre civile. Il a seulement placé ses pas dans les pas de celui auquel il avait juré fidélité et qui lui paraissait le seul digne de présider aux hautes destinées de son pays. Charles compte bien déjouer les accusations infamantes et ne défendre que son honneur : « Je ne tiens pas à la vie. Je me contenterai de faire les démarches que ma femme et ma famille croient utiles à mon sort. Pour moi, peu importe ! »

À la Conciergerie, dans un sombre cachot en sous-sol ruisselant d'humidité, il est tenu au secret, sans rien pour lire ou écrire, alors qu'il lui avait été promis un traitement conforme à son grade. Le voici maintenant renvoyé devant le conseil de guerre, puis transféré à la prison militaire de l'Abbaye – signalée par une plaque à l'angle de la rue du Four et du boulevard Saint-Germain. Charles songe-t-il aux scènes sanglantes dont elle fut le théâtre sous la Révolution ? À Mme Roland qui l'y a précédé ? Aux victimes des massacres de Septembre ?

Dans une cellule à l'entresol dotée d'une petite fenêtre en hauteur, il peut à présent lire et écrire. Et regarder en face la sombre réalité, sans marque de détresse ni d'affolement. Calme il est, calme il restera, même si la mort est au bout du chemin. Lorsque le gardien s'excuse de ne pouvoir lui donner de couteau pour trancher sa viande, puisque le règlement l'interdit, le prisonnier s'exclame en souriant : « Ah, vous me connaissez bien mal ! Je vais attendre la mort, mais non la provoquer ! »

Sans nouvelles de son mari, Georgine s'inquiète aussi pour son enfant car son lait s'est tari depuis l'arrestation. Elle ne peut se reposer ni s'alimenter. Courageusement, inlassablement, désespérément, elle n'en continue pas moins à frapper à toutes les portes. « Son mari, raconte une connaissance, se montrait bon enfant, spirituel, gai, en même temps que loyal, franc et généreux. Tel qu'il était Georgine l'adorait, mais c'était à si petit bruit, elle était si craintive de paraître et de se montrer qu'on pouvait vivre avec elle des mois entiers sans découvrir ses sentiments. C'est, sans comparaison, la personne la plus modestement retirée en elle-même que j'aie jamais rencontrée !… Dès qu'il fut malheureux cette femme si timide devint une héroïne faisant preuve d'une audace imprévue… Privée de tout secours, elle ne s'abandonna pas elle-même. Elle heurta à toutes les portes, força celles qu'on refusait de lui ouvrir et déploya partout un courage de lion. »

Sans perdre un instant, Georgine écrit une lettre touchante pour demander audience à Talleyrand : « Au milieu des malheurs qui m'accablent, prince, j'ose réclamer avec confiance les bontés que vous aviez bien voulu autrefois accorder à mon mari. Hélas son nom seul vous dit assez tout ce que je souffre… Celui que je porte est un garant bien sûr de ma fidélité… Pourrais-je espérer, prince, que vous m'accorderez protection, secours et conseil ?… » « Le Sphinx » se contente de quelques formules de politesse mais signifie aux Chastellux (Gabrielle, César et Henri entourent leur mère et leur sœur) qu'il est inutile de nourrir le moindre espoir, ce qu'ils vont d'un commun accord soigneusement cacher à la malheureuse.

La jeune épouse et mère continue à frapper à toutes les portes : après le roi et son « Premier ministre », le tsar Alexandre Ier, Wellington, Fouché. « Je me jette à vos pieds avec le malheureux enfant que je ne nourris plus que de mes larmes, écrit-elle au tsar, connu pour son âme chevaleresque et qui passe alors pour le maître de l'Europe… Élevée dans le respect et l'attachement le plus profond pour mon roi, je sais trop à quel point une cruelle destinée et une imagination égarée par de faux prestiges ont rendu mon mari coupable pour que j'ose demander sa grâce entière… Sa vie serait la seule grâce que j'oserais implorer. Il est si jeune, il a tant de temps à vivre… » Si Alexandre prétexte de l'impossibilité de s'immiscer dans le cours de la justice française, du moins emploie-t-il des paroles de circonstance évoquant des regrets et son estime. S'il a bien tenté d'attirer la sollicitude de Madame, fille de Louis XVI, sur le fait que la justice, tout comme la charité, réclame des droits, il n'a reçu de l'orpheline du Temple que cette réponse un peu trop vive pour ne pas être une défense de son cœur blessé : « La charité ? On ne la distingue pas de la faiblesse ! »

Pour les ultras qui confondent justement faiblesse et sagesse, la moindre indulgence dans ces circonstances s'apparente à une trahison. C'est cette coupable clémence qui a favorisé le retour de l'Ogre. Faut-il éternellement recommencer les mêmes erreurs ? Charles est bel et bien victime de la réaction royaliste. Il va être jugé au nom du roi, au nom de la France, et même au nom de l'Europe entière ! Ce jugement représente pour eux l'éclatante réparation de leur préjudice, la légitime sanction de ces Cent-Jours qui ont ramené les étrangers sur le sol français après nous avoir infligé une des plus terribles défaites de notre histoire. Les suppôts de la Révolution ne respectent que la force et on devrait leur ouvrir les bras ? Il ne faut pas attendre pour sévir : il s'agit rien moins que de calmer l'indignation de la Cour et de l'opinion.

Mais si cette opinion gronde, impérieuse, et réclame que Charles périsse, Louis XVIII demeure muet, exprimant seulement en privé un énigmatique : « Je ne le tiens pas encore. » Et s'il s'échappait ? Et si le conseil de guerre ne le condamnait pas à mort ? Si seulement son camp et tous les nouveaux ralliés ne réclamaient pas sa tête à cor et à cri ! Les modérés ont beau signaler que les plus grands traîtres, à commencer par Fouché et tous les anciens ministres des Cent-Jours, ne sont guère inquiétés, Chateaubriand se fait le porte-parole des ultras et enfonce le clou, impitoyable : « La France envahie, déchirée, vous demande justice à genoux ; vous la devez, Sire… » Comment lutter contre l'opinion, contre l'étranger, contre sa famille, contre la majeure partie de son entourage à une époque où la peine de mort politique est jugée légitime ? Où l'on fait croire au roi qu'en punissant sévèrement les pires coupables on sauvera les autres des fourches des paysans royalistes ? Lui qui veut rassembler les Français sait combien les bonapartistes vont lui en vouloir. Mais sa démonstration d'autorité passe avant tout. La pression l'oblige à sévir, sinon c'est la porte ouverte à toutes les désobéissances ; il risque d'être encore taxé de faiblesse, comme il a lui-même, en son temps, accusé Louis XVI de se déshonorer à force de concessions.

En un mot, il ne peut gracier le jeune général. Il a bien prévenu. La duchesse d'Angoulême, à qui Georgine a fait directement appel parce que son statut de fille de Louis XVI la place au-dessus de tous, fait répondre qu'elle « ne peut rien » et ne veut plus en entendre parler ; elle, si pratiquante, renonce même à la messe pour ne pas risquer de croiser un parent de Charles !

Mon nom et ma destinée étaient liés à son nom immortel

Antoine est transféré à la Conciergerie, sous le palais de justice : une chaise, une table et deux baquets répugnants, murs couverts de paroles désespérées écrites au charbon. Protestant avec véhémence contre son traitement, il prétend qu'on va le faire mourir avant sa condamnation et obtient un changement de cachot, au plafond plus bas mais doté d'une cheminée, avec davantage de lumière pour lire. Le concierge lui explique qu'il n'a pu le placer là plus tôt car Charles était enfermé dans la cellule contiguë ; or on vient de le transporter à l'Abbaye, à l'angle de la rue du même nom. Antoine voit le cachot occupé par son camarade, « si étroit qu'il ne pouvait pas même le parcourir en long, seule distraction qui lui fût permise, puisqu'il était privé de livres, de journaux et même de toute correspondance. »

Le concierge le dérange dans ses rêveries ou lectures dix fois par jour. Autour de lui, ce ne sont que vociférations, glapissements de mégères et tricoteuses de tout poil. Collé à la cour des femmes – son cachot est proche de celui de Marie-Antoinette –, il ne peut s'empêcher de s'apitoyer sur la malheureuse : « Je rougissais de me plaindre du sort qui pouvait m'être réservé en me représentant l'effroyable destinée d'une reine de France. Je suis certainement le premier qui ait exprimé hautement le vœu qu'on fît une chapelle de ce cachot. » C'est pourtant l'oncle de sa femme, premier mari de Joséphine, qui a signé l'ordre d'arrestation de la « veuve Capet ». Mais lui n'a jamais haï les Bourbons. Ils ont été remplacés, voilà tout ; par un monarque issu de la Révolution et qui a su la « dessouiller » en lui apportant l'ordre et la gloire. Ses anciennes lectures de Montesquieu le faisaient pencher pour une monarchie constitutionnelle. C'est pourquoi tant d'amis sont déterminés à le sauver, et ce dans les deux camps.

Au-delà de l'imagination des poètes tragiques les plus noirs

Charles et Georgine ne se sont pas revus depuis le départ précipité pour Riom, mais désormais la jeune femme a la permission de rendre visite à son mari à l'Abbaye. Celui-ci, toujours élégant et délicat, lui fait dire que si sa famille s'y oppose rien ne l'y oblige. Les Chastellux, au contraire, accourent pour l'aider. Leur empathie est palpable : Pauline avoue qu'elle est très émue par « tout ce qu'il peut dire de touchant et qui nous restera au milieu du cœur ». Par avance elle souffre du « supplice de Georgine, qu'aucune pitié n'adoucira jamais ». À l'inverse, la propre mère de Charles, paralysée par la honte, n'ose prendre sa défense. Un ami de la famille se lamente, n'ignorant pas l'extrême acharnement de la société et soulignant combien on se plaît à aggraver sa « faute » par des mensonges odieux. Pour lui les jeux sont faits. Ce qui attise sans doute la belle âme de Constant qui écrit à Mme Récamier que « tromper la confiance du malheur est affreux ». Ses principes ne s'appliquent pas qu'à la politique. Il n'aime guère hurler avec les loups et se voit, de toute façon, placé au ban de la bonne société pour ses palinodies. Même s'il a peu fréquenté Charles depuis dix ans, il vient le voir en prison. Ensemble ils évoquent les années Coppet, lorsque Benjamin incarnait le sultan dans *Zaïre*, la pièce de Voltaire. Constant le juge calme et courageux. Il souhaite le défendre pour la beauté du geste, mais aussi parce que celui-ci lui demande de le disculper, au moins devant l'opinion publique. Benjamin serait poursuivi par le remords s'il ne le faisait pas ; au fond il sait bien que son ami ne peut être sauvé.

Adepte des causes perdues, il publie dans *L'Indépendant*, qui passe pour l'organe de Fouché, une courageuse défense qui tient en une phrase : sa défection a seulement anticipé d'une semaine celle de toute l'armée ! « Là où le nombre de coupables est infini, d'après Grotius et Pufendorf, l'amnistie pleine et entière devient légitime, nécessaire, et la clémence est inspirée par la justice. On est justifié, non sous le *point de vue de la morale*, qui ne permet jamais de tolérer la violation des principes et l'infraction des devoirs, mais sous le *point de vue politique*, lorsqu'on a plusieurs millions d'hommes pour complices. » Charles, rappelle-t-il, n'est pas, lui, un transfuge. Il n'a servi que sous Napoléon, connaissait à peine le roi, avait « l'excuse de l'entraînement, des souvenirs et des habitudes, celle du prestige que la gloire et le malheur exercent sur une imagination ardente et exaltée qui persuade aisément qu'on obéit à la voix du devoir… ».

Naturellement, quelques jours plus tard le journal est supprimé par le ministre de la Police. Il faut en finir avec la minorité factieuse. À la place est placardée dans Paris une adresse anonyme condamnant Charles sans appel : il « a donné un exemple que d'autres ont pu suivre, mais qu'aucun autre n'eût donné… ». En creux, n'est-ce pas aussi un très beau compliment ? Mais les enragés du drapeau blanc n'ont pas ces subtilités : ils applaudissent. Gabrielle, la sœur de Georgine, raconte qu'ils répétaient sans cesse : « Il faut qu'il périsse », ce traître à sa caste ! « Ah ! Quels temps horribles que les temps de révolution ! ajoute-t-elle. Comme ils faussent l'esprit ! Comme ils dénaturent le cœur et le rendent barbare !… » Balzac confirme, et cite plusieurs fois Charles dans *La Vendetta*.

Des proches du prisonnier, dont la mère de Flahaut et des officiers auxquels s'associerait Hortense, envisagent en dernier recours une évasion, moyennant la corruption du concierge de l'Abbaye. La vertueuse

Georgine est prête à vendre ses bijoux puis s'interroge : effrayée par ce projet, elle préfère y renoncer. D'autant que Charles, en homme d'honneur, n'a pas voulu s'y prêter. Si l'évasion rate, elle obère toute chance d'obtenir une grâce s'il est condamné. Et puis Decazes, approché, a joué double jeu : il a fourni deux passeports en blanc mais a fait prévenir le concierge. Trop risqué ? Comme tant d'autres, il souhaite faire oublier son passé impérial mais répugne à avoir du sang sur les mains. Lui aussi doit donner des gages aux ultras, par exemple en soldant au plus vite cette épuration politique.

D'après son beau-frère, « Georgine est dans un état d'angoisse qu'on ne peut décrire ; elle pleure, elle prie, elle court, elle implore le secours et la pitié… On n'ose pas lui dire que toute démarche est inutile… Son état composé de l'exaltation de la pitié, du royalisme et de l'amour, est au-delà de l'imagination des poètes tragiques les plus noirs. Je crois que Georgine ne pourra rien faire aux Tuileries, tous les ordres sont donnés de ne pas la laisser approcher… Elle passe la journée à écrire des lettres déchirantes ou à courir, et la nuit à avoir des attaques de nerfs… Vous ne pouvez vous peindre son agitation, son inquiétude ; elle n'a plus de lait, pleure toute la journée et personne ne peut lui apporter de consolation d'aucun genre… »

Et ce n'est pas cette réponse de Wellington qui lui redonne espoir : « Impossible de prendre une part plus sincère aux malheurs de votre cruelle position ; j'en apprécie vivement toute l'étendue, et je serais heureux, si je pouvais y apporter le moindre adoucissement. Mais dans la situation où je me trouve, il n'est pas en mon pouvoir d'intervenir dans la marche des tribunaux français ni d'exercer sur leur action la moindre influence. » Après ces lettres à la Ponce Pilate, évasives au possible, elle et le prisonnier reçoivent chacun une missive de la mystérieuse, autant que mystique, égérie du tsar, jadis amourachée de Charles à Coppet : « Ah ! Si vous l'aviez vu, assure-t-elle à Alexandre Ier, qu'il était beau, qu'il était admirable ! Noble tête, physionomie expressive, regard plein de feu, chevelure majestueuse, cœur sensible, esprit étincelant… » À Georgine, elle réserve des paroles décourageantes tout en l'accablant du délire de ses illuminations : sa « voix » lui interdit de se mêler à cette affaire « au nom de la résignation chrétienne ». Et de se contenter de faire livrer une bible au reclus…

La mère de Georgine se résout alors à solliciter le soutien du roi : « Sire, lui écrit-elle, ma consolation était d'être aux pieds de Votre Majesté. Pouvais-je m'attendre d'y être suppliante, et pour un tel crime ! Toute mon âme se révolte. Mais ma malheureuse fille déchire mon triste cœur ; cependant je n'avais pas osé mettre mes douleurs aux pieds de mon roi et invoquer sa miséricorde avant qu'il eût satisfait à sa justice, mais présentement j'espère qu'elle daignera me permettre de parler à son cœur, à sa bonté et d'y recommander une jeune femme, douée de tous les charmes, de tous les bons et délicats sentiments et qui nourrit encore un enfant de huit mois, et qui l'un et l'autre vont se trouver à leur entrée dans la vie, sans nom, sans existence, sans patrie et courbés sous le poids d'un malheur que rien ne peut faire supporter.

« Je suis bien éloignée de vouloir soustraire son trop coupable mari à un jugement, à une punition sévère, mais s'il était possible que, par pitié pour son âge et surtout pour sa touchante femme et son malheureux enfant… cet affreux cachet qu'il m'est impossible de prononcer ne fût pas légalement imprimé sur leurs têtes, je pourrais encore exister au milieu de mes douleurs, du déchirement de mon innocente fille, et bénir Votre Majesté de ne pas l'avoir condamnée à la honte, à la séparation de toute société et peut-être à la mort… » Cette lettre ne parvient au roi qu'au lendemain du jugement. Mais la donne peut-elle être changée ? Le roi a beaucoup pardonné les infidélités passées, a même failli nommer Carnot ministre. En outre il est sous pression, la pression implacable des ultras qui estiment que le roi est presque aussi bonasse que Louis XVI, quand il faut maintenant se revancher avec fermeté. « Être un bon homme, soit ! Mais un niais, non ! » résume Chateaubriand.

Il est en France deux dispositions…

Il n'y a plus de doute, la balance de l'opinion est lourdement retombée du côté de la réaction. À la surprise générale, les élections législatives vont d'ailleurs être remportées par une majorité plus jeune, plus royaliste que le roi et plus intolérante que jamais. La France des notables, la seule qui vote, veut sanctionner les Cent-Jours, même si l'abstention participe aussi de ce résultat. Fouché, bon commentateur politique, avance une autre raison : « Il est en France deux dispositions dont on ne tient jamais assez compte dans les crises politiques… Celle des vaincus à se décourager et s'abstenir ; celle des indifférents, des indécis, à se jeter aveuglément dans le courant du jour, quel que soit ce courant. »

Avant même ce triomphe, les ultras se sentent déjà pousser des ailes. À Gand, leur roi de cœur, le comte d'Artois, s'exclamait quelques semaines plus tôt : « Nous voilà encore une fois dehors, et à qui la faute ?… Aux principes qu'on n'a pas voulu admettre, ou à mes amis qu'on a pris tant de soin d'écarter ? » Pas de présomption d'innocence ! Ce trône encore branlant des récentes secousses doit être affermi. Les cris d'orfraie jaillissent de toute part : cette fois ils ne veulent rien lâcher. Il faut une saignée bonapartiste pour purger le corps malade de la monarchie et lui rendre sa vigueur d'antan.

Attaqué par le froid de l'automne, Antoine ne songe qu'à entretenir l'âtre. Pour un homme aussi sociable, si apprécié pour ses talents de conteur, son art de la conversation et ses reparties spirituelles, cette solitude est un supplice. Ses pensées se tournent désormais vers le sort infamant réservé à l'Empereur : « Mon nom et ma destinée étaient liés à son nom immortel ; et puis ses souffrances n'étaient-elles pas plus violentes que les miennes ?… La vengeance des rois s'appesantissait sur nous deux, et je trouvais consolation et gloire à la partager. Cette pensée m'a constamment soutenu, et m'a sauvé de toute faiblesse. L'idée qu'il lirait mon procès, que ma mort était une émotion pour lui, que je me montrais digne de son attachement et de sa confiance, m'exaltait sans cesse. » Sait-il qu'au même moment Napoléon s'inquiète de son sort, de celui de Charles aussi, victimes de leur fidélité ?

Faites entrer l'accusé

Le conseil de guerre, ancien hôtel d'une maîtresse du Roi-Soleil, doté d'un porche imposant, était situé rue du Cherche-Midi, à l'angle de la rue du Regard. Le procès s'ouvre alors que l'avocat de Charles n'est pas prêt – on ne lui a pas communiqué les pièces. De toute façon le prévenu veut lire lui-même sa défense. Gabrielle la juge « très bien et très touchante », assumant ses choix. L'accusé prévient : « Lundi on me jugera ; mardi j'appellerai en révision ; mercredi l'on examinera les pièces ; jeudi le conseil s'assemblera ; vendredi est un jour malheureux. »

L'engrenage fatal est en marche. En cette triste matinée, Constant se désole de son impuissance. Il n'y a « rien à faire au milieu d'une réaction inévitable de cannibales ». Un autre de ses amis confie à sa mère : « Ce malheureux, avec lequel tu sais que j'avais longtemps joué la comédie, sera presque inévitablement fusillé, c'est une des victimes que les royalistes demandent avec le plus d'acharnement. »

Aucun officier n'ayant accepté de présider ce conseil de guerre dont la sentence est déjà acquise, on a fait appel à un contre-révolutionnaire grand teint, Ferdinand de Bertier de Sauvigny, à la fois fils de l'intendant de Paris et gendre du contrôleur des finances Foulon, qu'Antoine avait vus se faire massacrer avec la dernière barbarie après la prise de la Bastille. Ancien proche du prince de Condé en émigration, et désormais du comte d'Artois, aide de camp du duc d'Enghien et dans quelques jours député ultra à la Chambre introuvable, il coche toutes les cases puisqu'il est aussi cofondateur de la société secrète des chevaliers de la Foi, une franc-maçonnerie royaliste : bref, le *nec plus ultra* des ultras. Pour affiner son profil, il faut ajouter qu'il est peu porté sur l'indulgence, encore moins à l'impartialité, malgré un *curriculum vitæ* parlant : « États de service, actions d'éclat : néant ». En résumé, celui qui va « officier » est sectaire et fanatique. Et le jury incompétent – n'aurait-il pas dû se réunir à Grenoble ? En outre, son président devrait en principe être au moins aussi gradé que Charles, ce que ne relève pas, hélas, l'avocat de l'homme à abattre. Son hostilité est renforcée par une presse qui veut complaire et conchie l'accusé jour après jour. Tout le monde réclame la rigueur la plus extrême, et une tête en particulier : la sienne. En termes de juge et partie, impossible de trouver meilleur contre-modèle.

Dans la salle bondée, qui ressemble, dira Lamartine, à la scène d'un amphithéâtre « préparé pour un combat du cirque », se tient une foule malveillante cantonnée dans les galeries dévolues au public : des élégantes du « noble faubourg » rivalisant d'imprécations, appuyées par des royalistes du lendemain cherchant à se faire pardonner leur impérialisme de la veille à coups de mouchoirs blancs portés avec ostentation. Figurent aussi des étrangers, dont le prince royal de Prusse, le prince d'Orange, le prince de Wurtemberg, des généraux anglais et allemands en uniformes rutilants, des ambassadeurs des puissances européennes assis derrière les juges, comme pour les surveiller. Charles est donc en passe d'être condamné par toute l'Europe, une Europe qui veut en profiter pour anéantir, à travers ce général félon, la France révolutionnaire et le monstre qu'elle a enfanté : l'Empire. Dans cette assemblée, et jusque dans la rue du Cherche-Midi, tous sont venus assister à la curée. Quitte à oublier les bonnes manières. Vingt ans qu'ils attendent le moment des représailles, cette « légitime » revanche refusée par le roi l'année précédente.

« Faites entrer l'accusé », ordonne Bertier de Sauvigny, les sourcils froncés. Il est neuf heures du matin. Autour de Charles, des regards de haine. Il est seul et il le sait. Malgré la redingote verte, portée depuis le jour de son arrestation et qu'on ne lui a pas laissé le loisir de changer, il affiche une dignité naturelle. « Quels sont vos noms, âge, qualité, lieu de naissance ?

— Charles François Angélique Huchet de L., vingt-neuf ans, né à Paris, officier. »

On ne lui reconnaît pas son récent titre de général ; pour le tribunal il reste colonel. « Quel était le but de votre retour à Paris ?

— Je n'en avais pas d'autre que celui d'embrasser encore une fois ma femme et mon enfant.

— Pourquoi ne portiez-vous pas la cocarde blanche ?

— Parce que je voyageais en bourgeois.

— Qui vous avait fait colonel du 7e de ligne ?

— Le roi m'avait donné l'emploi, mais non le grade, dont j'étais revêtu auparavant.

— Le roi ne vous avait-il pas nommé chevalier de Saint-Louis ?

— Jamais. Je suis officier de la Légion d'honneur…

— Quel drapeau avait reçu votre régiment ?

— Un drapeau blanc ; mais comme je ne l'avais pas encore rejoint à cette époque, je ne lui ai jamais prêté serment. »

Cette affirmation est d'une importance primordiale car, formellement, elle l'innocente du crime de trahison. A-t-il jamais caché ses préférences ? « Où avez-vous appris le débarquement de Bonaparte ?

— À Chambéry.

— Quels ordres avez-vous reçus à Chambéry du général Devilliers ?

— L'ordre de me porter avec mon régiment sur Grenoble. J'y arrivai, et le régiment bivouaqua sur le rempart. »

Se tournant vers le général Devilliers : « Lorsque j'ai eu l'honneur de voir le général, je lui ai demandé de vouloir nous communiquer les motifs d'un départ qui excitait beaucoup d'inquiétudes.

— C'est vrai, confirme Devilliers.

— Apprenant le débarquement de Bonaparte, je dis que cette nouvelle me paraissait bien extraordinaire. Je demandai si vous le saviez officiellement. Je demandai si votre ordre de mouvement venait de Paris…

— Je répondis, je crois, en montrant l'ordre de mon chef. Je puis ajouter que vous m'avez dit plusieurs fois : “Je crois que c'est une mystification”, je puis l'attester. Je m'en souviens parfaitement.

— Par quel ordre votre régiment quitta-t-il son poste pour se porter sur la route de Gap, par laquelle Bonaparte arrivait ?

— Par mon ordre.

— Quel cri proférâtes-vous en donnant l'ordre de se porter en avant ?

— Le cri de “Vive l'Empereur !”. »

S'il avait donné l'ordre de tirer sur l'Empereur, aurait-il été obéi ?

« Avez-vous déchiré votre cocarde blanche et pris la cocarde tricolore ?

— Non, je n'en avais pas.

— Le général Devilliers n'a-t-il pas employé la voix de l'autorité et de la persuasion pour vous ramener au devoir ?

— Oui, le général me parla de mon avenir que je sacrifiais, des suites désastreuses que pouvait avoir ma démarche, et des liens de famille qui, selon lui, devaient me retenir. Je lui répondis que les liens dont il me parlait m'étaient bien chers, que je savais que je les sacrifiais tous, mais que je croyais que l'intérêt de mon pays me paraissait devoir l'emporter sur tout. Je le laissai haranguer le régiment aussi longtemps qu'il lui plut et, quand une soixantaine d'hommes de l'arrière-garde sortirent du rang pour rentrer en ville avec lui, je ne fis rien pour les en empêcher. »

Connaissant sa droiture et redoutant ses emportements, Georgine lui a demandé de ne compromettre personne, même pour sa défense. Les témoins défilent, confirmant sobrement ses dires. Le général Devilliers fait même remarquer qu'à Chambéry Charles a voulu retarder l'heure du départ de ses troupes, redoutant l'inévitable confrontation avec l'Empereur. Ce témoignage seul devrait le disculper de toute préméditation. Mais le rapporteur accable celui qui, à l'entendre, a au contraire tout manigancé en apportant avec lui la fameuse aigle. Moyennant quoi, il réclame une sanction exemplaire pour un traître aussi vil : la peine de mort.

Charles a préparé sa défense dans sa cellule. Elle commence par une tirade au sujet de l'honneur, son honneur, celui de son nom, celui de sa femme et de son fils. « Messieurs, mon honneur est attaqué autant que ma vie… Je sens le besoin impérieux de le défendre… Une femme, modèle de toutes les vertus, est blessée dans le nom qu'elle porte… Mon honneur est aussi l'héritage de mon fils ; au moment où la raison lui viendra, faudra-t-il qu'il maudisse le jour de sa naissance ? Non, je me flatte que non. Elle passera dans vos cœurs, messieurs, cette conviction intérieure que j'ai, que je proclame hautement, dans ma pensée, dans mon action : l'honneur est intact. »

Après ce beau préliminaire, il veut se justifier, tenter d'expliquer que son écart disciplinaire est le résultat d'un choix profondément dicté par sa conscience, et en aucun cas ce que l'on appelle dans l'armée celui d'un avancitard : « J'ai pu me tromper sur les véritables intérêts de la France ; de glorieux souvenirs, un ardent amour de la patrie peut avoir parlé à mon cœur un langage chimérique, des illusions ont pu m'égarer, mais la grandeur des sacrifices que j'ai faits prouve qu'il n'entrait dans ma conduite aucun motif d'intérêt personnel. »

Dès lors, peut-on parler de trahison politique ? Ses juges savent bien que non. Mais ils ont décidé d'interpréter ses paroles comme de « vains raisonnements », de « futiles excuses ». Charles reprend : « Qu'on ose m'imputer des pensées d'un intérêt individuel ! Messieurs, ceux qui tiennent à mon égard ce langage ignorent ou veulent oublier les douces chaînes que j'ai brisées. Le sentiment qui m'a fait agir doit s'ennoblir aux yeux mêmes de ceux qui seront forcés de le condamner par la grandeur du sacrifice que je suis bien obligé de faire. »

Puisqu'il n'est pas encore interrompu, il en profite pour faire son mea culpa : « Les étrangers verront encore, je l'espère, une grande nation de Français réunis autour de leur roi. Peut-être ne suis-je pas destiné à voir ce spectacle. Mais j'ai versé mon sang pour ma patrie et j'aime à me persuader que ma mort précédée par l'abjuration de mes erreurs pourra être de quelque utilité. »

Un ange passe…

Sa fidélité, précise-t-il, ne présente aucun caractère hostile à l'encontre du monarque : oui, il reconnaît avec douleur qu'il a méconnu ses intentions. Oui, aujourd'hui il voit bien que ses promesses sont tenues et qu'il peut faire le bonheur des Français, même s'il n'est sans doute pas appelé à en profiter, ajoute-t-il non sans noblesse.

Reste encore à assener la pure vérité, à savoir qu'il n'a trempé dans aucun complot visant à faire revenir Napoléon de l'île d'Elbe ; d'après lui, il n'y a même jamais eu la moindre conspiration. Ses paroles sonnent vrai, dérangent l'accusation et, au-delà, le régime qui a tant besoin d'établir l'existence d'une cabale organisée pour expliquer ce retour triomphal de l'Ogre. Or ce retour, signifie Charles, doit tout aux seuls regrets des soldats pour la geste napoléonienne. Nul complot, mais plutôt, et le jury préfère ne pas l'entendre, la conjuration de toute une population, ça oui ! Quelle intrigue aurait pu assurer un résultat aussi spectaculaire ? Cette mission impossible, dit en creux la défense de Charles, est la preuve éclatante de la popularité de Napoléon. Une popularité provisoire, certes, qui s'est appuyée sur des erreurs, et parfois même une incurie, du gouvernement royal.

« Quand je reçus du roi le commandement du 7e régiment de ligne, explique Charles, je ne croyais pas que l'ex-Empereur pût jamais revenir en France. Je ne voulais m'occuper que de mes devoirs militaires, je voulais surtout m'attacher à inspirer à mes soldats un esprit de corps ; je n'aurais jamais essayé de faire oublier à ces soldats, que j'étais fier de commander, le guerrier qui, tant de fois, les avait conduits à la victoire ; mais je connaissais aussi le nom et les exploits de grands hommes qui ont illustré la maison de Bourbon, et je me serais fait un devoir et un plaisir de le leur apprendre... » À Chambéry, précise-t-il, les hommes qu'il conduisait ne connaissaient pas le nom de l'ennemi à combattre, mais « un bruit circulait dans les rangs et il était facile de juger par l'impression qu'il produisait que l'on ne pourrait point faire reconnaître comme ennemi l'ancien général, celui que l'on appelait encore le Petit Caporal ».

Pour finir, il en vient à la politique : « Je connaissais l'esprit public, dit-il d'un ton pénétré, il y avait du mécontentement... Si ma voix peut avoir ce caractère solennel que prennent souvent, dit-on, les accents les plus faibles à l'instant de la mort, les réflexions que je vais vous soumettre ne seront peut-être pas sans utilité pour mon pays. Je ne nie point, je le répète, les faits qui me sont imputés, mais je crois qu'il est possible de les justifier.

« L'année dernière, ni la nation ni l'armée ne pouvaient plus souffrir le joug de Bonaparte : la première était épuisée par des sacrifices sans résultats, la seconde était lasse de guerres sans motifs. Tous les Français sentaient la nécessité d'un gouvernement réparateur. Où pouvait-on se flatter de le trouver, sinon dans le retour des Bourbons, dont le nom seul rappelait une longue suite de bons rois et de siècles de bonheur ? Aussi tous les vœux se réunirent en faveur d'un monarque auguste, victime du malheur, auquel la France ne pouvait adresser aucun reproche. La France espéra que le gouvernement paternel de Louis XVIII cicatriserait les plaies. Cette disposition générale des esprits et des cœurs éprouva un changement presque subit. Par une déplorable fatalité, une partie des espérances qu'on avait conçues se dissipa. On interpréta mal les discours, les actions de serviteurs fidèles, d'amis qui n'étaient entraînés que par de fausses idées et une connaissance peu exacte de la situation de la France, des propos imprudents répétés dans Paris excitèrent le mécontentement et répandirent l'alarme, l'esprit qui s'y montrait prenant ouvertement une direction contraire à celle suivie par le gouvernement… L'armée se trouva froissée par des mesures où elle crut voir la méfiance, et dans quel moment, messieurs ? Dans le moment où elle était malheureuse !… Bientôt l'attente de nouveaux bouleversements devint générale et un sombre nuage se répandit sur toute la France, trop habituée à de continuels orages. »

Pour Bertier, c'en est trop ! Voilà que l'accusé accuse ! Et il dérange car son constat est juste, appuie là où ça fait mal en démontrant que la première Restauration est la complice principale du retour de son ennemi juré. Sinon pourquoi les Français auraient-ils si vite changé d'avis ? « Le colonel a effectué une défection, assène Bertier. Cette défection en a amené beaucoup d'autres et une révolution s'est opérée… En vain l'accusé veut-il invoquer des considérations politiques et morales. Par sa conduite il a violé toutes les lois militaires. Qu'importerait que ces intentions eussent été pures. Qu'il regarde autour de lui les maux que sa défection a produits, et qu'il se juge ! Un poste lui avait été assigné, et il ne devait pas l'abandonner, même au péril de sa vie. C'était sur son cadavre que Buonaparte devait passer pour aller à Grenoble. »

Comme il faut à tout prix faire taire l'insolent qui ne décrit pourtant que la réalité, le président décide d'abréger : « Accusé, restez dans les faits de la cause. Vous êtes accusé d'un crime. Nous n'avons pas à nous occuper des motifs qui vous y ont porté. Le conseil n'a point à prononcer sur des motifs, il ne peut y avoir pour lui de crime innocent. » Charles tente d'esquisser un parallèle : « Je suis accusé d'avoir tué un homme… Si l'on entend des témoins pour prouver qu'il est mort, on doit me condamner ; mais si je prouve que je n'ai pas tué volontairement cet homme, on ne me condamne pas. »

Mais Bertier a décidé de faire l'idiot : « Pouvez-vous prouver que les faits dont on vous accuse ne sont pas vrais ?

— Je puis prouver que les faits dont on m'accuse ne sont pas de nature à me faire perdre l'honneur, et du moment où vous m'empêchez de me défendre, je suis exposé à perdre à la fois la vie et l'honneur. »

Alors que l'avocat de Charles fait remarquer que la défense n'est pas libre, Bertier maintient : « Que l'accusé se défende du crime qui lui est imputé, il est dans son droit, mais je ne souffrirai pas qu'il se livre à des discussions politiques, à des divagations inutiles ! »

À ces mots, Charles replie calmement ses feuillets et donne alors la seule réponse valable, d'une logique implacable, presque une leçon, prononcée d'une voix douce mais tête haute : « Comment voulez-vous que je combatte des faits publics, des actions que j'avoue ? Ma seule défense est dans l'examen des causes politiques qui m'ont porté à la conduite dont je réponds devant vous. Vous ne voulez pas m'entendre ? Je n'insisterai pas. Je dirai seulement que je mourrai avec l'espoir que mon souvenir n'éveillera jamais un sentiment de haine ou de honte ; que mon fils, arrivé à l'âge de servir son pays, n'aura pas à rougir de son père, et que la patrie ne lui reprochera pas son nom. » Soulagé d'avoir borné la tirade de Charles, le président le fait taire pour de bon : « Les débats sont clos. Faites retirer l'accusé. »

Ainsi la justice du roi décalque celle du Tribunal révolutionnaire : l'homme était jugé par avance. Cette fois l'assistance semble touchée. Le silence s'est installé, succédant au brouhaha du début. Charles retourne en prison pendant que le jury « délibère ». Accusé d'un quasi-crime de lèse-majesté, les termes officiels du réquisitoire ne peuvent être que terribles : « Les actes qu'on lui reproche tiennent le premier rang parmi les crimes qui ont privé momentanément la France de son roi… Attentat envers le monarque, attentat envers la nation, oubli des serments solennels, mépris des devoirs sacrés… » Charles, un Judas ?

Deux heures plus tard, il est déclaré absous de conspiration, ce qui est en soi une victoire, mais condamné, à l'unanimité, « à la peine de mort pour avoir prêté aide et assistance à l'invasion faite par Buonaparte et en réparation des crimes de trahison et de rébellion, à être préalablement dégradé, et à payer les frais du procès », « attendu qu'il n'avait point profité du délai de huit jours qui lui était accordé par l'ordonnance du roi pour rentrer dans le devoir » et qui a expiré… la veille de son ralliement. La sentence est rendue au nom du roi « Louis, par la grâce (peut-on encore employer ce mot ?) de Dieu, roi de France et de Navarre ». Son épée, sur laquelle figure gravée la mention *Colonel, c'est vous qui me replacez sur mon trône... Napoléon*, est brisée sous ses yeux en deux morceaux. Insulté par le public, jusqu'aux femmes qui le soir danseront avec ces officiers étrangers qui réclament vengeance du témoin de leurs défaites passées, Charles est jugé, comme on le disait familièrement à l'époque, sur l'étiquette du sac. Leur haine vaut bien celle des furies de la Grande Terreur, exprimée en termes si violents que Constant refuse de les reproduire dans ses mémoires.

Son attitude irréprochable, son stoïcisme sacrificiel ont tout de même ému de nombreux spectateurs. Quelques-uns pleurent. Pourtant royaliste, le *Journal de Paris* publie : « L'accent noble et ferme, la contenance à la fois modeste et assurée et le ton pénétré du colonel ont inspiré à tous les auditeurs un sentiment que ses juges auront partagé, qu'un courage si brillant et de si belles qualités n'aient pas été jusqu'à la fin consacrés au service du roi et de la patrie. » Mais il n'a connu que Napoléon ! On ne peut le comparer à Ney ! « Toutes les formes ont été violées, s'indigne une Chastellux, et le président Bertier a été d'une dureté qui a révolté tout le monde... »

Cette région lointaine séparée de toute contrée civilisée

Pour ne pas céder à cet abattement qu'il redoute, Antoine se repaît des dix-huit petits volumes de l'*Histoire de l'Angleterre* de Hume, comme Louis XVI au Temple, frissonnant à la lecture de la décapitation de Charles Ier. Bien que prisonnier « dans le séjour du crime », pour lui qui ne se considère pas criminel l'échafaud semble irréel. Aussi pense-t-il écoper, au pire, de quelques années de prison pour avoir devancé l'appel aux Postes. Pour l'heure, il s'évade par la pensée, « suivant dans une barque solitaire l'Empereur sur la route de Sainte-Hélène ». Tous les soirs, le concierge le bat aux échecs, après une longue partie. Antoine s'intéresse aussi à ses codétenus, donnant à cette occasion une intemporelle définition de la réclusion, « cette région lointaine séparée de toute contrée civilisée, une espèce de colonie du Nouveau Monde, régie par des lois brutales et despotiques… Pour y pénétrer, les passeports ne s'obtiennent qu'avec peine, et il faut s'y soumettre à d'humiliantes formalités, ne voir ses parents, ses amis, ses conseils qu'à travers de doubles barreaux qui les tiennent éloignés de plusieurs pieds, entourés de geôliers… ».

Le cœur de l'homme est une énigme

Charles a vingt-quatre heures pour faire appel, mais il ne le souhaite pas. Le condamné confie à son avocat : « J'ai fait ce qu'on a voulu : on a bâillonné ma défense, et je n'en mourrai pas moins fusillé sous les yeux des souverains alliés qui ont signé le traité de Paris. »

Mais ses proches, sa mère, Georgine, le supplient tant et si bien qu'il finit par céder et signer un pourvoi en révision. Sans aucune illusion, il sait que cela ne fera que prolonger leur angoisse. Au fond de lui, a-t-il l'infime espoir que les nouveaux juges ne se laisseront pas, eux, emporter par la passion ? Chez les Chastellux, une vieille tante croit que la clémence du roi « sera plus forte que les méchants ». De son côté Gabrielle note un revirement : « L'opinion se modifie, il me semble, d'une manière qui porte un peu à espérer ; étrangers et Français, on parle de son âge, de ses brillantes qualités, de cette femme si touchante, de cet enfant, un peu de nous ; on n'entend plus ces cris de sang et de vengeance qui étouffaient tout les premiers jours. Mais on ne peut se dissimuler qu'il y ait une terrible opposition à la Cour. »

L'immarcescible Georgine n'a jamais autant aimé son mari. Escomptant « atteindre ceux dont le cœur n'est pas perdu », elle remue ciel et terre, ne pouvant deviner que des dispositions sont prises afin que le roi ou Madame ne la croisent pas. Ils seraient bien capables de se laisser attendrir par une personne aussi émouvante et dont la famille a toujours été de leur côté. Charles conjure Georgine de rentrer se reposer. Épuisée physiquement et nerveusement, elle lui fait bien davantage pitié que lui, résigné à son triste sort. Mais, aiguillonnée par l'urgence, au comble du désespoir, elle veut tout tenter, jusqu'à la dernière minute.

Dès le départ de sa femme, Charles écrit ses dernières lettres : à sa mère, à sa femme, à sa belle-mère. La fin est proche. Il doit se préparer à la mort. Dompter un corps jeune et plein de vie. Son âme, elle, est prête. Elle a toujours été au clair, transparente comme l'eau pure. À l'aube il rédige son testament, mentionnant tout d'abord Flahaut. Puis il passe à sa famille : « Je veux que le portrait de ma chère Georgine que je conserverai sur moi au moment de la mort soit remis à mon fils. Je le confie à mon excellente seconde mère et la prie de ne le remettre à mon cher Georges qu'au moment qu'il pourra en sentir tout le prix. » Charles donne à son frère Henry, qui vient d'être nommé garde du corps du roi pour bien montrer que la monarchie n'en voulait pas à sa famille, la bague qu'il aura « au quatrième doigt de la main droite » et renfermant les cheveux du petit Georges, « son petit ange », ajoutant : « Qu'il soit son protecteur et qu'il lui parle quelquefois de son père. » Et aussi : « Je donne à H. de Chastellux le grand portrait de ma bonne, de ma trop bonne Georgine ; qu'il la soigne, qu'il la console, je la lui confie ; qu'il se rappelle quelquefois sans reproches son ancienne amitié pour moi. »

Charles aurait aussi adressé une lettre au roi, sans doute poussé par sa famille et dont il existe une trace, mais cette magnifique missive ressemble à un brouillon, ce qui laisse penser qu'elle n'a pas été envoyée : « Un jugement foudroyant, flétrissant, détruit mon existence, celle de ma femme, de mon fils. Au pied du trône de Votre Majesté, je m'abstiens de toute plainte pour le refus qu'on m'a fait de m'entendre, et s'il m'était défendu à jamais de perdre ma vie pour mon roi, je subirais mon arrêt de mort avec le même courage que je l'ai affrontée tant de fois : mais tous les sentiments de la nature m'appellent à la vie, me conjurant de leur rendre un fils, un frère, un époux, un père. Je ne puis leur résister et je demande ma grâce aux pieds de Votre Majesté.

« J'implore sa clémence. Peut-être la déclaration qu'elle a donnée pourrait appuyer ma demande : elle ne met hors du pardon que les instigateurs et les auteurs de la trame dont Votre Majesté prescrit la punition. La procédure, Sire, a prouvé que je n'étais ni l'un ni l'autre. Je l'ai dit dans ma défense, je le répète aux pieds de Votre Majesté. Mon esprit a égaré mon cœur, de faux prestiges m'ont entraîné, je suis au désespoir mais français et toujours français, je reporte à mon roi les sentiments de respect et d'amour dont je ferai profession jusqu'au dernier soupir. Oserais-je prononcer le mot de fidélité ? Oui, car le sentiment en est à jamais dans mon cœur. Je le jure à Votre Majesté si elle daigne me rendre aux vœux de ma famille, elle usera du plus beau de ses droits et je bénirai à jamais avec ma femme et mon fils l'acte protecteur qui nous aura réunis, consolé ma mère, mon frère et donné à Votre Majesté un sujet fidèle qui ne croira pouvoir réparer ses torts qu'en se rendant digne de sa famille par son dévouement pour Votre Majesté. »

Son esprit, dit-il, aurait égaré son cœur ? Ne serait-ce plutôt son cœur qui a égaré son esprit ? Et cette protestation de fidélité au roi, qui peut paraître étrange, n'est pas fausse : il en voulait et n'en veut encore qu'à l'entourage du monarque.

Charles a raison de se méfier des ultras : malgré dix motifs de cassation âprement défendus, la condamnation est confirmée. Les exaltés, qui voyaient en l'accusé la main de la trahison tendue à ses complices qui avançaient timidement depuis la Méditerranée, ont eu sa peau. C'est bien fini. On laisse trois pauvres heures au prisonnier, toujours serein, pour se recueillir. Se souvient-il alors de ses leçons de philosophie, lorsqu'il évoquait la connaissance de « cette étonnante créature que l'on appelle l'homme, et que la destinée redoutable tour à tour entraîne et poursuit » ? Ou de la lettre à son père dix ans plus tôt – il n'avait pas vingt ans – lors de son voyage de jeunesse avec Henry ? « Le cœur de l'homme est une énigme ; tantôt enivré de la vie, il en considère le terme avec horreur ; tantôt las, abattu, il supporte avec peine le cours de son existence, et en envisage la fin avec un plaisir inexprimable. »

Pasquier, garde des Sceaux et ancien préfet de police de l'Empire, a en main une demande en grâce, ultime recours. Georgine attend chez la baronne Pasquier le retour du chancelier avec l'angoisse qu'on imagine, mais il aurait fallu un miracle. Le ministre, bouleversé par l'échec de sa pénible mission et trouvant Georgine sanglotant aux pieds de sa femme, n'ose lui faire part de l'affreuse nouvelle : « Rien n'est encore décidé, madame. » « J'étais si profondément troublé, raconte-t-il, que je ne savais que dire. J'ai éprouvé dans ma vie peu de déchirements aussi cruels. » Car que demandait-elle ? En récompense des services de sa famille la permission de fuir dans une contrée éloignée, assortie de la promesse de ne jamais revenir. Mais, note-t-il avec subtilité, si son mari était gracié « aucun des autres prévenus ne pouvait être condamné » et « l'impunité absolue était possible ».

C'est finalement l'abbé Dulondel, ami et confesseur de la mère de Charles, qui informe la presque veuve du fatal jugement, avec moult circonvolutions et toute la diplomatie requise. Georgine demande deux heures de grâce supplémentaires comme un pendu s'accroche à sa corde. Elle s'échine à ignorer ses palpitations, veut rester concentrée sur la seule action qui vaille : sauver la vie de son mari. Son entourage unanime l'a pourtant prévenue : le roi est entravé. Fouché prend d'ailleurs soin de lui glisser que, s'il gracie Charles, on dira que c'est « grâce » à l'entremise de sa famille.

Raison de plus pour tenter l'impossible : « Qui accepterait de m'accompagner ? » demande Georgine.

Seule la duchesse des Cars, tante à la mode de Bretagne de Charles, pourtant ultraroyaliste et dont le mari loge au palais, accepte de se compromettre et lui donne le bras. C'est d'autant plus charitable qu'elle se souvient de l'« impétueuse jeunesse » de celui qu'elle trouvait dissipé, mauvais sujet. Entre la fière allure de la bienveillante duchesse et l'infinie dignité de Georgine, ni les gardes ni les huissiers n'osent leur barrer la route. Les voici postées devant le pavillon de Flore, d'où Louis XVIII va sortir pour sa promenade quotidienne. Lorsqu'il paraît, tête nue, Georgine vacille. La lourde démarche du souverain le conduit tant bien que mal jusqu'à la calèche. Ses « yeux couleur d'un bleu azuré et humide après l'orage », les plus beaux que Lamartine ait jamais vus, regardent fixement devant lui. Soudain, la fierté de Georgine s'évanouit ; elle se jette aux pieds du roi, espérant, comme le dit Gabrielle, que « son nom, les longs sacrifices de tous les siens pour la famille royale, l'exil avec Mesdames », filles de Louis XV, parleraient pour sa cause : « Grâce !... Grâce !... », gémit-elle, haletante.

Même s'il s'est déclaré « profondément affecté par cette triste affaire », Louis XVIII déteste arbitrer, qu'on trouble son repos, être dérangé dans ses habitudes. Harcelé sans relâche par les partisans de l'inflexibilité, il se contente de dire, visage fermé : « Madame, je connais vos sentiments pour moi et ceux de votre famille. Je regrette de vous refuser. Jamais un refus ne m'a tant coûté. Je ne peux qu'une chose pour votre mari ; je ferai dire des messes pour le repos de son âme. »

C'était donc cette réponse, l'illustration de la magnanimité « très-chrétienne » de Louis XVIII, frère du roi martyr ? Les « égarés », comme il les nommait il y a peu, méritent-ils le pire des châtiments ? Dernière chance, lui tendre une requête écrite avec soin sur du papier vélin : « Sire ! Votre Majesté daignera-t-elle souffrir à ses pieds la plus malheureuse de toutes les femmes ? Mon cœur est rempli de tous les sentiments auxquels les miens se sont toujours sacrifiés… J'ai espéré et désiré cet heureux retour qui était le premier objet de leurs vœux, et par une fatalité plus cruelle pour moi que pour tout autre, un funeste et criminel égarement a rendu mon mari trop coupable ; sa tête trop vive s'est exaltée, il a oublié tous ses devoirs… Ah ! Sire, si mon âge, un malheureux enfant que je ne nourris plus que de mes larmes peuvent toucher la sensibilité de Votre Majesté, si elle daignait penser à ma fidélité, à celle de tous mes parents dont elle fait toute l'existence depuis vingt-cinq ans, à mon respect pour la justice, qui m'a condamnée au silence jusqu'à ce moment qui est peut-être le dernier qui me reste, elle daignerait peut-être écouter sa céleste bonté. J'ose me jeter à ses pieds pour lui demander non sa grâce, jamais je ne l'oserais malgré mes profondes douleurs, mais sa vie, son enfant que je puis à peine tenir dans mes bras reprendrait la sienne s'il peut conserver sa mère. Ah ! Sire, vous n'aurez pas de sujet plus fidèle, il sera élevé à bénir son roi, à lui rendre grâce ; sa vie entière effacera et réparera les torts de son père. Ah ! Sire, pitié, pitié, je meurs de douleur ! » Signé « La trop malheureuse Georgine de… Chastellux », abolissant au passage le nom de son mari.

La jeune mère perd connaissance et s'affale sur le pavé, ce qui permet au roi de mettre un terme à cette pénible scène. Relevée par des laquais, elle rentre chez elle avant de se précipiter à l'Abbaye, éperdue, animée d'un terrible pressentiment, son bébé dans les bras. Accompagnée par Henry et sa femme, lorsqu'elle arrive place Sainte-Marguerite, Charles s'entretient calmement avec l'abbé Dulondel. Il lui tend les bras. Georgine s'y jette en poussant des cris déchirants. Mais déjà il doit partir. Un attroupement s'est formé devant la porte de la prison. Alors qu'il s'apprête à monter dans un fiacre entouré de gendarmes, les yeux agrandis par l'effroi, Georgine s'attache convulsivement à son mari, suppliante. Il trouve la force de s'arracher à elle en contenant son émotion : « Ma Georgine, du courage, il le faut. »

Un nouveau cri terrible lui échappe, qui lui fait lâcher son enfant et s'évanouir dans les bras de celui qu'elle voit pour la dernière fois. Il l'embrasse tendrement, puis la confie à un tiers et, profitant de son inconscience, fait fermer la portière de la voiture. À sa sœur Pauline de Damas, Gabrielle écrit : « Te figures-tu le déchirement de cette scène, tous deux si jeunes, d'une figure si touchante, l'une si innocente, et l'autre si justifié dans ce moment par le repentir et le malheur ? Il était beau et calme… Et il est parti pour cette plaine de Grenelle où toutes les voix de la société demandaient d'une manière si dure depuis quinze jours que son sang fût versé. » Pauline aussi se lamente : « Il faudra donc qu'un malheureux jeune homme, dont les scélérats ont abusé, paye seul la peine d'un crime où son égarement l'a entraîné, tandis que ceux… dont c'était l'horrible cause, parce qu'ils ont eu plus de présence d'esprit dans le crime, parce que, accoutumés à toutes les atrocités, ils savent se prémunir contre les dangers des revers et se ménager pour changer de rôle, se sauveront de tous les écueils… »

Au même moment, jusque-là trop anéantie pour entreprendre la moindre démarche, la mère de Charles, déjà en grand deuil, essaie enfin d'approcher le roi au retour de sa promenade qui l'a conduit près de l'Abbaye, où il a pris le temps de déplorer le sort de « ce pauvre L*** ». Mais il la reconnaît et la fait aussitôt écarter par ses gardes : « Pas de grâce ! Pas de grâce ! »

Il est cinq heures. Charles n'en a plus qu'une à vivre. Le dernier, le seul, qui aurait pu lui sauver la vie, c'était Decazes, le nouveau favori du roi, mais il est bien trop occupé à éliminer un Fouché qui ne voit même pas que le bellâtre œuvre pour prendre sa place en faisant du zèle auprès des ultras – lui aussi a un passé impérial à se faire pardonner. Le *Journal des débats* n'a plus qu'à transcrire les éléments de langage officiels : le roi a déclaré que si Charles « n'avait offensé que lui sa grâce serait accordée d'avance, mais que la France entière réclamait punition de l'homme qui avait attiré sur elle tous les fléaux de la guerre ».

La misère du lieu et l'angoisse de l'heure présente

Se promenant dans le préau bordé d'arcades à la Conciergerie, Antoine tombe à la renverse : il aperçoit Ney, qu'il pensait à l'abri à l'étranger, mais qui a été arrêté quelques jours auparavant dans le Cantal. Il comprend que le maréchal n'a pu se résoudre à quitter la France malgré un passeport complaisamment fourni par Fouché. Le « Brave des braves » arrive en prison à l'heure où Charles a rendez-vous avec la mort. Le colosse roux semble détendu. « Michel-sans-Peur », l'idole de la Grande Armée, s'imaginait que le manteau de sa gloire couvrirait sa faute. Deux jours plus tôt il a pourtant appris que Charles venait d'être condamné. « À mort ! » répète-t-il, incrédule. Sous le choc de cette révélation, il n'a pu proférer un son durant une demi-heure. Or ici la rumeur court déjà : Charles aurait été fusillé ! Croisant le maréchal un peu plus tard, Antoine remarque qu'il n'est plus aussi optimiste : « Puis ce sera vous, mon cher, et moi ensuite.

— Peu importe, qui de vous ou de moi tombera le premier, je vois qu'il n'y a plus de ressource. »

Antoine ne le reverra plus, mais l'entend jouer de la flûte toute la journée, une triste petite valse venue d'outre-Rhin, qui l'a beaucoup marqué. Mais aussi des morceaux plus gais « qui contrastaient, raconte-t-il, par leur accent pastoral avec la misère du lieu et l'angoisse de l'heure présente ».

Tirez, mes amis, et surtout ne me manquez pas !

Sous bonne escorte, Charles a pris la direction d'une autre morne plaine, située au-delà du Champ-de-Mars, sur la commune de Vaugirard, alors en bordure de Paris : la plaine de Grenelle. Il demande à éviter les rues de Grenelle et Saint-Dominique, où résident sa femme et sa mère. Or, au même instant, cette dernière attend le roi aux Tuileries et ne sait pas qu'il est déjà trop tard. L'ultime rouage de la tragédie vient de s'enclencher. Rue de la Varenne, l'abbé Dulondel lui lit des psaumes. Peut-être celui-ci ? : « Le méchant épie le juste/Et il cherche à le faire mourir. »

Il est six heures lorsque Charles descend, à la barrière de Grenelle – à l'emplacement du métro Dupleix, place Marcel-Cerdan. Après quelques pas il s'agenouille au pied du mur d'exécution, bordé d'une rangée d'arbres étroits, face au peloton. L'abbé lui donne l'absolution et lui tend un crucifix à baiser. Charles se relève : devant lui, il aperçoit quelques officiers amis dont le baron de Nervo et Jean-Baptiste Poret de Morvan – qui s'est distingué à Waterloo et est aussi celui qui s'est dévoué pour tester les sentiments du concierge de l'Abbaye ; tous deux lui ont chaque jour rendu visite en prison. Si Charles les a priés d'assister à sa mise à mort, c'est pour ne pas être uniquement cerné par des indifférents ou des ennemis. Il les embrasse en leur disant quelques mots. Nervo lui promet à voix basse de le venger de l'oubli et d'entretenir sa mémoire. Déjà il se tourne vers le peloton d'exécution, cette douzaine de vétérans qui vont le mettre en joue dans un instant, serrant la main de chacun de ceux qui vont lui ôter la vie. Illustration parfaite de sa noblesse d'âme, de sa noblesse authentique, fille de la chevalerie. Le voici maintenant qui, d'un geste de toréador, jette son chapeau, puis lance en souriant bravement : « On ne peut m'envier le plaisir de commander encore une fois l'exercice à de braves camarades… Mes amis, tirez, et surtout ne me manquez pas ! Vive le roi ! »

Ces dernières paroles diffèrent, comme souvent, selon les témoins : a-t-il vraiment prononcé ce « Vive le roi » ou a-t-il été inventé par les journaux ? Et ce : « Soldats, c'est ici qu'il faut frapper », en montrant son cœur ? Était-ce plutôt : « C'est là qu'il faut viser » ? « C'est là qu'il faut tirer », avait vaillamment lancé le légendaire Charrette, chef de cette Vendée contre-révolutionnaire, exécuté vingt ans plus tôt. Charles a-t-il voulu prendre modèle sur ce héros du camp adverse mais tout aussi fidèle que lui à ses idées ?

Il dénoue sa large cravate blanche et la tend en cadeau au sous-officier chargé de commander le feu. « Je ne puis rien accepter, la loi le défend.

— Prends, te dis-je, je t'en prie.

— Je vous obéis, mon général, mais ce sera pour vous couvrir la figure après votre mort. »

Refusant de bander ses yeux, il s'avance vers ses bourreaux par procuration et découvre sa poitrine presque à bout portant. Montrant encore son cœur, il commande une dernière fois, avec un sang-froid impressionnant : « Peloton !… Armes !… Joues !… F… »

Ce dernier mot, « Feu ! » expire sur ses lèvres dans le fracas des détonations. Charles de Labédoyère tombe foudroyé à six heures vingt-deux, un instant caché par les fumées de la poudre, une des balles fichée dans l'œil droit. « Un soldat jeune, bouche ouverte, tête nue… »

Labédoyère, dont le nom claque comme un étendard, est mort pour une certaine idée de la France.

Un quatrain retrouvé sur une guérite au bout de la grille du château de Versailles prouve qu'il a été compris :

Le bourreau de Favras, l'ami de Robespierre,
Vient de se signaler par de nouveaux forfaits ;
Il t'ose assassiner, brave Labédoyère,
Que te reproche-t-il ? D'être français.

Un des tireurs, dont certains ont les larmes aux yeux, baisse la tête en murmurant : « Ce n'est pas moi du moins qui l'ai tué, j'ai tiré en l'air ! »

Ce qui rappelle le « regarde si j'aurais pu te faire beaucoup de mal » du soldat du 5e de ligne à Laffrey. L'abbé Dulondel imbibe de son sang un mouchoir, ôte le portrait de Georgine qui ne le quittait jamais. Détail poignant : c'est en voyant l'abbé rentrer avec son portrait taché de sang qu'elle a tout compris. Il retire aussi la bague contenant les cheveux du petit Georges, enlève sa montre et coupe une mèche de ses cheveux pour sa jeune veuve de vingt-quatre ans, conformément à la volonté du défunt. Cette montre, tout comme sa chevalière sur laquelle est gravée sa devise *Honneur et fidélité* – il a demandé pardon de ne pas l'avoir respectée –, le médaillon contenant une mèche de ses cheveux dont Georgine ne s'est jamais séparée, enfin le crucifix qu'il portait le jour de sa mort, posé sur la fameuse cravate-écharpe, sont conservés chez Joséphine, au musée de Malmaison.

Victime de la raison d'État, ce patriote incandescent est tombé pour l'exemple. Pour avoir refusé de tirer sur son seul maître.

Pour avoir servi jusqu'au bout celui à qui le roi avait cédé la place.

Entracte

Les uns demandaient des vengeances,
les autres imploraient des gages. Ces gages
et ces vengeances étaient du sang... Louis XVIII,
par cette inflexibilité contraire à son caractère,
croyait prendre rang parmi les hommes d'État...
Napoléon ne lui avait laissé de supériorité
à conquérir que celle de la magnanimité...
Le sang de Labédoyère était offert
en satisfaction au parti du roi
et en réparation à l'Europe. Mais, s'il faisait
ce sacrifice à sa cour, Louis XVIII n'était plus roi,
et s'il le faisait aux puissances étrangères,
il n'était plus français.

Lamartine

Acte V

Comedìante, tragedìante

J'en appelle à l'histoire

Sa mise au secret a été levée, mais Antoine exhorte Émilie, toujours souffrante, à ne pas venir le voir avant la naissance de leur second enfant, espérant ainsi lui éviter un choc. Ils correspondent toutefois chaque jour. Affection sincère et profonde estime président à leur relation. Elle sait combien son mari est incapable du moindre acte délictueux. Déjà privé d'elle, lui ne peut computer la date de son procès, ce qui représente une torture supplémentaire. En revanche il reçoit des amis, ces nombreux amis qu'il a su s'attacher dans tous les camps au cours de sa carrière. Certains lui conseillent de s'arranger pour tomber malade afin de reculer les échéances et laisser aux passions le temps de se calmer, d'autres lui donnent de l'argent. Le plus assidu est le jeune Tascher de Sainte-Rose, cousin des Beauharnais : il passe des journées entières avec Antoine, soutient qu'il sera seulement condamné au bannissement et lui propose de s'exiler à la Martinique où il est né. Il parvient à le distraire avec des chants d'outre-mer en évoquant les brises légères de cette île, sa lumière, ses couleurs insolentes, et même à le faire rire en parlant le « cwéol ». De son côté Émilie reçoit aussi d'ostensibles visites de soutien : Corvisart, l'ancien médecin de Napoléon, qui n'a pas sa langue dans sa poche, mais aussi Larrey, le chirurgien de l'Empereur qui a révolutionné « l'art médical ».

Avant sa communion, comme il est de coutume de se faire bénir par son père, sa fille Joséphine obtient la permission de voir Antoine. Avec courage elle pénètre dans la sinistre Conciergerie, lieu peu conçu pour les jeunes filles, accompagnée d'une religieuse. La rencontre se déroule dans l'ancienne cellule de Marie-Antoinette, contiguë. À peine arrivée elle se jette à ses pieds en sanglotant. Antoine est surpris de sa réaction mais cette scène a l'avantage de lui ouvrir les yeux. Manifestement, sa position est très compromise. Bien plus qu'il ne l'imaginait. Pourtant d'après le célèbre Tripier, avocat de Louis Bonaparte lors de son divorce d'avec Hortense, il risque au pire quelques années de prison.

C'est alors qu'avec trois semaines d'avance Émilie donne difficilement naissance à un fils. Hélas, nouveau coup du sort : il ne survit que quelques heures. Or Antoine comptait sur cet enfant pour consoler Émilie de sa mort. Il plonge dans le désespoir. Un de ses visiteurs le presse dans ses bras : « Mon Dieu, s'exclame-t-il, c'est trop à la fois ! »

Dans le camp bonapartiste, les ultimes pages du livre semblent se tourner les unes après les autres. Apprenant sa déportation à Sainte-Hélène, prison transatlantique du bout du monde, Napoléon refuse de s'incliner et recourt à sa dernière arme, les mots : « J'en appelle à l'histoire : elle dira qu'un ennemi, qui fit vingt ans la guerre au peuple anglais, vint librement, dans son infortune, chercher un asile sous ses lois… Mais comment ? répondit-on, en Angleterre… On feignit de tendre une main hospitalière à cet ennemi ; et quand il se fut livré, on l'immola. »

Louis XVIII va maintenant pouvoir se débarrasser de Fouché puis de Talleyrand, employés à contrecœur par pur calcul. À son tour, il les a mystifiés, utilisés jusqu'à la corde. Il les a surtout pris à leur propre piège : ils peuvent disposer. Bien joué ! Talleyrand, sentant le vent tourner et soucieux de « sauver l'équipage en allégeant le bateau », selon la formule d'un historien du XIXe, a commencé par écarter Fouché en le faisant nommer à une médiocre ambassade. Il n'aura pas duré cent jours au ministère. L'embarcation tangue, et le « Diable boiteux », arroseur arrosé, tombe à son tour à l'eau. Il est remplacé à la présidence du Conseil par cet autre Richelieu de l'histoire de France, bien plus convenable que son prédécesseur.

J'espérais, chère amie, faire ton bonheur

Au moment de l'arrestation de Charles, Flahaut a eu une vision : son ami traversait sa chambre tout ensanglanté. « Charles ! Charles ! Arrête-toi ! Arrête-toi ! Mais il avait disparu. » Alors que la presse loue « le grand acte de justice » qui vient de s'accomplir, Benjamin Constant s'indigne dans son journal intime : « Le pauvre La Bed [*sic*] fusillé !!! » Le tsar Alexandre lui-même avoue avoir eu ses pensées entièrement occupées par l'infortuné durant toute la soirée. De son côté, une royaliste reconnaît avoir ressenti « un mouvement d'horrible joie », cette joie féroce éprouvée par les badauds du procès, avant de le regretter : « Me voici arrivée à une confession bien pénible. Je pourrais l'épargner puisqu'elle ne regarde que moi ; mais je me suis promis de dire la vérité sur tout le monde ; je la cherche aussi en moi… Il faut qu'on sache jusqu'où la passion de l'esprit de parti peut dénaturer le cœur… Enfin, me dis-je, voilà un de ces misérables traîtres punis ! Ce mouvement ne fut que passager ; je me fis promptement horreur à moi-même… C'est depuis ce moment, depuis le dégoût et le remords qu'il m'inspire que j'ai abjuré autant qu'il dépend de moi les passions de l'esprit de parti et surtout ses vengeances. » La reine Hortense s'épanche à son tour : « Quelle affreuse nouvelle… Encore un ami de perdu. Aucune voix ne s'était élevée pour lui… Infortuné jeune homme ! Que d'élévation dans l'âme !… Quel noble dévouement à son pays ! Que de désintéressement dans ses affections ! La France perdait un de ses meilleurs citoyens et moi je perdais un ami. » A-t-elle fait, alors, le rapprochement avec cette anecdote passée ? Un jour deux jeunes gens avaient failli s'entretuer lors d'un duel. Elle en était très secouée et ne pouvait contenir ses larmes. Charles lui avait alors dit : « Pour vous ce n'est pas une mort à envier, mais pour nous, pouvons-nous en désirer une plus belle ?

— Recevoir la mort par la balle d'un compatriote ? Ne désirez jamais cela.

— Mais tous les jours on se bat au bois de Boulogne… Et puisque Votre Majesté pleure sur ceux qu'elle ne connaît pas, j'ai l'espoir qu'elle pleurerait aussi sur moi. Ce serait ma récompense.

— Vous n'aimez que plaie et bosse, vous n'avez plus de balles étrangères à craindre puisque nous avons heureusement la paix ; ce ne sera jamais, je l'espère, des balles françaises qui vous atteindront. »

La mère de Charles, elle, a perdu un fils, et Georgine son mari. À la première Charles a laissé une lettre : « Je remets à M. Dulondel qui daigne m'assister dans mes derniers moments ce peu de mots qui vous expriment mon respect, ma tendresse, le regret des peines que je vous ai causées, du malheur auquel je vous fais participer. Il vient de me donner votre bénédiction et je crois que je vais mieux mourir. Adieu, ma chère maman, bénissez encore votre fils et pardonnez-lui. »

Puis il rédige un adieu de tragédie antique à la victime principale de son malheur, un poignant message, celui d'un Roméo à sa Juliette : « Reçois, mon adorable Georgine, mes derniers adieux ; mon dernier soupir sera pour toi. Chère amie, que je suis désolé de tout le malheur que j'ai fait peser sur toi, sur ta malheureuse famille et la mienne ! J'espérais, chère amie, faire ton bonheur ; l'idée de la douleur que je te cause est plus forte que la pensée de la mort… »

L'intention fait le crime

Traduit devant la cour d'assises trois mois jour pour jour après l'exécution de Charles, Antoine est saisi par la mise en scène en entrant au palais de justice : les jurés, comme le prévenu, vêtus de noir, font face aux magistrats, dans le silence le plus complet. Assis sur un banc de serge bleue, il cherche à sonder leur cœur en les observant un à un. Il lui semble discerner une certaine sympathie empreinte de gravité. Se fait-il des idées ? Suivant les conseils d'un huissier, il repousse les premiers noms sortis de l'urne avant d'accepter un scientifique qui a travaillé pour Napoléon. Puis un ancien émigré, pensant aussitôt qu'il va s'en mordre les doigts.

Comptant pour rien son passé d'officier, Antoine a été renvoyé devant cette chambre criminelle, quand il pensait seulement passer en correctionnelle. Décidément, aucun des trois principaux condamnés n'aura été jugé par le même tribunal : conseil de guerre pour Charles, chambre des pairs pour Ney. Le troisième larron est également accusé de complicité dans ce que le camp adverse nomme « l'attentat », autrement dit le retour de l'Empereur. Comment qualifier un oxymore, ce coup d'État pacifique, qui condamne plus sûrement les Bourbons qu'une défaite militaire ?

Lors de la séance d'ouverture, Antoine relate d'un ton tranquille sa vie politique, en spécifiant qu'il n'a jamais pris part aux crimes de la Révolution, ni à ceux dont on l'accuse maintenant. Le lendemain, commencent les débats. Lui, peut porter sa Légion d'honneur. Ce qui ne l'empêche pas de subir les attaques en règle de l'avocat général. Est-il coupable de conspiration ? À l'instar de Chateaubriand, ceux qui veulent lui régler son sort en sont persuadés : « Quand l'intrigue fut nouée au-dehors, elle se noua au-dedans… Sous l'habile administration de M. Ferrand », Antoine, véritable chef d'orchestre clandestin, « faisait la correspondance : les courriers de la monarchie portaient les dépêches de l'Empire. On ne se cachait plus ; les caricatures annonçaient un retour souhaité… ». Est-il, par ailleurs, coupable d'usurpation de pouvoirs, et donc d'attentat contre le roi ? À la première question, primordiale, chacun a bien compris qu'il n'a pas comploté. La correspondance entretenue avec l'Empereur déchu ? De simples vœux qu'il tenta d'envoyer à Napoléon à l'île d'Elbe. À chaque attaque il répond avec le calme de ceux qui ont la conscience tranquille. On l'accuse d'avoir repris le pouvoir ? Il rappelle qu'il a rencontré Sébastiani par hasard, qu'ils sont allés ensemble aux Postes. Il fallait bien assurer la continuité de l'État. Ferrand s'est retiré de lui-même. Antoine ne l'a pas chassé. La place était vacante.

« En séparant le complot de l'usurpation de pouvoirs, les jurés me sauvaient, raconte-t-il, puisque l'absence du crime laissait seulement la peine du délit. C'est ce que ne voulait pas le gouvernement, c'était la mort qu'il demandait aux jurés. » Selon Antoine, comme pour Ney, on avait murmuré à l'oreille des jurés : « Il importe beaucoup que le roi puisse faire un grand acte de clémence. Prononcez donc la peine capitale contre le prévenu. La vie lui sera conservée, la justice sera satisfaite, la société vengée, et la bonté du roi brillera de tout son éclat. » En définitive, les deux accusations sont réunies en une, ce qui permet une justice expéditive. Des témoins diront combien ils ont été choqués de voir le vieux Ferrand, celui-là même qui a été aidé par l'accusé à s'enfuir sans encombre après le retour de l'Empereur, aller jusqu'à évoquer, « pour faire tomber la tête d'un infortuné, le souvenir même d'un service qu'il avait consenti à leur rendre dans un moment de crise… ».

Le jury présente à Antoine le sauf-conduit par lui signé, le seul document officiel… Voilà la preuve qu'il a usurpé le pouvoir, alors que c'est Ferrand qui, paniqué à l'idée d'être capturé, a insisté pour qu'il signe à sa place ! Aidé par un Tripier brillant

(« l'accusé n'a point agi pour que Bonaparte entrât ; il a agi parce qu'il était impossible que Bonaparte n'entrât pas »), Antoine se défend fermement : il n'a repris ses fonctions aux Postes, trois mois seulement après les avoir quittées, que dans l'intérêt de la *res publica*. Et afin que les caisses ne soient pas pillées. Sur ce, le secrétaire de Ferrand ose se présenter pour témoigner que l'ancien directeur est arrivé rue du Coq-Héron en frappant le sol de sa canne et en déclamant qu'il venait reprendre ses fonctions, au nom de l'Empereur : « Tous ceux qui connaissent mon caractère posé et mon respect des bienséances, réplique Antoine, prononceront entre ce monsieur et moi. »

Pasquier, pour contrebalancer, plaide en faveur de son ami, déplorant en privé que le gouvernement, « emporté par la Cour », ne soit plus maître de ses destinées. Quelques humbles et courageux inconnus lui emboîtent le pas. Un ami de Constant s'étonne : « S'il est condamné pour de tels faits, quel est l'homme en France dont la tête est assurée ? » Mais l'avocat général demeure inflexible. Convaincu qu'on attend de lui une condamnation, il va jusqu'à tordre le bras du droit et dénonce littéralement un crime d'État, usant d'arguments d'une imbécillité aussi crasse que sombre, propres à figurer dans la bouche de Fouquier-Tinville : « Quiconque ne verrait dans cette cause que le fait de l'usurpation de fonctions ne verrait qu'un côté et détournerait les yeux de l'autre... L'accusé n'est pas venu aux Postes dans son intérêt ni dans l'intérêt de l'administration, mais pour servir Bonaparte... Il a préparé la marche de Fontainebleau, il a tendu la main de Paris à Fontainebleau... Quand l'usurpateur n'aurait pas eu besoin de ce concours, l'intention de l'accusé a été de coopérer à l'attentat de l'usurpation. L'intention fait le crime. » Ce sujet-verbe-complément d'objet direct devrait figurer dans tous les dictionnaires de la bêtise, et de l'injustice !

Il s'agit donc d'un procès « d'intention » ? Comment Tripier pourrait-il lutter face à tant de mauvaise foi ? Il tente bien sûr d'évoquer l'amnistie promise par la proclamation de Cambrai, mais toute défense est inaudible, inutile, non avenue.

Après cette séance éprouvante, Antoine retourne en prison, désillusionné, tandis que le jury délibère. Sainte-Rose vient l'y rejoindre. Une partie d'échecs, qu'il gagne pour une fois, ne parvient pas à ranimer Antoine, qui a perdu l'appétit. Soudain il saisit son insigne de la Légion d'honneur et prie Sainte-Rose de la donner à Émilie, arguant que s'il est condamné on la lui reprendra. Le jeune homme fond en larmes en le quittant. Antoine attend ensuite seul la sentence deux longues heures. Ce même jour, un traité est signé avec les Alliés, qui n'ont pas ménagé la France toujours occupée et revenue aux frontières d'il y a un quart de siècle. La Révolution et l'Empire sont aussi bien rayés de la carte que nuls et non avenus. Richelieu pleure des larmes de sang en le signant : contrairement à l'année précédente, la royauté restaurée ne protège plus la France de ses vainqueurs.

À minuit passé, devant la grise mine des gendarmes qui le raccompagnent au tribunal, Antoine s'exclame : « Eh bien ! Je suis condamné ? Un aide de camp de Bonaparte pouvait-il être acquitté ? »

Pas de réponse. Dans la salle presque obscure et surchauffée où il vient de pénétrer, nulle compassion, excepté chez le juré ancien émigré, qui vient de poser un mouchoir sur sa figure, sans doute pour masquer un mélange de honte, d'effroi et de tristesse. Le vacarme des débats est maintenant remplacé par un silence de mort. Personne ne bouge. Personne ne le regarde dans les yeux. La cour fait son entrée, le président prononce enfin la peine capitale, en l'appuyant comme il se doit sur plusieurs articles du Code pénal, ce qui donne un maquillage juridique à cette décision éminemment politique. La peine de mort pour une signature de passeports afin de rendre service à un royaliste ! Antoine, paraissant plus surpris qu'ému, lève les yeux au ciel puis s'adresse à son avocat, qui manifeste une vive douleur : « Eh bien ! Donnez-moi la main. » Puis il soupire en regardant l'heure – petite scène reprise dans *Le Rouge et le Noir* lors de la condamnation de Julien Sorel – pendant que la cour délibère un instant avant d'annoncer un délai de trois jours pour un éventuel recours en cassation : « Que voulez-vous, mon ami, dit encore Antoine à son conseil, c'est un coup de canon ! »

Est-il si surpris ? Non, même s'il pouvait à bon droit espérer un retournement salvateur. À cette aune, le réquisitoire n'était-il pas transparent ? « Le succès, même momentané, d'un attentat, doit se montrer accompagné de grands désastres, afin de confirmer les hommes dans des idées de morale, et d'effrayer par des exemples terribles ceux qui seraient tentés de douter de la justice divine. » La justice divine ? Au milieu de la consternation générale, il se lève et se tourne d'abord vers ses amis, les salue avec son chapeau. Avant de diriger son regard du côté des rares employés des Postes venus témoigner… contre lui : « Messieurs de la Poste, je vous fais mes adieux ! » paroles assorties d'un geste de la main élégant et doux.

S'est-il pour autant résigné ? Pas sûr. Après tout, en quoi est-il plus coupable que d'autres à qui on a déjà pardonné ? Pourquoi cet acharnement ? Ayant pris la précaution de ne pas se présenter avec sa Légion d'honneur, on oublie de la lui retirer. « Cet outrage seul aurait pu détruire le calme de mon âme », dit-il. Rentré dans son cachot, il croise le concierge : « Tout est fini », lui dit-il sobrement. L'homme, une brute pourtant, ne peut contenir un vif mouvement de recul avant de s'évaporer, comme si le condamné était contagieux. Antoine s'efforce de paraître calme mais il contrôle ses nerfs au prix d'un bel effort. Tripier, qui l'a rejoint, est rouge de colère et parle de déshonneur de la magistrature : huit voix sur douze en faveur de la peine capitale, seulement quatre esprits libres !

La condamnation d'Antoine, homme estimé et apprécié, surprend d'autant plus qu'elle entérine l'idée d'un complot davantage civil que militaire, alimentant les fantasmes des ultras, plus que jamais en force grâce à la nouvelle Chambre. Tripier voudrait que son client écrive à Louis XVIII pour obtenir sa clémence, mais Antoine est un homme autrement subtil : « Si le roi veut faire grâce, il attendra le jugement de la cour ; s'il est décidé à la refuser, il attendra encore ; il est donc préférable de ne rien changer à la marche naturelle de cette affaire. »

Dans la solitude de son cachot, Antoine porte moins beau. Il raconte avec beaucoup de dignité son angoisse, masquée par son apparence paisible. La peine de mort ! Ces mots le font frémir : « L'agitation de mon âme commença par l'explosion d'une vive indignation. » Habité par un violent sentiment d'injustice, il fait les cent pas dans sa cellule jusqu'à ce que le calme revienne. Puis se réfugie dans le sommeil. Il écrit aussi à son ancien compagnon d'armes le général Clarke, duc de Feltre. Toujours bien en cour, celui-ci était redevenu ministre de la Guerre de Louis XVIII après avoir été naguère celui de Napoléon durant sept ans : « Je n'ai réservé aucun secret pour vous ; j'ai tout dit à mes juges ; voyez ce que vous pouvez faire pour moi ; tâchez du moins de m'épargner l'horrible agonie de l'échafaud : faites-moi fusiller par les braves de l'armée ; la mort me paraît presque un bienfait. » Il reçoit en réponse une fin de non-recevoir dès le lendemain : « Il ne vous reste plus qu'à recommander votre femme et votre enfant à l'inépuisable bonté du roi. »

Quoi ? Celui qu'il considérait comme un ami, mais que Napoléon a voué à l'exécration de la postérité, l'abandonne ? Pris d'un accès de fureur, il décide de ne pas faire de recours en cassation : il faut maintenant en finir au plus vite. Il s'empare d'un poignard caché sous son matelas, lorsque le nouveau préfet de police en personne vient lui remettre, sans un mot, un billet du baron Pasquier, véritable ami, lui, qui avait cru bon de le retirer de la première liste des militaires afin de lui faire gagner quelques mois : « Conservez votre courage ; tout n'est pas perdu : plusieurs de vos amis entourent Sa Majesté, et tout ce qu'il sera possible de faire pour la toucher sera tenté. Espérez encore. » Toutefois Antoine n'est pas dupe des bonnes paroles de ses soutiens : « Je démêlais à travers leurs protestations, un découragement secret dont ils ne pouvaient triompher devant moi. » Pasquier, alors ministre d'État après avoir cumulé la Justice et l'Intérieur, lui rend souvent visite, à l'instar de tant d'autres téméraires... Proche d'Antoine, il l'avait contacté avant le retour de Napoléon pour lui demander s'il pouvait demeurer en sécurité à Paris ou s'il devait fuir. L'ex et futur maître des Postes l'avait rassuré et lui avait même proposé de lui prêter asile si nécessaire. Aujourd'hui la roue a tourné ; la crédibilité de Pasquier, garantissant qu'Antoine n'a pas comploté contre le roi, pâtit de leur amitié. Antoine a rendu quantité de services à quantité de gens. Sa bienveillance et sa simplicité, quand la proximité avec l'Empereur avait fait tourner bien des têtes, l'avaient rendu aussi aimable qu'estimable. Ses contemporains sont unanimes, c'est un « galant homme », « parfaitement bon », « le meilleur des humains ».

Et puis les miracles existent : dès le lendemain, le roi accepte de recevoir Émilie éplorée par la perte de son enfant. Tombée à genoux, elle écoute Louis XVIII se contenter d'une phrase qui n'appelle aucune suite : « Madame, je vous ai reçue *d'abord* pour vous donner une marque de mon intérêt. » C'est tout ? Comment doit-elle traduire ce langage tout diplomatique qui pourrait signifier une chose et son contraire, et qui ne dit surtout pas grand-chose ? Ce *d'abord* marque-t-il un premier degré franchi vers la grâce ou bien une fin de non-recevoir ? En se relevant, elle choisit de considérer que cet échange, sèchement refusé à Georgine comme à la maréchale Ney, est de bon augure. « Sa douleur, sa beauté, sa noblesse et la grâce de son maintien, malgré l'abattement sous lequel elle paraissait succomber, émurent toutes les personnes qui la voyaient, raconte Antoine à qui on a décrit la pénible séance. On se rappelait qu'elle était fille d'émigrés, et l'on ne doutait pas que la grâce fût accordée. »

"It soars and mingles in the air
With that of lost Labedoyere"

Tel un poète maudit, Charles, par sa mort, est transfiguré. Il fait bientôt l'objet d'un véritable culte : héros pour les bonapartistes, admiré pour sa dignité par les royalistes, pleuré par l'armée mais aussi regretté dans l'opinion. Un contemporain s'indigne : « Ne voyez-vous pas ce malheureux Labédoyère qui, du fond de sa tombe, vous demande raison de cette partialité qui n'a fait tomber que sur lui la peine d'un crime dans lequel il a eu tant de complices ? Il vous crie que la justice qui n'osa atteindre que lui est dès lors une justice révoltante. » La lectrice d'Hortense s'est toujours étonnée « que rien n'ait été écrit, ni sur sa vie ni sur sa mort ; car un si noble caractère était, suivant moi, digne d'une apothéose ». Sa dépouille, initialement dirigée vers le cimetière le plus proche, celui de Vaugirard, est ensuite transférée au Père-Lachaise, encore appelé cimetière de l'Est, 16e division, dans une tombe à l'écart pour permettre à Georgine d'y venir discrètement. La honte est encore telle…

Le monument est des plus simples et comporte une inscription gravée à l'arrière afin de ne pas attirer l'attention. Lorsque sa veuve s'y rend, en sanglots, elle trouve à chaque fois une foule de témoignages d'un culte qui a perduré : fleurs, couronnes, guirlandes, hommages. Mais le plus beau des tombeaux, c'est cette *Ode à Waterloo* dans laquelle Charles a droit aux honneurs du poète lord Byron, inspiré par le romantisme de son destin :

Nous ne te maudissons pas, Waterloo !
Bien que le sang de la Liberté arrose ta plaine ;
Là, fut-il versé, mais pas noyé :
S'élevant de chaque tronc sanglant,
Comme s'il jaillissait de l'océan,
D'un mouvement fort et croissant,
Il plane et se mêle dans l'air
Avec celui de l'infortuné Labédoyère
Avec celui dont le tombeau honoré
Contient « le plus brave des braves ».

Des vers qui méritent leur sonorité originale, en anglais :

It soars and mingles in the air,
With that of lost Labedoyere...

Malgré ces multiples soutiens, rien ne peut consoler la pauvre Georgine. « Une douleur si grande la dépassait qu'elle ne pouvait la réaliser », note un témoin. Effondrée, il lui faut du temps pour en mesurer l'horreur. À la mère de Flahaut elle décrit ses souffrances dans une longue lettre : « Ah ! Madame, je suis si profondément malheureuse ! Je m'étonne de vivre encore après un coup si affreux !... Mais c'est pour mourir et pleurer tous les jours ; vous savez peut-être à quel point je l'aimais et il me rendait heureuse. Sa conduite m'avait déplu mais n'avait pas changé mon cœur pour lui ; je ne respirais que pour lui ; j'aurais été trop heureuse de lui sacrifier ma vie partout où il eût passé la sienne.

Je me suis flattée qu'une démarche ostensible auprès du roi ferait un bon effet, que je lui rendrais la vie, et à moi un bonheur sans égal ; comme j'ai été douloureusement trompée ! Quelle affreuse barbarie !… Quel calme avait sa physionomie ! Pas une plainte contre ses assassins ! Ah ! Du moins que l'on rende hommage à sa mémoire, qu'on le disculpe des accusations fausses que l'on a portées contre lui ! Ne serait-il pas possible, madame, de faire rédiger un article en sa faveur ?… Ils veulent faire passer pour juste la plus grande des injustices. On n'a qu'à lire la *Gazette de France* pour s'en convaincre. C'est un assassinat épouvantable ; on devrait mettre de l'intérêt à ne pas laisser passer sous silence un semblable jugement, et à prouver qu'il n'était pas coupable des fautes qu'on lui imputait, puisque la proclamation du roi, datée de Cambrai, le mettait naturellement hors de la liste… »

Elle voudrait que les journalistes révèlent les « défectuosités du traitement » qu'on lui a réservé, qu'ils évoquent au moins l'héroïsme de ses derniers instants. Toute sa vie, elle n'aura de cesse de réhabiliter la mémoire de son mari, son nom entaché. Dans ses papiers, on a retrouvé cette déclaration poignante, où elle s'adresse à son cher disparu : « Ô mon Charles bien aimé ! Je ne te verrai donc plus, ô toi qui faisais tout mon bonheur, que j'aimais avec passion, dont le regard, la voix, me faisaient défaillir de joie… Ta voix chérie ne viendra plus frapper mon cœur… et j'existe encore, ma trop pénible vie résiste à toutes les douleurs, aux déchirements les plus cruels… Oh ! Charles, où es-tu ? M'entends-tu ? Je t'appelle et tu ne me réponds pas… Viens me dire si tu es heureux… Tu ne doutes plus maintenant de mon amour, tu sais que de combats mon cœur a dû soutenir… Ah ! Charles, il se sacrifiait pour toi et peut-être le jugeais-tu injustement, tu le vois maintenant tel qu'il est, c'est-à-dire tout à toi. » Elle voudrait le rejoindre mais ne peut abandonner leur enfant, condamnée à souffrir jusqu'à son dernier souffle.

Le conseil de guerre n'a pas fait une victime, mais deux.

Je suis un homme d'honneur, un homme de cœur

Après une longue séparation de quatre mois, Antoine reçoit désormais tous les jours la visite d'Émilie. Trop faible, elle se fait déposer quai des Orfèvres en chaise à porteurs jusqu'aux marches de la grande cour. Pâle et maigre à faire peur, elle se jette dans ses bras sans d'abord trouver la force de prononcer une parole audible. Lui peine à reconnaître la fraîche et froide jeune femme qu'elle était. Tremblante, elle réussit à lui raconter dans un murmure comment elle a compris son malheur en voyant arriver des proches en tenue de deuil, puis sa courte entrevue avec le roi, enfin sa rencontre avec Richelieu, qui juge Antoine injustement condamné et s'est engagé à demander sa grâce. Le président du Conseil s'est décidé à retourner faire antichambre au palais. Mais la colère du pavillon de Marsan, repaire des ultras qui attendent avec impatience le règne du comte d'Artois, est toujours incandescente un quart de siècle après la Révolution. Impossible de les faire refroidir. Face à ce déferlement de haine, un témoin dit que le monarque « ne se sentait pas assez fort pour écouter les inspirations de son cœur ».

Antoine veut avant tout préserver Émilie et, pour lui faire plaisir, accepte de recourir à la cassation. Bien qu'épuisée, profitant de ce nouveau délai, comme Georgine elle va s'acharner à sauver sa tête – au sens propre. Elle commence par voir le nouveau garde des Sceaux, un modéré qui a tiré son épingle du jeu à chaque changement de régime, mais qui ne peut rien, sauf pleurer avec elle. Antoine ne se fait guère d'illusions : « Les légistes auront beau tordre les textes, ils n'empêcheront pas que la faute qu'on me reproche ne soit avant tout une faute politique. » Cependant il semble avoir les nerfs solides. Suffisamment pour se décider à écrire une longue et belle lettre à un ami, presque un testament politique en même temps qu'un habile plaidoyer : « Je viens d'apprendre du fond de ma prison que vous avez bien voulu vous rappeler mon nom, et que vous avez mêlé à des expressions de compassion des souvenirs touchants d'une ancienne amitié… Ma tête est dévouée. J'ai pu entendre, sans trouble, l'arrêt fatal qui l'a proscrite. Mais, je vous l'avoue, ce n'est pas sans horreur que je me vois entouré de bourreaux et marchant à l'échafaud. Mourir, pour nous, vieux soldats, est peu de chose ; nous avons bravé la mort sur de nobles champs de bataille ; mais la Grève !… Oh, cela est horrible !… Si j'avais méconnu mes devoirs ; si, lié par un serment ou engagé par de simples obligations de position, j'avais cru les oublier, je serais coupable. Mon malheur est de ne pas avoir distingué la nuance délicate qui séparait l'intervalle de l'autorité légitime qui s'éloignait, de la violence qui la poursuivait. Hélas ! Notre éducation de sujets a été si mauvaise et si mal dirigée ! J'ai consulté le mouvement de mon cœur, ainsi que j'ai toujours fait, et la différence de quelques heures a suffi pour me jeter dans l'abîme…

« Je suis étranger aux malheurs de la France. Je suis étranger à l'infortune de notre souverain. Je me suis cru libre d'agir quand je n'ai plus aperçu les traces de l'autorité légitime et sacrée. Hélas ! mon général, aujourd'hui, ma malheureuse compagne est tombée aux pieds de Louis XVIII, dans cette même salle où, il y a vingt-trois ans, confondu avec les gardes suisses, je venais prodiguer ma vie pour Louis XVI et son auguste famille. Vous m'avez connu à l'armée peu d'années après… Occupé de devoirs obscurs, trouvant mon bonheur dans ma famille et dans la société de mes amis, j'ai laissé passer tranquillement devant moi tous les ambitieux… Mais l'échafaud pour une étourderie, tout ce que l'ignominie a de plus exécrable pour une erreur, oh ! mon Dieu ! la proportion n'y est plus… Dites au roi que je suis un homme d'honneur, un homme de cœur, un homme de sens, et que, dans ces temps déplorables, il faut distinguer la volonté malveillante de l'erreur précipitée. S'il faut livrer ma tête aux bourreaux, j'y suis tout préparé. Mais qu'y gagnera l'autorité ?… Quel avantage pour le souverain auguste qui s'honore du titre de petit-fils du grand Henri IV ? L'histoire a fait de sa clémence le plus noble et le plus brillant fleuron de sa couronne. C'est celle qui ceint la tête de notre monarque révéré.

« Hélas ! Cette vie si traversée de malheurs, cette vie si courte, il faudra la perdre ; mais, au nom de notre ancienne amitié, au nom de nos anciens périls, ne souffrez pas qu'un de vos anciens compagnons d'armes monte à l'échafaud ! Qu'un piquet de braves grenadiers la termine : en mourant, du moins, je pourrai me faire une illusion dernière : c'est au champ d'honneur que je vais tomber. »

Pourquoi cette lettre à Marmont, duc de Raguse, ami de vingt ans en compagnie de qui il était aide de camp à ses débuts ? Ne sont-ils pas brouillés depuis son ralliement aux Bourbons, tandis que sa défection a précipité la première chute de Napoléon ? Au roi qui lui avait demandé s'il avait cru perdre son bras en Espagne, Marmont avait répondu, et c'est digne d'un dictionnaire des meilleures citations courtisanes : « Oui, Sire, mais je l'ai retrouvé pour le service de votre Majesté »… On pouvait ici parler d'authentique trahison, au point qu'on allait forger le néologisme « ragusade ». Or ce Judas des bonapartistes vient contre toute attente de prendre fait et cause pour l'homme à abattre : « J'allais deux fois par semaine aux Tuileries, lui répond-il ; j'irai maintenant deux fois par jour ; je parlerai, je solliciterai jusqu'à l'importunité. Tout ce qui a du cœur se joindra à moi, et j'espère obtenir ce que je désire le plus au monde. » Antoine se montre très ému de ces marques d'amitié mais demeure pessimiste. N'est-il pas le détenteur de bien trop de secrets que sa mort étoufferait opportunément ? Comment deviner qu'il n'est pas comme les autres ? Qu'il ne les divulguera jamais ? Non, le camp royal est décidément inflexible. À Marmont qui demande sa grâce, le roi oppose ce qu'il appelait lui-même son « visage de bois » ; à un autre intercesseur il conseille de chercher « un moyen pour que la Chambre des députés ne nous embarrasse pas à ce sujet, et vous aurez la grâce ». Ce qui lui évite de prendre parti.

Pourtant c'est un tout autre discours qu'il tient au président du Conseil, commandé par le rapport de forces politiques : « La Chambre veut des exemples. Le lendemain du jour où l'on saura que vous avez obtenu de moi cet acte, vous serez brisé par la majorité et je serai forcé de vous sacrifier vous-même. »

Les fins de non-recevoir se succèdent. Même Richelieu, dont la famille a continûment servi les rois de France, ne peut se faire entendre… La grâce de l'ancien maître des Postes va-t-elle tomber *in extremis* au pied de l'échafaud ?

Antoine apprend à ce moment par un guichetier que Ney, dont le procès avait commencé peu après le sien, vient à son tour d'être exécuté : « Est-ce à la Grève, sur l'échafaud ? s'enquiert-il.

— Non, fusillé.

— Il est bien heureux ! »

Fallait-il exécuter Charles puis Michel pour pouvoir ensuite gracier Antoine ? Nombreux sont ceux qui pensent qu'il va échapper à la peine capitale après ces deux victimes expiatoires. Il faut que cela cesse. Mais les assoiffés de sang ne sont pas rassasiés. Ces vampires en veulent davantage.

Paralysé, cerné, assiégé par sa cour, Louis XVIII a-t-il la liberté de pardonner publiquement ? Sans doute pas. Une contemporaine raconte que si elle avait osé remettre en cause ces fusillades, elle aurait été lapidée ! Le duc de Berry, fils cadet du comte d'Artois, estime qu'il faut faire la « chasse aux maréchaux » et en tuer « au moins huit » ! Exaspéré, le souverain menace de le faire exiler pour rébellion. Même Chateaubriand croit bon de féliciter le roi après l'exécution de Charles : « Sire, vous avez saisi ce glaive que le souverain du ciel a confié aux princes de la terre pour assurer le repos des peuples ; vos mains royales ne s'étaient levées jusqu'ici que pour absoudre les coupables et pour répandre des bénédictions ; mais en sentant tout ce que cet effort a dû coûter au cœur du roi ; en pleurant avec Votre Majesté sur des hommes qui n'auraient pas pleuré sur nous, nous ne vous dissimulons pas que le moment était venu de suspendre le cours de votre inépuisable clémence. » Croit-il que la « sévérité paternelle » qu'il appelle de ses vœux vengera son cousin Armand, fusillé sous l'Empire pour royalisme malgré ses suppliques dans la plaine de Grenelle ? Voilà dans quelle ambiance Antoine espère être sauvé…

Émilie a eu beau rappeler au roi que son mari a favorisé le retour de nombreux émigrés, défendu la famille royale pendant la Révolution, fait sortir la gouvernante des Enfants de France du Temple et sauvé le valet de Louis XVI, rien n'y fait. Une trentaine de ses compagnons de l'époque ont beau témoigner qu'il a toujours aimé les Bourbons, qu'il a de ce fait été plusieurs fois dénoncé et n'a dû la vie sauve qu'à la fuite, aucun argument ne porte. Le monarque, de nouveau pris entre le marteau et l'enclume, entre ceux qui réclament la grâce d'Antoine et ceux qui exigent un châtiment exemplaire, trouve alors un moyen de se dégager de cet étau : si sa nièce, symbole de la royauté persécutée, accorde sa grâce, il se rangera à son avis. Or le cœur de cette femme blessée, plus tendre qu'il y paraît, se souvient de son long séjour au Temple, esseulée, abandonnée dans le froid et la peur. Elle a souvent fait libérer des prisonniers, lorsque leurs fautes étaient vénielles – dettes de jeu, etc. Que dirait-elle si elle savait combien le jeune Antoine s'est apitoyé naguère sur sa « mélancolie tout en maintien », quand elle était enfermée aux Tuileries avec ses parents ? Hélas, alors que Madame fait part à ses entours des bonnes dispositions du roi, de son mari et d'elle-même, ceux-ci poussent les hauts cris et baissent le pouce ; le comte d'Artois emploie les grands mots : si son jacobin de frère et ses ministres allaient au bout de cette démarche, ils déshonoreraient la famille et fragiliseraient la royauté. Les Cent-Jours n'ont-ils pas servi de leçon ? « Je l'avais prévu, constate Louis XVIII. Ils sont implacables, mais si je les bravais je n'aurais plus un instant de repos. » Les femmes de la Cour, qui avaient pris le deuil après l'assassinat du duc d'Enghien, sont sans pitié : « Leurs nerfs si sensibles n'eurent pas une émotion », raconte un témoin.

Et le couperet tombe. Comme pour Charles, le pourvoi est rejeté. Amable de Baudus, secrétaire du président du Conseil et ancien émigré, annonce la nouvelle à son ami Antoine en ménageant un peu d'espoir. N'a-t-il pas trois jours pour demander lui-même sa grâce au roi ? À nouveau, le duc de Raguse, en grand uniforme, se rachète en prenant le bras d'Émilie, accompagnée de la petite Joséphine, laquelle pourra peut-être attendrir un Louis XVIII de plus en plus fuyant. Aux Tuileries, où ils attendent sous les lourds lustres de la galerie de Diane, un garde du corps tente de les déloger. « Madame restera, réplique le duc avec autorité, puisqu'elle est ici. Je prends tout sur moi. » Sur ces entrefaites, le souverain paraît. Surpris, il ne peut plus faire demi-tour. Émilie se jette à ses pieds une nouvelle fois : « J'apprécie, madame, votre juste douleur, et j'y prends part comme je le dois ; mais j'ai des devoirs à remplir et ne puis m'en dispenser. »

Une autre version raconte qu'il se serait contenté d'un bref : « Madame, je vous plains. » Avant de passer son chemin, sans autre forme de procès, en dodelinant, cahin-caha. Marmont, qui selon certains mérite les galères pour cette tentative insolente, conclut : « Un symptôme de l'esprit passionné du temps, c'est qu'après ces paroles les gardes du corps s'abandonnèrent à l'inconvenance de proférer en cette circonstance des cris de "Vive le roi !" qui avaient quelque chose de féroce et sentaient le cannibale. » Ultime espoir : la duchesse d'Angoulême, qui juge que le grand pardon de son oncle a été bien mal récompensé, et qu'il est fort difficile de s'opposer à l'opinion. Alors qu'Émilie l'approche, elle s'affole. Ce refus, qui lui est imposé par les ultras, lui coûte car elle éprouve au fond une immense pitié pour cette femme innocente au regard de noyée. Pour autant elle n'entend pas céder. Sans prononcer une parole, elle étend ses bras, paumes ouvertes, telle une somnambule, avant de s'écarter prestement en retirant le bas de sa robe des griffes d'Émilie. Réduite au silence, dans cette affaire elle ne peut que s'abstenir.

Plus que quarante-huit heures. Y compris au sommet de l'État, nul ne parvient à se faire entendre. C'est la consternation. Le geôlier d'Antoine lui aussi est déboussolé et tourne en rond dans sa cellule. « On exécute d'ordinaire les condamnés le vendredi ? lui demande le prisonnier.

— Quelquefois le jeudi…

— L'exécution a lieu ordinairement à quatre heures ?

— Quelquefois le matin. »

Va-t-il finir ses jours comme un vulgaire condamné en place de Grève, l'actuelle place de l'Hôtel-de-Ville ? Il tente de se représenter la scène : les mains liées, la vue de la charrette, la foule à laquelle il est déshabitué, la tête sur le billot, et le sifflement du couperet qui brusquement s'abat ! Prenant sur lui, il s'échine à faire diminuer son rythme cardiaque jour après jour, au prix d'un effort progressif d'accoutumance. La fusillade est tellement plus noble que l'ignominieuse, déshonorante guillotine ! Si cela doit advenir, alors il lui faut au moins égaler la dignité des nobles qui en avaient subi le supplice sous la Révolution. Antoine songe aussi à Arcole, qui a marqué le vrai début de l'aventure. En profite-t-il pour passer en revue sa vie ? L'Égypte ? Les dix ans de guerre aux côtés de celui qu'il considère comme l'homme le plus foncièrement bon et d'une excessive indulgence ? Rivoli, Campo Formio, leurs multiples victoires ? Cette riche existence qui finit ici, à quarante-six ans, dans ce cachot ? Épouvanté par la façon dont on va le faire mourir, il s'enquiert chaque jour auprès de ses gardiens des détails les plus sordides. Par exemple ce qu'on appelle la « toilette », ce rituel précédant le passage sous « le rasoir national » : assis sur un banc, le condamné est contraint d'ôter son habit ; on lui coupe le col de sa chemise, puis ses cheveux ; on lui lie les mains avant de le faire monter sur une charrette, moment où les condamnés bien souvent faiblissent, enfin les huées subies durant le parcours.

Hanté jour et nuit par cette perspective, Antoine est la proie de cauchemars qui alternent avec de terribles insomnies : « Je me trouvais rue Saint-Honoré, près de la rue de l'Échelle ; une obscurité lugubre s'étendait partout, tout était désert, et cependant une rumeur vague et sourde s'éleva bientôt… Tout à coup parut, dans le fond de la rue, et venant sur moi, une troupe à cheval, mais d'hommes et de chevaux écorchés. Les cavaliers portaient des flambeaux, dont la flamme rouge éclairait des visages mis à nu, que traversaient des muscles sanglants ; leurs yeux enfoncés roulaient dans de larges orbites ; leurs bouches s'ouvraient jusqu'aux oreilles, et des casques de chair pendante surmontaient leurs têtes hideuses. Les chevaux traînaient leurs peaux dans le ruisseau, qui débordait de sang jusqu'aux maisons. Des femmes, pâles, échevelées, se montraient silencieusement aux fenêtres, et disparaissaient ; des gémissements sourds, inarticulés, remplissaient l'air, et j'étais seul dans la rue, seul, immobile de terreur, et sans force pour chercher mon salut dans la fuite. Cette effroyable cavalerie passait ainsi au grand galop, passait toujours, en lançant sur moi des regards épouvantables… Suivie par une immense quantité de voitures d'artillerie, chargées de cadavres déchirés mais encore palpitants ; une odeur infecte de sang et de bitume m'étouffait… quand tout à coup la grille se ferma avec violence, et je me réveillai… Il n'était que minuit. Ainsi cette affreuse fantasmagorie n'avait duré que deux ou trois minutes, le temps de relever la sentinelle et de fermer la grille… Cependant je ne me rappelle pas un seul événement de ma vie dont j'aie pu apprécier la durée avec plus de certitude, dont les détails soient mieux gravés dans ma mémoire, et dont j'aie la conscience mieux affermie. »

Petit à petit il reprend le contrôle de son esprit et trouve « une espèce de gloire à braver la mort, à l'attendre de sang-froid, comme sur le champ de bataille ». Il ne songe plus qu'à consoler ses proches : « Pourquoi pleurer, leur répète-t-il. Un honnête homme peut mourir assassiné ; mais sa conscience le suit sur l'échafaud. »

Dernière mission : assurer l'avenir des siens. « Il ne me reste que peu de jours à vivre, écrit-il à Decazes. Je désire bien ardemment ne pas les passer dans une solitude affreuse. Depuis quatre mois, j'ai perdu la direction de mes affaires ; ma femme, accablée par la perte de son fils, depuis si longtemps malade, va être écrasée par le dernier coup qui m'est porté si inopinément. Je n'avais pas même détruit l'espérance que j'avais encore de me revoir bientôt auprès d'elle. J'avais une si grande confiance dans la justice… Fatale erreur… Je voudrais tâcher de mettre un peu d'ordre dans mes affaires pour que ma femme et ma fille ne mourussent pas de faim… » Comme ses amis entretiennent Émilie dans l'illusion que son mari va être gracié, celle-ci confie au duc de Raguse : « Ils ne veulent m'accorder la grâce de mon mari que sur l'échafaud.

— Gardez-vous de vous y fier, répond-il. S'il y monte, il est mort. »

Il sait bien, lui, que si grâce il devait y avoir, elle aurait déjà été accordée avec éclat. La malheureuse Émilie n'oubliera jamais celui qui sera aussitôt après exilé sur ses terres pour « son complot de générosité », type nouveau de crime élucubré par les ultras. Elle dit qu'il est le seul à ne l'avoir pas trompée. Son acte est d'autant plus méritoire qu'un ragot évoque une liaison d'Antoine avec la duchesse de Raguse. Pour l'heure, la principale intéressée ne semble pas au courant et, malgré sa faiblesse physique, n'est pas, n'est plus femme à lâcher prise. La Terreur blanche a retourné l'opinion qui juge impossible que sa condamnation aboutisse. La rumeur prend le relais : le roi aurait commué la peine d'Antoine en bannissement perpétuel et l'aurait fait exfiltrer à l'étranger.

L'opinion a presque raison. À un détail près.

Je suis comme si je ne vivais pas

Taraudée par un chagrin sans bornes, Georgine s'enfonce dans la dépression. Son fils a survécu, contrairement à celui d'Émilie, mais il est à la fois une consolation et un rappel constant qu'il n'a plus de père. Dans une lettre bouleversante, aux mots auréolés par ses larmes intarissables, elle écrit à sa mère : « Ô la douloureuse chose que de survivre à un pareil malheur… Mon enfant que j'aime cependant de toute mon âme ne me donne même pas le moindre intérêt à la vie, tout m'est pénible, je ne sais plus où je suis, je ne vois que douleur et tristesse dans ce monde, je suis comme si je ne vivais pas… Sans cette fatale erreur… j'aurais bien pu dire que j'étais la plus heureuse des femmes et des mères, et si j'avais pu le sauver je l'aurais été mille fois plus encore, si mes sollicitudes nous l'avaient rendu, non, je ne puis y penser sans éprouver le plus cruel des supplices… Je l'aurais suivi partout, tout quitté pour lui, etc. » Culpabilité du survivant, deuil impossible. Mélancolie ? Sur un autre billet, on peut lire : « Je suis punie de tous les torts que j'ai pu avoir. » « Tout Paris le regrette et l'admire », écrit Dulondel à Henry, qui éprouve un grand chagrin mais ne lui trouve, et ne lui trouvera jamais, aucune excuse… Comble de la misère : Georgine doit et payer le procès de son mari, et gratifier de trois francs chaque membre du peloton d'exécution, tandis que le roi envoie de son côté vingt-cinq louis pour faire dire des prières à Saint-Sulpice. Cette contradiction dit à elle seule toute l'ambivalence de la période.

Et pourtant il faut bien survivre ! Après les effets personnels – habits brodés d'or ou d'argent, toque de velours noir, ceinture de taffetas blanc, épaulettes, bretelles, guêtres, etc. –, la bibliothèque de Charles, renfermant six cents titres, est dispersée aux enchères. C'est celle d'un gentilhomme lettré de son temps : l'histoire politique et militaire y côtoie mémoires, littérature classique et contemporaine, théâtre, poésie, classique et moderne, dictionnaires et relations de voyages. Sans oublier les cartes de divers pays et villes européennes, dont Paris et l'île d'Elbe. Dans son testament, pour satisfaire la bibliophilie de son frère, Charles l'a prié de choisir les deux meilleurs ouvrages. Henry a-t-il retenu une édition elzévirienne des *Provinciales* de Pascal, reliée par Bozerian ? Ou plutôt les œuvres de Chateaubriand ? À moins que ce ne soit le *Dictionnaire de l'Académie française* ? On trouve aussi un Coran du XVIIe siècle, *De l'influence des passions* de Mme de Staël, les classiques *Caractères* de La Bruyère, les *Essais* de Montaigne… et le *Traité de la Cour, ou Instructions aux courtisans*, publié un siècle et demi plus tôt – sans rien perdre de son actualité.

Plus tard, Ambroisine sa belle-sœur est reçue par la duchesse d'Angoulême, qui témoigne enfin de son vif intérêt, l'affaire ayant sûrement fait souffrir en silence cette femme inhibée. Louis XVIII accepte aussi une entrevue. Henry raconte qu'il « adressa des paroles de consolation… regrettant que l'impérieuse loi de la nécessité eût paralysé dans ses mains l'exercice du plus bel attribut de sa couronne, celui de faire grâce ».

Sauvez votre vie pour sauver la mienne !

Émilie refuse d'accepter la sentence. Alors qu'on dresse l'échafaud destiné à son mari, quelque chose en elle vient de naître, quelque chose qui dit non. Une idée a germé. Elle a pris une décision, une décision folle, mais elle n'a plus rien à perdre. Une chance sur mille ? Cela se tente. Comme elle semble loin la petite Émilie effacée, sans aspérités, sage et passive. Sa résolution est bardée d'acier. Elle ne veut pas baisser les bras. Et s'en expliquera plus tard avec des paroles d'héroïne, qui laissent peut-être entrevoir les premières lézardes sur sa santé mentale : « Je ne craignais pas de mourir, je craignais les désordres d'une grande joie… Mais j'avais à sauver mon mari, victime innocente : une voix intérieure, plus forte que toutes mes terreurs, me le criait sans cesse et m'assurait de la réussite… Je pressentais si terribles les derniers instants à passer avec mon mari qu'il ne fallait pas que le moindre regret craintif ni le plus léger souvenir m'exposassent à me reporter en arrière ; il fallait m'isoler de ma propre pensée, de tout moi-même et aller en déterminée… Heureuse de la docilité d'enfant du pauvre prisonnier et surtout de sa confiance en mes inspirations, courageuse de son courage et non plus du mien propre qui s'était épuisé ainsi que mes forces, je m'adonnais aux dernières dispositions du dehors avec presque autant de liberté d'esprit et même d'agilité, à ma grande surprise, qu'on en peut apporter aux préparatifs d'un voyage. »

L'avant-veille du jour prévu pour l'exécution d'Antoine, enveloppée dans son manteau couleur glycine de Chine, Émilie pénètre dans sa cellule. Elle a un plan. Un plan précis. Un plan d'évasion dont l'audace inédite et la témérité laissent présager le succès. D'une voix ferme, elle annonce à son mari que son salut réside uniquement dans la fuite, déguisé. Tout est prévu, réglé à la minute près et dans les moindres détails. Avec assurance, elle récapitule le prodigieux scénario. Antoine l'écoute, sidéré. Quoi ? Sortir de la Conciergerie dont personne ne s'est jamais échappé ? Déguisé ? Mais comment ? L'entreprise est proprement extravagante ! « Vous sortirez couvert de mes vêtements », lui assène-t-elle. Il n'est pas convaincu par son idée de camouflage ? Émilie ne le laisse pas argumenter : « Point d'objections. Si vous mourez, je meurs. Ainsi ne repoussez pas mon projet. Ma conviction est profonde : je sens que Dieu me soutient.

— Passe encore pour la tragédie, mais je ne veux pas figurer dans une pièce burlesque ; on m'arrêtera sous ce travestissement ridicule ; on me livrera aux risées de la populace !... »

Une autre inquiétude taraude Antoine : « Et si je leur échappe, il faudra donc vous abandonner ici à l'insolence des valets de prison, aux persécutions de mes ennemis ?

— Sauvez votre vie pour sauver la mienne ! Il faut partir ; point d'adieux, point de larmes ! Vos heures sont comptées !

— Qu'arrivera-t-il quand ils découvriront que je suis parti ? Ces brutaux, dans leur fureur, ne s'oublieront-ils pas jusqu'à vous maltraiter ? »

Cette femme amoureuse est prête à risquer des mois, peut-être des années de prison, pour complicité d'évasion ; son impatience exaltée n'a d'égale que l'hésitation de son mari. Pâle et tremblante, elle est suspendue à son assentiment. Après plusieurs longues minutes de silence, et malgré la folie de l'entreprise, le risque d'être démasqué et reconnu, Antoine rend les armes : « Enfin, je ferai ce que vous voudrez ; mais si vous désirez réussir, souffrez au moins une seule observation : le cabriolet est placé trop loin ; à peine échappé, on s'apercevra de ma fuite, et indubitablement on me rencontrera dans cette chaise, car il faut près d'une heure pour aller à la rue des Saints-Pères… Changez cette partie de votre plan ; la journée de demain doit m'appartenir encore, je vous jure que demain je ferai tout ce que vous voudrez.

— Eh bien, répond-elle, vous avez raison, je ferai placer le cabriolet plus près d'ici. Donnez-moi votre parole de m'obéir, car il ne nous reste que cette ressource. »

En lui prenant la main il réitère sa promesse. Mais il est très inquiet. Comment tromper les geôliers ? Et puis il s'est préparé à la mort, en a visualisé toutes les étapes. Or voilà que sa femme, un peu illuminée, lui parle avec une foi de charbonnier de vie, de lumière et de liberté ! Ne vaut-il pas mieux aller au bout de son destin plutôt que de s'enfuir, travesti, la laissant honteusement derrière lui ?

Avant de tenter l'impossible, Émilie se rend une dernière fois chez Richelieu et parvient, grâce à son obstination, jusqu'à son cabinet : « S'il est sorti, je l'attendrai, annonce-t-elle aux huissiers avant même qu'ils ouvrent la bouche ; s'il est chez lui, je passerai la nuit dans cette salle ; on ne m'en fera sortir que par la violence. » Époque étonnante, où l'on pouvait facilement pénétrer dans un ministère, se faire recevoir par le président du Conseil, et sans rendez-vous. Moyennant quoi elle est introduite. Le fixant, elle explique sans frémir à cet encore bel homme aux cheveux gris, pourtant affligé d'une sorte de tic qui le fait grimacer en clignant des yeux, l'injustice de la condamnation de son mari ; elle dit compter sur lui pour avoir l'oreille du roi. Hélas Richelieu, qui n'ose la regarder, se voit contraint d'avouer que Louis XVIII lui a interdit d'évoquer l'affaire en sa présence. « Alors sauvez-le vous-même, s'exclame-t-elle naïvement.

— Madame, ce serait un crime.

— Ne pourriez-vous du moins lui présenter un nouveau mémoire en mon nom ?

— Je veux bien. Envoyez-le-moi demain à huit heures, et je vous donne ma parole qu'il sera remis sans délai à Sa Majesté. »

Cette fois Émilie comprend qu'il n'y a plus rien à attendre et qu'il faut passer à l'action. Le lendemain, elle arrive plus déterminée que jamais : « Mon projet s'exécutera ce soir, annonce-t-elle à son mari ; il ne serait plus temps demain, sans doute, puisque nous n'avons reçu aucune nouvelle du château. Je viendrai dîner avec vous. Conservez votre fermeté, nous en aurons besoin. Pour moi je me sens encore du courage pour vingt-quatre heures ; pas pour un moment de plus, précise-t-elle, prémonitoire, et je suis d'ailleurs exténuée de fatigue. » Antoine la regarde fixement, éberlué par son aplomb inaccoutumé. Sa femme porte donc, avec un jour d'avance, la culotte ? À peine est-elle sortie que le concierge fait son entrée : « Un des rédacteurs de la *Quotidienne* est venu me demander s'il était vrai que vous aviez fait venir quatre confesseurs, et s'il peut l'imprimer dans son journal.

— Quatre, c'est beaucoup. »

Cette cellule est un véritable manège où les visiteurs se succèdent sans arrêt. C'est maintenant Joséphine, alors âgée d'une douzaine d'années, qui pénètre en pleurs dans le cachot, accompagnée d'un chaperon qui se lamente : « Qu'ai-je fait à Dieu pour être témoin de ces horreurs ? » Ces avalanches de soupirs, cette atmosphère de désolation constante commencent à entamer le stoïcisme d'Antoine, si patiemment élaboré. « Embrassez-moi, dit-il à son ami, et retirez-vous sans bruit : votre douleur me fait mal. Adieu, ne m'oubliez pas. » Prenant sa fille sur ses genoux, la tête contre sa poitrine, il ne sait pas quoi lui dire. Après l'avoir déposée, il fait les cent pas. Est-ce la vue de son enfant qui le décide tout à fait ? Soudain, il s'arrête : « Retourne au couvent ; je te verrai encore demain, je te le promets ; mes affaires vont mieux qu'on ne croit. N'en dis rien à personne, mais sois sûre que je te verrai demain. »

Après son départ, il s'effondre un court instant, avant de se reprendre comme à chaque fois.

Animé des plus nobles sentiments

À Sainte-Hélène, Napoléon n'a pas oublié « le brave Labédoyère », dont il a appris l'exécution en même temps que celle de Ney. Son jugement sobre – « le colonel de Labédoyère était un jeune homme animé des plus nobles sentiments » – est inscrit dans le marbre du Mémorial de Sainte-Hélène. Charles est non seulement celui qui l'a soutenu « à l'heure du plus grand danger » mais aussi celui qui l'a suivi jusqu'aux « dernières épreuves ». Selon lui, dans l'armée, du simple soldat jusqu'au capitaine, tous le soutenaient ; mais parmi les officiers supérieurs Labédoyère est l'« exception » : le tout premier à le rallier, sans aucune vue d'ambition ni sentiment d'amour-propre. Aussi l'ex-Empereur va-t-il léguer cent mille francs à Georges, auxquels il ajoutera cinquante mille francs dans un des nombreux codicilles de son testament. Georges sans qui Georgine serait, aux dires de certains, morte de douleur.

Les bonapartistes seuls vouaient un culte à la victime emblématique de la Terreur blanche, mais il est à présent célébré au-delà des adorateurs de Napoléon : une dame de compagnie de la duchesse d'Orléans écrit à Gabrielle que les qualités de Charles le réhabilitent aux yeux de ceux qui l'ont pourtant si sévèrement jugé, qu'il est devenu « l'objet de l'admiration publique et un martyr de douleur ».

Georgine accueille avec un soulagement non feint cette justice posthume qui rachète au moins l'honneur de son mari. « Son entraînement a été celui d'un moment », martèle-t-elle. Plus tard, devenue reine des Français, Marie-Amélie sera très obligeante à son endroit, au point d'avoir la délicatesse de la recevoir hors des Tuileries, qui auraient risqué de remuer trop de cruels souvenirs.

Comment trouvez-vous votre père ?

À cinq heures du soir Émilie est de retour à la Conciergerie. À la grande surprise d'Antoine, elle est venue avec Joséphine : « Je crois qu'il vaut mieux prendre notre enfant pour nous accompagner. Je lui ferai faire plus docilement ce que j'ai en tête. »

Ce « nous » est aussi charmant qu'ambigu : « nous » accompagner ? Qui donc va sortir de cette cellule ? Se pourrait-il que ce ne soit pas les mêmes personnes que celles qui sont entrées ? Métamorphosée en Léonore du *Fidelio* de Beethoven, vêtue d'une robe de mérinos rouge doublée de fourrure, coiffée d'un chapeau noir à plumes enveloppant jusqu'au nœud sous le menton, l'héroïne du jour a placé dans son sac une jupe de taffetas noir : « Il n'en faut pas davantage pour vous déguiser parfaitement. » Puis elle entame un monologue. Le condamné a intérêt à se concentrer car elle n'aura guère le temps de se répéter : « À sept heures, vous serez habillé. Tout est bien préparé. Vous sortirez en donnant le bras à Joséphine ; vous aurez soin de marcher bien lentement et, en traversant la grande pièce du greffe, vous mettrez mes gants et vous vous couvrirez le visage de mon mouchoir. J'avais pensé à prendre un voile, mais malheureusement je n'ai pas pris l'habitude d'en porter en venant ici : il n'y faut donc pas penser. Ayez bien soin, en passant sous les portes qui sont si basses, de ne point accrocher les plumes du chapeau, car tout serait perdu. Je trouve toujours les geôliers dans le greffe, et le concierge a l'habitude de me donner la main jusqu'à la chaise à porteurs, qui est toujours placée près de la porte de sortie ; mais aujourd'hui elle sera dans la cour, au haut du grand escalier. Peu de temps après vous serez rencontré par M. de Baudus, qui vous conduira au cabriolet et vous indiquera votre cachette. Alors à la grâce de Dieu ! mon ami… Faites bien ce que je vous dis. Restez calme. Donnez-moi votre main, je veux vous tâter le pouls. » Après une brève pause, cette femme de tête qui a pensé à tous les détails reprend : « Bien. Prenez la mienne, maintenant : sentez-vous la plus légère émotion ? » Antoine est surpris par sa main brûlante de fièvre. Mais il n'a que le temps d'ouvrir la bouche : « Surtout point d'attendrissement, conclut-elle. Nous serions perdus. »

Son mari lui confie son alliance en échange des vêtements apportés, au prétexte qu'il sera moins reconnaissable s'il est arrêté. La passation de pouvoir au sein du couple est fascinante. Quasi-ministre de Napoléon, habitué à donner des ordres, il les reçoit sans un mot d'Émilie qu'il voit se tourner maintenant avec solennité vers sa fille : « Écoutez bien, mon enfant, ce que je vais vous dire, car vous allez me le répéter. Je sortirai aujourd'hui à sept heures au lieu de huit ; vous passerez derrière moi car vous savez que les portes sont étroites ; mais quand nous entrerons dans la grande pièce du greffe, ayez soin de vous mettre à ma gauche : le concierge a l'habitude de me donner le bras de ce côté, et il me dégoûte. Quand nous serons sorties de la grille pour monter l'escalier du dehors, placez-vous alors à ma droite pour que ces vilains gendarmes du corps de garde ne viennent pas me regarder sous le nez, comme ils le font toujours. Avez-vous bien compris ? »

Sur ces entrefaites Sainte-Rose fait irruption dans la pièce, au prétexte de raccompagner Émilie, mais surtout d'embrasser son ami. Il ne peut naturellement le deviner, mais sa présence est inopportune à souhait. Antoine opte pour un mensonge véniel afin de l'écarter : « Allez-vous-en maintenant, mon ami : Émilie ne se doute pas encore de son malheur, il faut le lui laisser ignorer. Venez à huit heures, mais n'entrez pas, si vous ne voyez pas la chaise à porteurs. Allez la voir chez elle car elle sera rentrée. » À peine Sainte-Rose est-il sorti qu'un fâcheux prend sa place : un colonel très ému qui, convalescent après de graves blessures reçues quelques mois plus tôt, s'est traîné jusqu'à lui. Antoine doit l'éconduire lui aussi en douceur : « Sortez. C'est la dernière fois que je la vois. Un instant de faiblesse la tuerait. »

Le dîner est servi. Alors qu'ils se croient enfin seuls, la vieille bonne de la petite Joséphine s'annonce alors, en proie à un malaise dû à l'émotion et à la chaleur du poêle. Comment l'écarter ? Comment lui cacher le déguisement ? Émilie prend à nouveau l'affaire en main : « Point d'enfantillage, lui intime-t-elle. Restez à table, ne mangez pas, ne dites pas un mot, et respirez ce flacon. Dans moins d'une heure vous serez à l'air libre. »

Le repas se poursuit : « Les morceaux s'arrêtaient à la gorge, raconte Antoine, nous n'échangions pas une parole ; et il fallait ainsi passer près d'une heure. » Veillée funèbre à la lumière d'une pauvre lampe, éclairant vaguement les chaises de paille, le lit en bois et le paravent dissimulant la toilette. Enfin, un peu avant sept heures, Émilie demande au gardien l'autorisation de parler au valet de son mari. À son oreille elle murmure quelques mots, avant d'ajouter à haute voix : « Ayez soin que les porteurs soient prêts ; je vais sortir. » Puis chuchote, à l'attention d'Antoine : « Allons, il faut vous habiller. »

Cette femme a des nerfs. Du moins en a-t-elle encore. Derrière le paravent, elle aide celui qui n'a pas l'habitude d'endosser des vêtements féminins à se préparer, sans traîner mais avec tendresse : sa redingote puce, son gilet rayé noir et jaune sont bientôt déposés. À la place il enfile la jupe noire, un peu trop longue pour masquer ses grands pieds d'homme, la robe rouge, le chapeau. Elle y ajoute une collerette tout en lui donnant un précieux conseil : « Marchez lentement dans le greffe, comme une personne épuisée par la souffrance. » Enfin, elle lui met des gants, ajuste la jupe et le manteau adorné de fourrures, lace les rubans de son chapeau. De son côté, elle a ôté son jupon pour glisser ses jambes dans le pantalon de son mari, puis endosse sa redingote, prenant soin d'en relever le col pour masquer ses cheveux noués. Sitôt l'échange de vêtements effectué, Émilie lui donne une ultime recommandation : « N'oubliez pas de baisser la tête au passage des portes. »

Merveilleuse femme, prête à rester en otage à sa place, qui a encore l'énergie de penser à ce détail. Mais il reste des données incompressibles : Émilie est plus grande que lui, sa démarche plus souple… La supercherie va-t-elle fonctionner ? Sortant de sa cachette, elle s'adresse à sa fille : « Comment trouvez-vous votre père ? » La jeune Joséphine ne peut réprimer un sourire d'incrédulité, écarquillant les yeux. Sa mère répète : « Sérieusement, ma fille, comment le trouvez-vous ? » Antoine fait quelques pas, interrogatif.

Le travestissement est visiblement convaincant, d'autant plus que sa détention l'a amaigri. « Mais pas mal ! »

Passé l'effet de surprise, tous trois sont gagnés par la tristesse. L'heure de la séparation a sonné. Alors qu'ils se dirigent vers la porte, à son tour Antoine donne un conseil à sa femme : « Le concierge vient tous les soirs après votre départ. Ayez soin de vous tenir derrière le paravent et de faire un peu de bruit en remuant quelque meuble. Il me croira là et sortira pendant les quelques minutes qui me sont indispensables pour m'éloigner. » Pendant qu'Antoine tire sur la sonnette, Émilie lui dit « adieu » en levant les yeux au ciel. Il lui presse le bras. Le couple échange un regard d'une intense complicité. Puis elle s'empresse de s'asseoir sur le lit, dos à la porte.

Tout commence bien ; sa fille est sortie derrière lui dans le corridor, la gouvernante à sa suite. Il a bien fléchi les jambes pour monter la marche tout en baissant la tête. Les plumes sont passées, le chapeau est resté en place. Mais Joséphine se trompe et vient se placer à sa droite. Les voici devant cinq gardes assis dans un sas. Aussitôt le concierge saisit le bras gauche d'Antoine. Se doute-t-il de quelque chose ? « Vous vous retirez de bonne heure, madame la comtesse. » Il ne faut pas répondre : sa voix le trahirait. Le père et la fille s'approchent de la grille presque en apnée, à un rythme lent. Surtout, pas de précipitation. Antoine est courbé, semblant ployer sous la douleur, le mouchoir de soie sur le visage. Le geôlier du premier guichet le dévisage sans ouvrir la porte. Que se passe-t-il ? Est-il découvert ? Antoine passe sa main entre deux barreaux et fait un geste signifiant qu'il est temps d'ouvrir ; Dieu merci le gardien se décide à faire jouer ses clés. Le prisonnier a franchi l'obstacle au nez et à la barbe de ses gardes.

Après le second guichet, Joséphine cette fois passe bien à droite de son père. Quelques pas supplémentaires, et ils se retrouvent sous une haie composée d'une vingtaine de soldats qui tiennent à rendre hommage à la future veuve de l'inventeur des Postes aux armées. Il faut encore avancer, monter des marches comme on monterait au Calvaire quand on voudrait courir, voler ! Et s'efforcer de ralentir le rythme du cœur, qui tambourine dans la poitrine. Il bat si fort ! Et si les gardes l'entendaient ?

Enfin dehors dans la grande cour, il grimpe sans attendre dans la chaise qui est habituellement postée au sommet de l'escalier, mais la gouvernante et sa fille restent debout car les porteurs semblent manquer à l'appel. Une sentinelle armée d'un fusil se tient non loin de là. Antoine, lui, bout. Chaque seconde ressemble à une heure. Que se passe-t-il ? Il n'a d'yeux que pour ce fusil « comme ceux du serpent sur sa proie » : « Je sentais, pour ainsi dire, ce fusil dans mes mains fermées. Au premier mouvement, au premier bruit, je m'élançais sur cette arme ; je me sentais la force de dix hommes, et très certainement j'aurais tué tout ce qui aurait voulu me saisir. Cette situation terrible dura environ deux minutes, mais elle avait pour moi la longueur d'une nuit. »

Soudain son valet surgit pour lui glisser à l'oreille qu'il a trouvé des remplaçants. Il se sent alors soulevé et la chaise quitte enfin la grande cour. Nulle agitation derrière eux. Il fait nuit noire. C'est le cœur de l'hiver. Tout est normal. Tout est calme. Antoine est conduit prestement quai des Orfèvres (le comble !), en face de la rue de Harlay, par où l'on entre aujourd'hui à la cour d'assises. Pour ainsi dire, il s'évade au nez de la police et de la justice réunies !

Surprise : son ami Baudus, tombé du ciel, ouvre la portière et lui présente son bras : « Vous savez, madame, que vous avez une visite à faire au président. » Antoine s'engouffre seul dans un cabriolet qui l'attendait et le voilà parti à grand trot, repassant sur le quai devant la petite Joséphine, mains jointes au pied de la chaise à porteurs. Soudain il s'aperçoit que son cocher est aussi un ami, chef de division au ministère des Affaires étrangères, collaborateur de Richelieu : le comte de Chassenon, l'acolyte (et maintenant complice !) de Baudus : « Quoi ! C'est vous ?

— Oui, et vous avez derrière vous quatre pistolets à deux coups ; j'espère que vous en ferez usage.

— À Dieu ne plaise ! Je ne veux pas vous perdre.

— Vous seriez perdu comme moi. Alors c'est moi qui vous donnerai l'exemple, assure cette tête brûlée, et malheur à qui se présentera pour vous arrêter ! »

Ainsi, ce sont deux employés du président du Conseil et ministre des Affaires étrangères qui assument sa cavale, prêts à tuer pour sauver celui qui dans un instant deviendra l'ennemi public numéro un ? Au son tranquille et rythmé des sabots, le cabriolet emprunte les pavés du pont Saint-Michel. Chassenon invite Antoine à se changer. Aussitôt il jette dans le flot noir de la Seine les vêtements d'Émilie, remplacés dans les cahots par un déguisement de domestique. Déjà ils empruntent la rue de la Harpe, puis la rue de Vaugirard après l'Odéon.

Là, seulement, Antoine Chamans de Lavalette s'autorise à respirer normalement. Il ne sera peut-être pas guillotiné demain matin en place de Grève.

Un cachet de noblesse et de grandeur

Un quart de siècle après le drame, peu après le retour des cendres de Napoléon, alors que son fils Georges atteint l'âge auquel Charles est mort, paraît une livraison de la *Revue générale biographique, politique et littéraire* : « Le colonel de Labédoyère se révéla par ses qualités prématurées, et porta dans chacune de ses actions l'ardeur enthousiaste de ses convictions généreuses. Ce fut un des beaux caractères de l'époque, un de ces hommes que toutes les opinions peuvent avouer avec orgueil, même lorsqu'elles les blâment, parce que leurs fautes ont encore un cachet de noblesse et de grandeur. »

Le destin singulier de Charles a inspiré un projet inachevé de drame en vers à Baudelaire : « L'ouvrage a pour but de montrer la lutte entre deux principes, dans le même cerveau. Un fils d'émigré sert l'Empereur... » Ainsi comptait-il présenter l'ouvrage, lui-même inspiré d'une œuvre de ce Paul de Molènes qu'il admirait. Finalement, « la postérité refroidie » évoquée par Lamartine, ce tribunal de l'histoire, a désavoué le tribunal militaire : au Père-Lachaise, devenue lieu de pèlerinage, sa tombe est située dans l'allée, ou plutôt le chemin, qui porte désormais son nom au départ du Grand Rond.

Réfugiée derrière le paravent, guettant le moindre bruit indiquant que le plan aurait échoué, Émilie tente de se concentrer sur la montre d'Antoine qu'elle tient dans sa main. Après de longues minutes interminables, l'intensité de son angoisse, qui lui coupe la respiration, diminue. Ses muscles commencent à se relâcher, ses épaules à retomber. Le plus dur est fait. Chaque minute écoulée éloigne son mari de la mort. Comme prévu, le geôlier n'insiste pas lorsqu'il voit son prisonnier derrière le paravent, mais à son retour quelques instants plus tard Émilie s'est couchée sur le côté dans le lit. Lui tournant le dos, elle n'ose répondre à ses questions, de peur que sa voix ne la trahisse. Redoutant que le condamné se soit suicidé par poison, ce qui à l'époque équivaut à une évasion, il se jette sur « lui », le fait basculer et, ô stupeur, découvre la mystification. Sans pouvoir réprimer un juron, il se précipite sur la porte. Émilie l'agrippe : « Laissez aller mon mari, dit-elle en le regardant dans le blanc des yeux, suppliante ; attendez un peu.

— Vous me perdez, madame », hurle-t-il.

Se dégageant violemment de ses griffes de lionne qui viennent de lui arracher une manche, il crie à la cantonade : « Le prisonnier s'est sauvé ! »

À la Conciergerie, c'est aussitôt la panique, le branle-bas de combat. Les gardiens se ruent dans les ruelles avoisinantes mais la météo est avec Antoine : le froid et la pluie ont reclus les habitants, si bien qu'il est impossible de trouver le moindre témoin indiquant la direction prise par le fugitif. En courant dans tous les sens, on finit par retrouver la chaise à porteurs. Joséphine est encore à l'intérieur : « J'ai pris la place de maman. » Pendant ce temps Émilie est abreuvée d'insultes. On lui assure que son mari sera vite repris et qu'elle va payer cher son crime. Qu'importe, ils n'ont pas de nouvelles de lui : c'est l'essentiel ! Lorsque le procureur pénètre dans ce qui est désormais sa cellule, Émilie est bien décidée à ne pas se laisser intimider. À ses questions, elle ne répond que par des éclats de rire nerveux. L'homme ne parvient pas à se représenter qu'un pauvre cerveau de femme ait manigancé une évasion aussi parfaite. Et d'une prison dont jamais personne ne s'était jamais évadé… Comme pour Napoléon revenu à mains nues, impossible de croire qu'il n'y ait pas un immense complot et de nombreux complices. Aussi est-elle placée au secret au premier étage.

Decazes, qui dîne en ville, est prévenu et prend sur-le-champ des dispositions. Atterré, le jeune et ambitieux favori, qui sait que les ultras vont se déchaîner contre lui, fait réveiller le roi, couche-tôt : « Sire, le comte de Lavalette est échappé.

— Que dites-vous ?

— Le comte de Lavalette s'est évadé de la Conciergerie.

— Il ne manquait plus que cela… »

Après avoir brouillé les pistes en partant vers le sud, Baudus et Antoine s'arrêtent à l'angle de l'avenue de Breteuil, puis continuent à pied en direction du nord sous une pluie torrentielle qui fait se balancer les réverbères sur leur corde. Pas un porteur d'eau à bretelles dans les rues étroites et mal éclairées. Antoine peine à suivre son compagnon dans la nuit, perd un soulier, se retrouve avec un pied trempé. Soudain jaillissent des gendarmes au galop, qui les croisent sans leur accorder le moindre regard. Comment pourraient-ils deviner qu'ils viennent de manquer leur chance d'arrêter l'homme le plus recherché de France ? Nul doute qu'il a dû cavaler le plus loin possible !

Une heure plus tard, Baudus s'arrête rue de Grenelle, au niveau de la rue du Bac : « Je vais entrer là, lui explique son complice. Pendant que je parlerai au suisse, avancez dans la cour. Vous trouverez un escalier à la gauche ; montez-le jusqu'au troisième étage. Avancez dans un corridor obscur que vous trouverez à droite. Au fond est une pile de bois, tenez-vous là et attendez. »

Le bâtiment n'est autre que l'hôtel de Galliffet... le ministère des Affaires étrangères, auparavant occupé par Talleyrand et désormais par Richelieu ! Non contents de l'aider à fuir, ses amis employés du gouvernement comptent-ils l'y faire entrer incognito ? Et par la grande porte ? Saisi de stupeur et d'incompréhension, Antoine, bien qu'exténué, obtempère et avance promptement. Qui penserait à le chercher ici ? Personne justement. « Où va cet homme ? demande le concierge.

— C'est mon domestique. »

Après avoir gravi les marches du grand escalier, puis celles qui mènent à l'étage du personnel, Antoine grimpe encore puis progresse à tâtons. Il est soudain saisi par le bras puis enfermé dans les combles. Il y découvre un lit, deux chaises, une commode remplie de linge, un petit nécessaire de toilette. En allumant une bougie, il avise aussi un message : « Point de bruit, n'ouvrez la fenêtre que la nuit, chaussez-vous de pantoufles et attendez avec patience. » À sa disposition du vin de Bordeaux, des ouvrages de Molière et de Rabelais, qui auraient adoré cette histoire de fous, cette guignolade aux confins du roman policier où la ruse le dispute au culot. Reste à subir le froid, car il n'est pas question de faire du feu dans la cheminée sans se faire repérer. Antoine s'interroge : par quel miracle est-il recueilli sous les combles du chef du gouvernement nommé par celui qui a refusé sa grâce ? Un serviteur du roi complice d'un criminel d'État devenu son hôte bien malgré lui ? En vérité Richelieu ne sait rien de ce qui se trame sous son toit ! Pas plus que Decazes qui donne des ordres pour que les anciens limiers de Fouché le traquent dans toute la France.

Les pensées d'Antoine le ramènent vite à sa pauvre Émilie. Que devient-elle à cette heure ? Il en est là de ses réflexions lorsque Baudus fait son entrée. Il lui tombe dans les bras puis demande des nouvelles de sa femme. L'a-t-on brutalisée ? Libérée ? Pour le tranquilliser, il lui assure qu'elle est en sécurité à la préfecture et qu'elle va bientôt rentrer chez elle. Comme Antoine l'accable de questions, son sauveur l'interrompt : « Je vous comprends, mais calmez votre imagination. Voici la vérité. »

Et il raconte son entrevue avec Émilie : « Je veux sauver mon mari, lui a-t-elle dit, puisque la grâce ne sera pas obtenue, mais je ne sais où il pourra trouver un asile. Mes parents, mes amis, sont hors d'état de me servir ; je m'adresse à vous avec confiance, procurez-lui le moyen de se cacher, il sera libre demain. » « La sommation était brusque et me déconcerta, avoue Baudus. Vous savez que je vois peu de monde. Vous cacher chez moi, dans un hôtel garni, où logent trente personnes, était chose impossible ; je le dis à Mme de Lavalette. “Pensez-y tout de suite, me dit-elle, il faut que vous trouviez ce que je vous demande.” »

Enfin, après beaucoup d'hésitation : « Donnez-moi deux heures, lui dis-je ; je suis lié de la plus tendre amitié avec une famille qui a connu le malheur, et dont les sentiments de courage et de dévouement sont admirables.

— Allez, allez vite, et peignez-leur ma position ; c'est la vie qu'ils me donneront en cachant mon mari. »

Et, comme Baudus demandait des détails : « Non, non, me dit-elle, je vous dirai tout au retour, mais avant courez chez vos amis. » « Je la quittai donc et je vins ici… Vous êtes chez M. Bresson, chef des fonds aux Affaires étrangères. » Cet ancien député girondin à la Convention avait dû sous la Terreur se cacher deux ans dans les Vosges après avoir voté contre la mort du roi. Antoine ne l'avait vu que deux fois ! Il s'en étonne mais son ami reprend : « Laissez-moi continuer. Mme Bresson, depuis la proscription de son mari, a fait vœu, dans l'effusion de sa reconnaissance pour ceux qui l'ont caché, de sauver un malheureux condamné politique si la Providence la favorisait assez pour que l'un d'eux s'adressât à elle. J'allai donc la trouver : “Votre vœu est exaucé”, lui dis-je. Je lui racontai votre histoire et la résolution de Mme de Lavalette. “Qu'il vienne, me dit-elle avec enthousiasme. Mon mari est absent, mais je n'ai pas besoin de le consulter pour faire une bonne action, il partage mes sentiments. Je vais préparer une chambre où l'infortuné sera en sûreté ; courez en prévenir Mme de Lavalette."» Et de conclure, ravi de son effet : « Voilà comment vous êtes ici, par une espèce de miracle ; car je ne comprends pas encore comment vous avez pu réussir. » Il lui explique ensuite que les noms de ceux qui l'ont aidé doivent rester secrets car ils risquent gros, et termine sa longue tirade par des paroles inoubliables : « Que sont toutes ces considérations à mettre en balance avec la vie d'un homme ? Nous allons nous occuper de vous tirer d'ici et de vous faire passer la frontière, ce qui ne sera pas facile ; mais enfin le plus important est achevé, la Providence ne laissera pas son ouvrage imparfait. »

À quelques jours de Noël, resté seul dans son grenier, Antoine n'ose faire un mouvement, de peur d'être repéré. Enfin il fait la connaissance de sa bienfaitrice, qui lui apporte son dîner : « Pas de bruit le matin, faites votre lit et balayez votre chambre vous-même. Comme le lieu où vous êtes n'est jamais habité, le moindre bruit qu'on y entendrait pourrait nous perdre tous. » Arrive son mari. Antoine est d'autant plus touché par le geste du couple qu'il ne doit rien à un hypothétique amour de Napoléon, bien au contraire. C'est l'humanité la plus essentielle qui a dicté son choix. En un moment pareil, il a en outre le don de le faire rire : « Je viens de courir les salons. Vous ne pouvez vous faire une idée de la peur et de la consternation qui bouleversent tous les esprits ; aux Tuileries personne ne se couchera. Ils se persuadent que votre fuite est le résultat d'un grand complot qui va éclater ; on vous voit à la tête de l'ancienne armée, marchant sur les Tuileries, et tout Paris prenant les armes… On parle de fermer les barrières. Imaginez où cela peut aller ! Les laitières ne pourront entrer demain ; plus de lait pour le déjeuner des bonnes femmes ! Et moi qui écoutais toutes ces lamentations, moi qui vous tiens sous ma clé ! » Un dernier conseil : « Entrouvrez seulement votre volet, et ne laissez entrer de jour que ce qu'il vous en faut pour lire ; si vous vous enrhumez, placez votre tête, pour tousser, dans cette armoire. »

Le lendemain Mme Bresson revient lui donner des nouvelles : « C'est une incroyable joie dans tout Paris. Mme de Lavalette est portée aux nues. Rien n'est piquant comme les propos des femmes du peuple et surtout à la halle. Aux spectacles, les plus légères allusions sont saisies avec fureur, et si l'autorité s'avisait de vouloir réprimer ces transports, qui cachent au reste beaucoup de haine, ces agents seraient assommés. » Si cette dame généreuse enjolive, c'est d'abord parce qu'elle est en admiration devant Émilie : « Quel courage, quelle présence d'esprit, quelle force d'âme dans l'exécution ; Dieu et elle ont tout fait. » C'est aussi parce que la partie honnête et sensée de la population, quelle que soit la nuance de ses opinions, se réjouit que cet homme honorable échappe à l'échafaud. Inutile de dire que les ultras sont plongés dans une fureur exacerbée due à la frustration causée par le ridicule de la situation. Les premiers voient Émilie comme une sainte femme, les seconds la regardent comme une scélérate et veulent la juger sans attendre pour trahison. Mais les amis d'Antoine jubilent : cet exemplaire serviteur de l'État est sauvé, il est dit que l'injustice ne passera pas ! « J'étouffe de rire, confie un libéral… Quoique notre politique aille à la diable, l'approche du carnaval lui donne un petit air burlesque… D'abord que pensez-vous de M. de Lavalette qui se sauve en chaise à porteurs ? »

À la Cour et dans le faubourg Saint-Germain, c'est la consternation. On imagine la capitale bientôt livrée aux révolutionnaires. Dans leur rage, les ultras accusent aussitôt les modérés de complicité, de conspiration flagrante, à commencer par les ministres et surtout Decazes, ces « balayures de Bonaparte ». Voyons, la Conciergerie n'est-elle pas réputée inviolable ? Ferrand, mauvais joueur, se montre plus qu'amer, et outré : « La ruse par laquelle il se sauva était un tour des tréteaux de la foire. » Un député se lamente : comment, le concierge « ne s'est pas aperçu qu'une femme grande et mince n'avait rien de commun avec un homme petit, gros, et dont la tournure devait être aussi ridicule que grotesque sous le déguisement auquel il avait eu recours pour faire réussir cette scène de comédie » ? La haine et l'humiliation leur font perdre ce qui leur restait de raison et de sang-froid. Impitoyables, les brodeuses du jour valent bien les tricoteuses de la Révolution… Comparées à des hyènes à qui on aurait enlevé leurs petits, les dames du noble faubourg poussent en chœur des cris d'orfraie.

La duchesse d'Angoulême déclare que dans cette affaire personne n'a fait son devoir. Louis XVIII réplique que si, « dans cette affaire, seule Mme de Lavalette a fait son devoir ». Au fond, le monarque est soulagé, même s'il connaît la suite qui ne va pas manquer d'advenir : « Vous verrez qu'ils diront que c'est nous qui l'avons fait sauver. » Comment pourrait-il se douter que, précisément, les complices se trouvent au sein du premier des ministères ? À la Chambre, où l'évasion est pudiquement appelée « l'événement », un député ultra se révèle adepte de la théorie du complot, jugeant impossible qu'elle ne soit due qu'aux « efforts industrieux de la tendresse conjugale ». Et si Antoine, aidé en sous-main, était déjà en train de favoriser un nouveau retour de Napoléon ? Pourquoi son jugement a-t-il été si long ? Il exige la vérité. En nommant par exemple une commission chargée de « recueillir tous les renseignements sur la conduite des ministres »... Lamartine, devenu plus tard républicain, résume cet état d'esprit en évitant de donner des noms « pour l'honneur de la nature humaine » : « On eût dit que le salut de la monarchie tenait à la tête de ce prisonnier et au veuvage de cette femme ! »

Afin de sauver son poste, Decazes déploie la traque sans rien laisser au hasard. Après avoir fait cerner Paris en urgence, soit fermer la cinquantaine de barrières qui en commandent l'accès, le ministre fait disséminer son signalement sur l'ensemble du territoire, pendant que des dizaines de commissaires de police s'agitent en tous sens : l'ordre est donné de procéder à la fouille méthodique de toutes les maisons et appartements, bâtiments privés et publics, hôpitaux et casernes... La ville de Paris, beaucoup plus petite qu'aujourd'hui, ne recouvre alors que la moitié des arrondissements actuels. Une récompense de quinze mille francs est promise à quiconque dénoncera la cachette d'Antoine. Procédé calqué, au passage, sur une ordonnance prise par Robespierre sous la Terreur...

Le signalement, aussitôt transmis par le télégraphe, est le suivant : « Âgé de quarante-six ans. Taille, 1,648 m. Cheveux châtains, gris sur les tempes, chauve, sourcils châtains, front haut, nez un peu gros et court, serré aux narines, yeux bruns, bouche petite, menton rond, visage plein, gravé de petite vérole. » Toutes les diligences sont inspectées avec minutie, les passeports délivrés avec attention, et seule la préfecture peut attribuer des chevaux. Des officiers sont placés sur les lieux stratégiques (embranchements, ponts), nuit et jour, les routes menant aux ports du Nord ou à la frontière belge écrémées. Decazes déclenche une mobilisation générale du royaume en adressant des circulaires aux préfets et aux sous-préfets : ils sont priés d'activer tous les réseaux, police, gendarmes, douaniers, mais aussi gardes forestiers, et même les curés ! Avec cette chasse à l'homme d'une ampleur inédite, la police devrait être capable de retrouver une aiguille dans une botte de foin.

Malgré l'espionnage de ses domestiques comme de ses fournisseurs, malgré les menaces et la pression auprès des commissaires lancés à ses trousses, malgré les perquisitions tous azimuts, Antoine reste introuvable. De toute la France, les préfets écrivent au ministre des piles de lettres pour dire combien, en dépit du fin tamis mis en place, leurs recherches sont sans résultat. Comme souvent, certaines personnes indiquent qu'elles ont vu l'homme en cavale, à Toulouse, par exemple ! Un jour, une semaine passent. C'est à devenir fou ! Naturellement, nul ne songe à fouiller l'hôtel des Affaires étrangères, où Richelieu vient tous les jours travailler et demander des nouvelles de l'avancement des recherches. Les policiers, bredouilles, ridiculisés, supposent à bon droit que des complices au gouvernement l'ont fait fuir. Quelle humiliation… Les ultras suffoquent de rage, mais ils sont bien les seuls ; tous les autres se réjouissent et persiflent. Les Français, amateurs de guignol, applaudissent devant cette évasion aussi parfaite que romanesque : pas de morts, pas de violence, un homme innocent bêtement accusé, dénommé par toutes les polices « grand coupable », injustement condamné : il n'en faut pas plus pour les mettre en joie. Charles a payé pour deux, il est temps que l'autre soit sauvé ! Les fameuses *Chansons* de Béranger sont gaillardement pastichées, telle celle-ci, intitulée *Sur l'événement du jour* :

N'y a pas d'mouchard où c'que nous v'là,
Cadet, que dis-tu de c'tour-là ?
Sauver son mari ! Conviens-tu
Qu'c'est d'un'femme qu'a bien d'la vertu ?
Moi, batelier d'la Guernouillère,
Quoique l'mariage ne m'tent'guère,
Ah ! Ah !
Je voudrais, oui dà,
Épouser un'comtesse comm'ça...
Sachant qu'à son mari, l'lendemain,
On doit fair'prendre un vilain ch'min,
Pour l'tirer d'prison tant bien qu'mal,
Elle lui met sa robe et son schall...
Lui disant : Souviens-toi d'ton poste...
Pour aller plus vite prends la poste...

Dans une autre chanson, on fait rimer Lavalette avec poudre d'escampette. Toute une littérature populaire s'en inspire pour vanter l'héroïsme conjugal, le sacrifice total ou le dévouement sublime. Les poissardes aussi soutiennent Émilie : « C'est celle-là qui la mérite, la croix d'honneur ! Il les lui faut toutes sur sa poitrine de brave et digne femme ! » Une caricature typique de l'esprit français représente d'un côté Antoine filant en chaise à porteurs, de l'autre Louis XVIII, l'attendant de pied ferme près de l'échafaud et criant au « repris de justesse » : « Ingrat ! Tu fuis ma clémence ! »

Je suis seule... et pour toute ma vie !

Georgine survit plus d'un demi-siècle à son mari, assistant même à la chute du second Empire. Inconsolable, morte vivante, retirée dans une douleur muette, sans jamais parler de son malheur. Sauf à son petit carnet, confident occasionnel : « Ah ! Si du haut du ciel il me voit prosternée sur sa tombe, s'il voit ma douleur, il a pitié de moi ; je veux croire qu'il est encore sensible à ma détresse. Oh, mon cher mari, que je souffre ! Puissent toutes mes douleurs être utiles à ton bonheur. Ah ! Si j'en étais sûre, il me semble que j'aurais bien du courage et que j'éprouverais encore quelque douceur dans cette triste vie... Si Dieu daignait te permettre de t'offrir à ma vue. Ah, Charles, mon cœur, ma voix t'appellent sans cesse. Je me flatte quelquefois que mes cris sont entendus, exaucés. Je regarde avec anxiété autour de moi et je n'aperçois que ma douloureuse solitude. Je suis seule... et pour toute ma vie ! »

Même si elle parvient à sourire quand il le faut, c'est uniquement par convenance. Trois ans après sa mort, la jeune veuve est poursuivie par de terribles rêves, de ces rêves qui font plus de mal que de bien : « Je te serrais dans mes bras, je te sauvais d'une mort si cruelle, nous rendions grâces à Dieu ensemble !...

Ah !, si Dieu avait permis qu'une pareille illusion fût une réalité ! » Quelques années plus tard, un billet de Georgine renseigne sur son deuil sans fin : « Charles, que ton nom était doux à mon cœur ! Je le répète sans cesse, mais avec un accent, une douleur qui le décline. Tu n'entends plus ma triste voix… Le château est plein de toi, et de ce qui t'était cher… J'y souffre. Ces souvenirs que je chéris m'arrachent sans cesse des larmes… »

Après le mariage d'Henry, enfin reçue avec Georges à Raray, elle doit accepter que les exploits militaires de Charles deviennent un sujet tabou, et ce pour des générations. Le fils d'Henry n'apprendra qu'au lycée que son oncle a combattu à Waterloo aux côtés de l'Empereur. Et lorsque Georges est nommé chambellan de Napoléon III, son cousin fait préciser qu'il est le fils unique du général pour qu'il n'y ait pas d'ambiguïté puisqu'ils portent le même nom. C'est dire si la honte persiste. C'est d'autant plus désolant que Charles n'était pas un inconditionnel de l'Empereur mais un patriote ardent pour qui le drapeau blanc symbolisait et l'émigration, et l'étranger. Flahaut confirme qu'il « avait le cœur trop haut placé pour songer à lui-même », ajoutant qu'il était « une de ces natures rares chez lesquelles le courage grandit en proportion du danger : elles sont peu comprises ».

Georgine s'était retirée rue d'Aguesseau après la mort de Charles, à l'angle de la rue de Surène, près de l'Élysée. Elle meurt en Normandie au début de la IIIe République, au château d'Harfleur.

Sa faute est trop belle !

À mille lieues d'imaginer l'évadé sous son toit, Richelieu, homme avisé, fait part de ses doutes à Decazes : « Il est impossible qu'il n'y ait pas beaucoup de gens mêlés à cette affaire et probablement des étrangers auxquels Lavalette inspirait un intérêt général… Il faut absolument le retrouver, coûte que coûte, car sans cela l'effet serait affreux. » S'est-il sauvé ou l'a-t-on sauvé ? Faut-il lui « courir sus », lui aussi ? Marmont a dû se retrancher un temps dans ses écuries. Jour après jour, la tragédie vire à la bouffonnerie. Des rumeurs courent : Antoine aurait fui la France escorté par l'ambassadeur d'Autriche. L'air entendu, on avance que, déguisé en femme, il se serait évanoui dans la nature. D'autres prétendent qu'il serait retranché dans les Catacombes, ou caché dans une voiture de marchandises, voire une malle de poste ! Certains vont jusqu'à expliquer dans leurs mémoires comment s'est déroulé le grand complot ourdi par ses soi-disant complices…

La police ne sait plus où donner de la tête ; tout est systématiquement vérifié, mètre carré après mètre carré, recoin après recoin, mais toujours rien, rien, rien. Le bon peuple croit Napoléon en Amérique et l'imagine de retour avec Antoine. Et pourquoi pas ? Cet exploit romanesque à souhait excite les imaginations. On ne lui trouve qu'un précédent : celui d'un lord, un siècle plus tôt, remplacé par sa femme dans la tour de Londres. Mais le roi George Ier l'avait aussitôt relâchée en s'exclamant : « Sa faute est trop belle ! »

Pour distraire Antoine de sa solitude, Mme Bresson lui envoie le fils de ses domestiques, Stanislas. Âgé de vingt ans et doté de bonnes manières qui séduisent le reclus, il devient son partenaire aux échecs, ce qui lui permet de chasser l'ennui comme l'angoisse. Dans sa mansarde, à l'abri de la furieuse agitation des rues de la capitale, Antoine s'adonne à la lecture le reste du temps. La déprime, toutefois, s'installe. Un jour il est retrouvé évanoui. Mais il lui est interdit de tomber malade – aucun médecin ne pourrait être appelé –, et encore moins de… mourir ! Que ferait-on de son cadavre ?

Depuis deux semaines, la presse française mais aussi étrangère rivalise de sarcasmes : on dirait que le condamné s'est envolé ! S'il était dans un pays limitrophe, Londres, Bruxelles ou Genève, on le saurait déjà. Mais toujours pas le moindre indice en vue : l'évadé se cache-t-il à Paris ou en province ? Decazes est persuadé qu'Antoine n'est pas sorti de la capitale. Ses services l'auraient pris dans leurs filets. Tous les relais de poste sont munis de son signalement, et les employés de cette administration sauraient reconnaître leur ancien chef vénéré. Il n'empêche. Il ne tiendra pas éternellement et il faut sortir par le haut de cette situation intenable : Baudus estime qu'une seconde évasion à destination de l'étranger s'impose. Finalement, il lui annonce en l'embrassant, la mine réjouie au plus haut point : « Nous allons enfin réussir. Ce sont des Anglais qui s'offrent à vous sauver, et je crois qu'ils y parviendront. »

Comment ? Grâce à la même amie qui avait soufflé à Baudus de s'adresser à Bresson. Cette bonne fée fait demander au général Wilson, ancien de Waterloo, s'il se prêterait à ce jeu dangereux. Riche idée de s'adresser à un Britannique, qui n'a pu sauver son ami Ney, pour aider son codétenu à fuir à l'anglaise ! L'exfiltration est prévue pour le début de l'année. La route choisie conduit en Belgique. Antoine, portant un passeport au nom de Lossack, va devoir endosser un nouveau déguisement : perruque, barbe taillée comme les officiers d'outre-Manche, uniforme avec redingote bleue à brandebourgs, shako. Travestissement excellent puisque dans la France occupée les officiers étrangers ne manquent pas sur les chemins. Mais impossible de trouver des bottes à revers avec éperons. Antoine doit donc chausser celles de Bresson, tellement grandes qu'il manque trébucher à chaque pas. Cela les fait beaucoup rire.

Le jour dit, il quitte Baudus et Bresson avec d'autant plus d'émotion qu'il n'est pas certain de les revoir un jour. Si les entrées du ministère sont surveillées, les sorties n'intriguent nullement le gardien qui les laisse passer tous les trois sans même lever les yeux. Chassenon l'attend. Un simple signe de la main en guise d'adieux remplace les embrassades pour ne pas attirer l'attention. Le cabriolet emprunte le pont Royal avant de longer d'un trot tranquille les Tuileries et ses nombreuses sentinelles. Quelle farce ! L'ennemi public numéro un sort de la résidence du président du Conseil, puis passe sous le nez des gardes du palais. Rendez-vous rue du Helder pour rencontrer Wilson. Ce dernier estime qu'une fuite de nuit pourrait attirer l'attention, et préfère partir tête haute en voiture découverte. Il prévoit un uniforme de colonel de la garde royale pour Antoine qui, « après avoir compté toutes les heures de la nuit », s'apprête à fuir pour de bon. Ironie de l'histoire, place de Grève, un poteau est au même moment dressé sous un soleil éclatant pour procéder cette fois à son exécution par contumace, en effigie. À la barrière de Clichy, Wilson regarde droit devant lui sans marquer d'arrêt. Direction La Chapelle, puis Compiègne. Là, Antoine doit se retenir de rire lorsqu'un voyageur lui raconte les circonstances de sa propre évasion – sa rocambolesque aventure est sur toutes les lèvres –, émaillant son récit de détails ridicules. « Vous pouvez m'en croire, ajoute le bavard, j'étais à Paris. »

La berline reprend sa course, ni trop vite ni trop lentement, vers Cambrai, puis Valenciennes, dernière ville française. Après toutes les vérifications à chaque étape, la douane belge n'est plus très loin. Sont-ils suivis ? Vont-ils réussir l'incroyable échappée ? Fébrile, impatient, Antoine, guette la ligne de partage entre la France et cette Belgique qui fut aussi – autre ironie de l'histoire – le pays de l'exil de Louis XVIII. Cette berline est d'une lenteur... Il a le sentiment de faire du sur-place. À la frontière, ne parlant pas l'anglais, Antoine est contraint de tenir un mouchoir sur sa bouche, comme s'il était malade, afin de ne pas avoir à répondre aux questions. Ce stratagème l'a aussi empêché d'être reconnu par les maîtres de poste croisés sur la route. Sueur froide quand, après le contrôle de son passeport, on vient lui dire qu'il n'y a pas d'officier au nom de Lossack dans l'armée anglaise. Wilson réagit vivement : « Vous vous moquez ? Nous avons été trop bons d'attendre ! » Puis il fait signe aux postillons de repartir au galop. Il était plus que temps : il y a eu une fuite, Wilson s'étant vanté de faire sortir Antoine de France. Un ordre d'arrestation a été émis dans la foulée mais il n'a pas été transmis à temps à cause du brouillard et de la nuit : « Surveillez et arrêtez la personne dont le signalement peut ressembler à celui de Lavalette et qui voyage avec le général anglais Wilson. Elle porte l'uniforme de général anglais et a un passeport de l'ambassade d'Angleterre. » Le succès de l'entreprise s'est joué à un cheveu. Le ciel est vraiment avec lui. Sa légende est en marche.

Sur la route de Mons, enfin, ça y est, il est sauvé, sauvé tout à fait ! Calme, il exulte secrètement. Après tant d'obstacles, Émilie ne s'est pas sacrifiée pour rien. Une euphorie bien naturelle à celui qui recouvre la liberté le saisit. Cette indicible délivrance se traduit par le développement des sens : l'air est plus léger, la lumière plus vive, la vie plus belle ! Il presse les mains du général pour lui exprimer toute sa reconnaissance, une gratitude éternelle. Ce dernier se contente de sourire puis soudain lui pose une question insolite : « Ah ça ! Mon cher ami, expliquez-moi pourquoi vous ne vouliez pas être guillotiné. » Devant son interlocuteur éberlué, il précise sa question *so british* : « Oui, on a dit que vous aviez demandé comme une faveur d'être fusillé.

— Mais on conduit le condamné dans une charrette, les mains liées derrière le dos, et quand il est sur l'échafaud on l'attache sur une planche qu'on abaisse, et on le glisse ainsi sous le couteau.

— Ah, je comprends ; vous ne vouliez pas être égorgé comme un veau ! »

C'est par la presse que le « colonel Lossack » apprend qu'Émilie est toujours recluse à la Conciergerie. Comment ? On ne l'a pas relâchée ? Le sang lui tombe dans les talons. La croyant à l'abri, il ne pouvait imaginer son calvaire puisqu'on lui a menti pour le protéger, l'empêcher de se sentir coupable. Finalement, arrivé en Bavière, il est très bien accueilli par le roi Maximilien, qui refuse de l'extrader. Antoine réside chez son gendre, Eugène, dans les environs de Munich. Enivré par sa nouvelle liberté, malgré le froid et la neige, il sort dix fois par jour pour se désemmurer. Entre-temps, Wilson et ses complices ont été arrêtés. Au terme d'un procès les sujets de Sa Majesté britannique sont diplomatiquement condamnés à trois mois de prison. Émilie est citée à comparaître. Très diminuée, elle s'écrie : « J'atteste sur mon honneur que j'ai conçu et exécuté seule le projet de sauver mon mari. » Wilson dénonce aussitôt, et avec quelle vigueur, sa mise au secret, ces méthodes moyenâgeuses inconnues de l'Angleterre, vantant publiquement le régime de liberté de son pays. Un de ses complices en profite pour donner une leçon à la France : « Un Bédouin du désert, un Druze du Mont-Liban sacrifierait plutôt sa vie que de trahir celui qui lui aurait demandé asile… J'ai cru devoir, homme civilisé, pratiquer au moins les vertus des barbares ! »

Bref, l'incident est clos. Marmont peut sortir de ses écuries pour reparaître aux Tuileries comme si de rien n'était. Il recevra beaucoup plus tard une lettre d'Émilie qui veut le remercier pour ses tentatives de sauvetage. Une lettre propre à rééquilibrer la triste postérité du duc de Raguse, qui pour sa part rappelle qu'Émilie « fut d'autant plus admirable dans sa conduite que, quoique jeune, bien née et belle, elle était délaissée par son mari qui, laid, petit et de peu de naissance, entretenait des maîtresses ». Des maîtresses ?

Plus de bonheur sans lui

À la mort de Georgine, on retrouve sur elle le médaillon en argent contenant les cheveux de Charles, qu'elle n'a jamais quitté et sur lequel est gravé : « Plus de bonheur sans lui ». Georges, son « ange consolateur », est mort quelques années plus tôt. Sa veuve épousera le prince de la Moskova, fils du… maréchal Ney. Le fusillé, la veuve et l'orphelin sont depuis tous les trois réunis au Père-Lachaise dans le même élégant caveau de marbre blanc, un piédestal carré surmonté d'une aigle impériale. Un bas-relief représente le colonel menant son régiment à l'Empereur ; au-dessus, une femme en pleurs et voilée soutenant son bébé, qui porte cette inscription : « Mon amour pour mon fils a pu seul/me retenir à la vie/et c'est lui qui m'a précédée. » Mais sa sépulture n'avait alors pas cet aspect. Pendant longtemps, il n'y eut qu'une simple croix noire sans inscription et entourée d'une barrière de bois. Les bas-reliefs ont été exécutés plus tard. Idem pour les hommages, commencés sous la monarchie de Juillet. Le peintre allemand Carl von Steuben expose au Salon de Paris son tableau du ralliement de Charles à Brié. L'heure de la justice, de la réhabilitation publique a fini par sonner, même si la récupération louis-philipparde a, si l'on peut dire, souverainement déplu à Émilie.

À Nogent-l'Artaud, un monument à sa mémoire est inauguré à la fin du XXe siècle. Et à Tavernolles, une stèle posée là où Napoléon et lui ont dormi après son ralliement sur le plateau de Brié. « La vertu est quelquefois oubliée dans son passage ici-bas, souligne Chateaubriand, mais elle revit tôt ou tard, on la retire des tombeaux comme on retire au sein de la terre une statue antique qui fait l'admiration des hommes. »

On paie cher une noble conduite

La pauvre Émilie, qui ne sait pas qu'elle va très vite devenir une héroïne de roman, va expier cinq semaines ce bonheur furtif d'avoir libéré elle-même son mari. Douze ans après son oncle Alexandre de Beauharnais, exécuté trois jours avant la chute de Robespierre, la voici à son tour incarcérée à la Conciergerie – dans l'ancienne cellule de Ney. Sa fille se retrouve cloîtrée dans sa pension de l'Abbaye-aux-Bois, à l'angle de la rue de Sèvres et de l'actuel boulevard Raspail, à quelques pas du conseil de guerre qui a condamné Charles. Terribles conséquences de son geste digne des plus grandes héroïnes de l'histoire. Cette véritable Alceste se souvient-elle alors de la lettre qu'elle écrivit à treize ans, lorsque sa propre mère était en prison, durant la Terreur ? « Citoyens, écoutez, je vous en supplie, la voix qui vous redemande sa mère, malheureuse que je suis ! Abandonnée des soins de maman, voilà près de quatre mois qu'elle est à Sainte-Pélagie, arrêtée sans cause… »

Decazes avait imaginé libérer Émilie afin de recueillir, en suivant ses visiteurs, davantage d'indices sur son mari. Mais l'idée de devoir affronter les ultras fait reculer le ministre, qui trouve d'autant plus inhumain de la retenir qu'il l'a connue lorsqu'il était au service des Bonaparte. Malgré sa santé chancelante, le procureur la fait traiter avec sévérité : elle doit payer pour le fugitif. Émilie, perdant l'appétit, et bientôt la raison – une raison qui avait vacillé à la répudiation de Joséphine –, Decazes lui envoie son médecin. Ce dernier dénonce une réclusion incompatible avec l'état d'une récente accouchée qui dépérit, épuisée par les émotions et la claustration. À l'isolement complet, elle étouffe dans tous les sens du terme, car le poêle fonctionne sans cesse. Les obscénités provenant de la cour des femmes sont un supplice. À chaque bruit, elle imagine qu'on ramène Antoine.

Quant à Joséphine, des parents menacent de retirer leur fille de son couvent, placé sous la protection de la duchesse d'Angoulême, si elle n'est pas renvoyée. « Ainsi, note Antoine, d'une action louable, généreuse, qui devait être présentée en exemple à de jeunes personnes, la peur, l'intérêt personnel, et peut-être des passions plus viles firent une espèce de crime et un titre de proscription. » La pauvre enfant est mise en quarantaine, se faisant par exemple qualifier de « petite scélérate » par une mère d'ordinaire parfaitement bien élevée.

De quoi devenir folle ? C'est exactement ce qui va se passer. Pour avoir sauvé la tête de son mari, Émilie va perdre la sienne. Et d'abord le sommeil, durant de longues semaines, avant d'être enfin libérée, mais privée de passeport. Sept ans de malheurs l'attendent pour prix de son sacrifice. Et voilà qu'en rentrant chez elle, ayant un peu recouvré ses esprits, Émilie découvre dans les papiers de son mari les preuves de quelques infidélités, peut-être anciennes mais avérées. Ainsi, elle se serait sacrifiée pour un époux volage ? Double peine qui explique sans doute sa liaison avec le célèbre chirurgien Dupuytren, rencontré lorsqu'ils étaient adolescents.

À une amie, cette femme brisée confie dans un moment de lucidité : « J'en suis à craindre la vie ; elle me dégoûte, elle me désole, et il faut y rester ! Et cependant je ne manque pas de courage. Mais c'est ce cœur qui m'a toujours fait mal… On m'a renvoyée de ma prison ; ah, je m'y trouvais si bien ! Là j'oubliais tout… »

Maintenant, elle ne peut plus lutter. Elle a tenu trop longtemps. Et tandis qu'elle a fait preuve d'une force peu commune au cœur de la tempête, une fois sa mission terminée tout s'écroule : ses nerfs lâchent, sa raison fait naufrage. Même les murs ne sont plus droits, les mots n'ont plus de sens : muette, prostrée, elle ne reconnaît plus ses amis, a les yeux à la fois fixes et dans le vague, est soudain saisie d'angoisses qui les lui teignent en noir, cherche à fuir un ennemi invisible sauf pour elle-même. Elle s'invente des objets magiques, une simple pierre lui sert d'amulette, qu'elle enveloppe avec soin dans un mouchoir. Là seulement, elle bénéficie d'une courte sérénité. Puis elle commence à manifester des troubles psychiques sévères, alternant grave dépression et crises de panique ou paranoïdes : en proie aux hallucinations, elle croit voir son mari conduit à la guillotine, s'imagine sans cesse traquée, cernée d'espions, n'osant parler dans sa cellule au prétexte qu'on aurait pratiqué dans le conduit de la cheminée un énorme trou en forme d'oreille pour l'écouter… Elle ne sait plus son âge (elle dit « vingt-sept, je crois… » au lieu de trente-quatre). Devant l'aggravation de son état, elle est placée dans une maison de santé pour aliénés, la Maison Blanchard rue de Picpus, qui servait de prison sous la Terreur.

Écrivant à Decazes, dont elle a d'abord cru qu'il avait aidé Antoine à fuir de France compte tenu de leur ancienne connivence, elle fait état de visions nettement délirantes : « Depuis l'époque de ma sortie de la Conciergerie, je n'ai pas eu un moment de tranquillité ; sans cesse entourée de domestiques qui espionnent mes actions et mes moindres mouvements, il s'y joignait encore l'espionnage des gens de maison que j'occupais. Ce venin a été même jusqu'à gagner ma société intime : je trouve un nombre infini de contrariétés à ce qui me plaît le plus ; on calomnie mes actions, on cherche à les noircir… Je ne puis faire un pas sans être suivie d'insectes venimeux ; je ne sais même si je puis causer en sécurité dans mon appartement sans être entendue. Ceux qui habitent au-dessus de moi suivent tous mes mouvements, et leur méchanceté contre moi perce de mille manières et me fait des ennemis d'une foule d'individus que je ne connais pas, mais avec lesquels ils sont en rapport. Descendé-je l'escalier, je vois des agents qui s'échappent de la cour au grand galop et leur air menaçant pourrait me faire croire qu'ils sont mes geôliers. Enfin, monsieur, si vous ne venez à mon aide, je ne puis tenir à être ainsi tourmentée… » Elle écrit aussi au roi pour lui demander de la faire arrêter et reconduire en prison. Son dossier médical mentionne que des symptômes apparus avant les événements ont été exaltés par la perte de son enfant et les secousses violentes auxquelles son acte héroïque l'a exposée. Cette maladie mentale complète et déclarée a nécessité son isolement dans plusieurs maisons de santé, dont celle du village de Passy tenue par une religieuse, aux méthodes moins farfelues et où elle trouve enfin un semblant de paix. Dans les intervalles de calme, on peut avoir avec la malade une conversation suivie sans percevoir d'incohérence dans les idées, même s'il lui arrive parfois d'éprouver des absences.

De son côté Antoine souffre beaucoup. Sa femme ne répond à aucun de ses messages. Il écrit des lettres remplies de culpabilité à son beau-père François de Beauharnais : « Je ne vois que trop qu'écarté de son cœur, la porte pour y rentrer m'est peut-être à tout jamais fermée. Sa maladie et sa haine me conduisent au tombeau… Si une fois rentré, je ne peux la soigner, vivre avec elle, et la ramener à des sentiments plus doux et plus raisonnables, si on peut toucher cette corde, qu'on lui fasse entendre que ma vie tient à ses dispositions pour moi… » Ce chapitre-là, très privé, n'est pas du tout abordé dans ses mémoires. Malheureux loin des siens et de sa patrie, au point de fondre en larmes parfois, il écrit à la duchesse de Raguse pour lui vanter les qualités d'Émilie dont il aimerait tant un portrait réalisé par un grand peintre, tels Gérard ou Girodet : « Ils n'ont jamais vu ce qu'elle avait de noble, de dévoué, de courageux, avec cette figure si calme, si tranquille et si froide en apparence. Soignez-la tous, je vous en prie : veillez sur elle et ne souffrez pas que les misérables la tourmentent. C'est un être sacré, l'honneur de son sexe, et ce serait une honte éternelle qu'on lui fît expier par des persécutions une action si noble et généreuse. » Puis il pleure sur sa fille : « Que deviendra-t-elle ? Hélas ! Il m'eût été si doux de perfectionner son éducation ! Quand je pense à tout cela, je me frappe la tête contre les murailles et je ne sais ce que je ferais contre moi. » À la fin de sa lettre, cette phrase qui résume toute l'histoire : « On paie cher une noble conduite : le vice est plus heureux. »

Se réfugiant dans ses chères études, il lit Plutarque, et sans doute ceci : « Si l'on demandait quel est le plus méchant, le plus pernicieux des hommes, tout le monde répondrait que c'est le traître. » Ou se penche sur les portraits des célébrités ayant péri de mort violente, assassinées, exécutées, tels Henri III, Henri IV ou le prince de Condé. « Quand on voit de telles horreurs, écrit-il dans une lettre, et qui règnent depuis si longtemps, je ne sais quel désespoir vous déchire le cœur ; on maudit la civilisation, et on rougit d'être homme. » Il ajoute cependant : « Souvent je me trouve heureux, non pas d'avoir échappé à l'échafaud, mais d'avoir été sauvé par des cœurs si généreux. Épouse, enfant, amis, domestiques, et jusqu'à ces nobles étrangers, tout s'est réuni, tout a combattu, tous ont souffert, tous ont triomphé pour moi. Je n'ai pas le droit de me plaindre des hommes. » Au bord d'un lac, entouré des collines vertes et des sommets enneigés de la Bavière, il dévore ses amis les livres, parle seul, se passe de valet… Puis commence la rédaction de ses mémoires, pleins de grâce, dans un style clair et élégant.

À la mort de Napoléon, il découvre que celui-ci a prévu un legs généreux pour le récompenser de sa fidélité. Entre-temps, après trois ans d'exil, Antoine se risque à écrire à Louis XVIII : « Sire, au moment où je reçois l'assurance que Votre Majesté a daigné me rendre ma famille et ma patrie, je ne peux résister au besoin de déposer à ses pieds l'hommage de ma profonde reconnaissance. Dans l'adversité je fus constamment soutenu par le souvenir des premières années de ma jeunesse consacrées jusqu'à l'enthousiasme à mon roi, l'infortuné Louis XVI, et les hautes vertus de son auguste successeur étaient pour moi de sûrs garants de sa justice et de sa clémence. Sire, mes malheurs sont si grands que la puissance royale ne peut les effacer ; mais, s'il est des infortunes auxquelles l'innocence même ne peut se soustraire, il est aussi des devoirs sacrés qu'aucun obstacle ne peut affaiblir, et ceux de ma fidélité et de ma reconnaissance pour la généreuse bonté de Votre Majesté n'auront de bornes que celles de mon existence... » Il doit en même temps signer une déclaration, jurant devant Dieu que dans l'année qui a précédé le retour de Napoléon il n'a pas eu de correspondance avec quelque habitant de l'île d'Elbe que ce soit – excepté la lettre de compliment du jour de l'An, qu'il a fait connaître à ses juges.

Peu après, les passions s'étant apaisées, la grâce pleine et entière est accordée par le roi : l'ancien condamné a la permission de rentrer en France en sécurité après tout de même trois années supplémentaires – les derniers temps, il réside chez Hortense, très émue de le revoir. Une fois arrivé à Paris, Antoine est chaudement accueilli par ses amis, mais pas par sa femme ! Le reconnaîtrait-elle seulement ? On raconte que non. Il lui rend visite pendant des mois. Son accablement se révèle extrême, plus profond encore qu'après son arrestation. Maintenant il découvre par lui-même l'étendue des dégâts. Il a d'ailleurs bien changé, lui aussi. Il n'est plus cet homme spirituel, qui pour autant n'a jamais été léger. Alors, comme on entre dans les ordres, ce mari désormais modèle se retire du monde pour se consacrer à celle qui lui a sauvé la vie et qu'il veut guérir coûte que coûte. C'est le prix de sa rédemption. Il la ramène à la maison, ce qui implique des soins journaliers, et même des attentions de tous les instants. À la belle saison, ils résident à Meudon, le reste du temps au 10, rue Matignon (ancien nom de l'avenue), où il a décoré les pièces comme au temps du bonheur pour l'aider à redevenir elle-même. Pendant qu'elle se remet petit à petit, son inaltérable soif d'apprendre, témoin d'une jeunesse d'esprit qui n'a jamais entamé sa sagesse, le pousse à se replonger dans l'étude. N'avait-il pas promis d'« ensevelir sa vie dans une profonde retraite » ? Il plaît aux jeunes car il n'a rien perdu de ses talents de conteur, et il a tant à raconter… Combien de fois a-t-il évoqué les détails de sa légendaire évasion ? Enfin, c'est au milieu des livres qu'un cancer du poumon l'emporte à soixante et onze ans, quelques mois avant la chute de la branche aînée des Bourbons et l'avènement des Orléans, cette monarchie de Juillet qui l'aurait comblé. Et avant la parution du *Rouge et le Noir* de Stendhal, qui le mentionne au moment de la condamnation à la peine capitale de Sorel : « Julien regarda sa montre, et se souvint de M. de Lavalette. »

Paraissent aussi les *Mémoires et souvenirs du comte de Lavalette, aide de camp du général Bonaparte, conseiller d'État et directeur général des Postes de l'Empire*, publiés par sa famille et sur ses manuscrits. *Post mortem* comme il le souhaitait, non pour échapper à la critique, mais par pudeur : « J'ai payé chèrement ma triste célébrité, et j'ai besoin de repos plus encore que de consolation. » Ses souvenirs sont précédés d'un avertissement qui dit tout de l'auteur : « Beaucoup de personnes s'attendront peut-être à trouver beaucoup d'anecdotes et de scandale ; elles seront trompées. J'ai rempli pendant treize années des fonctions délicates et qui m'ont découvert de tristes secrets du cœur humain, mais je ne flétrirai point ma mémoire en les livrant au grand jour. Ce n'est point avec des immondices qu'on élève des monuments durables. » Bref, les amateurs de sensationnel, de révélations, de croustillant, en seront pour leurs frais. Rien sur le cabinet noir, sur la vie privée des uns et des autres, peu sur la sienne. Comme disait en *off* l'ancien et discret conseiller en communication de deux présidents récents : « Ceux qui parlent ne savent pas ; ceux qui savent ne parlent pas. » En revanche les palinodies et retournements de veste de ceux qui se sont servis au double râtelier y sont épinglés en bonne et due forme – seule vengeance de cet homme bienveillant et lucide.

Sur sa tombe, le général Sébastiani, qui lui avait suggéré de reprendre sa place aux Postes, s'incline : « Avec lui, l'épanchement et la franchise ne furent jamais un danger ! » Émilie, trop mal en point, est absente mais lui survit un quart de siècle, jusqu'aux débuts du second Empire. La veuve vit ses dernières années à la Chaussée-d'Antin, sous la tutelle de l'ami de son mari Alexandre de La Rochefoucauld, à l'angle de la rue du même nom et de la rue de la Tour-aux-Dames, belle et élégante malgré l'âge et sa mélancolie chronique. Napoléon III se fera représenter à ses funérailles pour rendre hommage à cette ultime représentante de la branche aînée des Beauharnais. Joséphine devenue baronne puis veuve de Forget, vivra en contemporaine d'Hugo, sans jamais demander aucune faveur à son impérial cousin, qu'elle n'avait pourtant pas oublié lorsqu'il était en prison au fort de Ham après sa tentative de coup d'État contre Louis-Philippe. Elle repose elle aussi avec ses parents au Père-Lachaise ; leur tombeau est également surmonté d'un bas-relief illustrant la fameuse scène de l'évasion, tant de fois dessinée, gravée, reproduite : derrière le paravent, Émilie indique la sortie à son mari.

Cousin, amant puis grand ami de Joséphine de Forget, le peintre Eugène Delacroix mérite le mot de la fin : « La mémoire des hommes est bien courte, celle des événements est aussitôt enterrée que celle des personnages qui y prennent part. Sur toutes les personnes à qui j'ai dit ces jours-ci que j'avais été à Paris pour l'enterrement de Mme de Lavalette, pas une n'a imaginé de laquelle je voulais parler... Que de choses à dire sur cette morte, morte depuis quarante ans, fantôme imposant, dans l'abaissement où nous l'avons vue ! »

« Morale » de la fable

Il était une fois une histoire vraie, ensemble drame et farce. Une histoire au présent, et sans dates, car intemporelle. L'histoire d'une année de paroxysme politique, à elle seule métaphore du XIXe siècle. Une histoire où la grandeur côtoie la bassesse. Celle de deux couples, deux prétendants au trône, deux France qui s'affrontent. Leurs idées diffèrent, tout comme leurs souvenirs, leur vision de la Révolution, irréconciliable, incompatible, à jamais irréfragable. Drapeau blanc contre drapeau tricolore, roi contre empereur, contre-révolution contre révolution, l'ancien monde contre le nouveau, naissance contre mérite. Deux camps obligés de répondre aux attentes libérales et pacifiques après vingt-cinq ans bouillonnants, épuisants, écrasés par le despotisme, passant de la Convention au césarisme, et surtout décimés par la guerre incessante, civile puis contre l'Europe. Deux camps à qui l'on demande de prendre trois fois parti dans l'année, ce qui est suffisant pour se renier trois fois. Un quart de siècle après la Révolution, chacun veut, bien entendu, et l'égalité, et les privilèges.

En cet *annus horribilis*, le roi de France est restauré, l'empereur des Français aussi, puis le roi ressuscite pour la seconde fois – « il n'y a que les morts qui ne reviennent pas », écrit un dramaturge de l'époque dans une pièce qu'il qualifie d'historico-héroïco-romantico-bouffonne. Chacun son tour, sous des vivats d'abord enthousiastes, ensuite seulement polis. Les victoires des uns sont les défaites des autres. Fouché, fin connaisseur du terrain, évoque dans un de ses derniers rapports ces « deux nations aux prises l'une avec l'autre » et prévient le roi, cornaqué par ses entours extrémistes : « Il ne faudrait qu'un degré de plus de fureur pour dissoudre le lien social. » Mais Louis XVIII le modéré est confronté à une injonction contradictoire : les ultras parlent à son oreille droite, les néojacobins à son oreille gauche. Après le flux et le reflux de cette marée sans cesse recommencée, les Français sombrent dans la passivité : comment réagir devant une aussi mauvaise farce ? Au moins ont-ils retrouvé la paix, même si elle est endeuillée par la débâcle et l'occupation étrangère. Pourtant le volcan national aussi romain que gaulois, cette *furia francese* diagnostiquée par Napoléon, n'en finit pas de bouillonner et prépare déjà les deux prochaines révolutions de ce siècle volcanique.

« Rien dans l'histoire ne ressemble à ce quart d'heure », a écrit Hugo à propos des Cent-Jours, ce second Empire avant la lettre. Tout est tellement hors du commun durant ces quinze semaines : les circonstances, les événements, mais aussi un homme, Napoléon le Grand ! Un historien ami de Constant s'étonne : « C'est le rêve le plus étrange que l'esprit de l'homme ait jamais formé. Qui a jamais entendu dire qu'une monarchie qui a quatre cent mille hommes sous les armes, et qui est alliée de toute l'Europe, soit attaquée à force ouverte et conquise en quinze jours par mille deux cents hommes ? » Ce spectaculaire intermède est qualifié de « drame historique le plus extraordinaire dans les annales du monde ».

Sur la scène de cette tragi-comédie, des personnages sensationnels : intellectuels et littérateurs de haut vol, stratèges politiques, grands témoins, élite militaire. Cependant les vrais héros sont dans la coulisse. Deux couples, deux prisonniers politiques, deux destins : Charles le mal aimé, Antoine le bien aimé, un fusillé, malgré l'amour de sa femme ; un évadé, grâce à l'amour de sa femme. Un rejeton d'une haute lignée favorable aux idées nouvelles, un fils de petit bourgeois royaliste dans sa jeunesse. Leurs familles incarnent l'ambivalence française : le bonapartiste s'allie à une femme issue d'une famille proche des Bourbons, l'ancien royaliste épouse une proche du clan Bonaparte. Un beau, un laid, un jeune, un vieux, un grand, un petit, un exalté, un sage, un militaire, un politique. Un mariage d'amour, un mariage de raison. L'un a commencé sa carrière militaire quand l'autre l'a finie. Un procès expédié en une unique séance, un autre attendu bien longtemps. Deux hommes si différents et pourtant si semblables par leur fidélité, leur sens de l'honneur et du devoir, réhabilités par « l'acquit de leur conscience », comme on disait alors. Deux boucs émissaires. Deux victimes de la politique. Deux martyrs ? Oui, si l'on en croit la définition : « Celui qui souffre ou meurt pour la défense de sa foi ou de ses convictions. »

La conjonction d'événements hors du commun et d'une personnalité exigeante sur le plan de l'éthique a précipité l'injuste destinée de Charles, victime d'un

« assassinat juridique ». D'autant plus terrible que les autres condamnés seront pour la plupart amnistiés dans les années suivantes. Considérant sa « désobéissance civile et militaire » comme un sacrifice pour la patrie, refusant de souiller son honneur au prisme de l'intérêt politique, il était, et ils furent nombreux dans ce cas, autant déçu par l'Empire libéral des Cent-Jours que par la monarchie constitutionnelle de la Restauration. « Pardonnable par sa jeunesse, note Lamartine bien après les faits, par son enthousiasme, par son fanatisme de gloire…, il devait susciter l'indulgence, remuer le pardon, arracher les larmes. » Si Napoléon n'était pas rentré en France, Charles aurait sans doute servi Louis XVIII, et conquis quelques parcelles de gloire dans cette expédition d'Espagne voulue par Chateaubriand pour réconcilier les Bourbons avec la victoire. Compte tenu de sa famille et de sa belle-famille, un emploi très confortable lui était promis. D'ailleurs, une monarchie libérale se met rapidement en place pour une quinzaine d'années. Mais il a estimé que son devoir était d'aller vers la difficulté, et non de se couler dans un moule tiède en attendant de voir tourner la roue du destin.

Au milieu des figures plus connues, Charles et Antoine sont intéressants car ils méprisent les fanatiques des deux camps, ne sont pas des courtisans, ces recrues dont parle Constant « qui prennent service chez le vainqueur, après la bataille », toujours bien placés dans le paysage. « Ces hommes, poursuit-il, qu'on a si longtemps calomniés, diffamés, proscrits… n'ont voulu que l'indépendance et la liberté de leur patrie : en essayant d'une main de repousser l'étranger, ils ont de l'autre essayé d'empêcher le despotisme. » Un ami de Benjamin confirme : « J'avais beaucoup connu Charles de Labédoyère. Je connaissais bien davantage encore M. de Lavalette, et peu d'hommes m'avaient paru plus aimables, plus nobles et plus dignes d'estime. » L'un a quitté un souverain imposé selon lui par l'ennemi en criant « Vive l'Empereur » un peu trop vite, l'autre a repris son poste un peu trop tôt. Charles, chevalier égaré du premier XIXe siècle, a eu la malchance d'être exécuté avant les autres – il voulait juste embrasser sa femme. Un seul fusillé pour l'exemple ne suffisait donc pas à calmer l'ire des ultras ? Après avoir obtenu à la Chambre des pairs la tête de Ney, bien plus célèbre, bien plus emblématique que lui, fallait-il encore condamner Antoine ?

Les événements historiques, a noté Marx, se répètent inlassablement : la première fois en tragédie, la seconde en farce. Les Cent-Jours l'illustrent à la perfection. Ce récit se veut aussi une allégorie de la politique : toujours face à face deux camps ennemis, la certitude pour chacun d'être placé du bon côté, la presse qui adule puis broie, les proclamations, ancêtres de la communication, la rectitude morale face aux sinuosités inhérentes aux calculs du pouvoir. Chateaubriand estime que « toutes les lâchetés avaient acquis par les Cent-Jours un nouveau degré de malignité ». Or le « vice » et le « crime », la fameuse « ligne courbe », le cynisme et la trahison sont non seulement impunis mais encore récompensés, tandis que la pureté et la droiture sont pénalisées, écartées, proscrites. La voici donc, la « morale » immorale de cette histoire. Comme toutes les paraboles, elle est simple et tient en quelques mots : les fidèles sont évincés, les traîtres avancés. Rideau !

Ouvrage composé par
PCA 44400 Rezé

Imprimé en Espagne par:
BLACK PRINT
en février 2020

S29846/01

Merci d'abord et surtout à :

Jean-Marc de Labédoyère, descendant d'Henry, frère aîné de Charles, et son épouse Jacqueline, qui ont mis très amicalement à ma disposition les archives familiales conservées au château de Raray.

Et aussi à :

Roberto Berna, responsable du service administratif de la Délégation permanente de l'Italie auprès des organisations internationales, grâce à qui j'ai pu pénétrer dans l'hôtel de Galliffet, rue de Varenne, où Antoine s'est caché après son évasion.

Françoise Niemtchinow, coach et amie, qui a su me remettre au travail après *Mousseline la Sérieuse*.

Charles-Éloi Vial, conservateur et historien, qui m'a amicalement signalé diverses cotes aux Archives (nationales, de la préfecture de police, de la Défense à Vincennes, ainsi qu'à la bibliothèque Thiers).

Adélaïde Yvert, ma plus jeune fille et première lectrice, dont la sagacité m'a été précieuse.

Sylvie Yvert

Née à Paris, Sylvie Yvert a été chargée de mission au Quai d'Orsay puis au ministère de l'Intérieur avant de se consacrer à la photographie. En 2008, elle publie un pamphlet *Ceci n'est pas de la littérature*. *Mousseline la Sérieuse*, qui sort de l'oubli la fille de Louis XVI et Marie-Antoinette (Éditions Héloïse d'Ormesson, 2016) a été couronné par le prix littéraire des Princes et le prix Histoire du Nouveau Cercle de l'Union. En 2019, elle publie *Une année folle*, chez le même éditeur, Prix littéraire Napoléon Ier.